U0825943

萤火虫之夏

［美］娜恩·罗西特（Nan Rossiter） 著
张寿峰 译

中国友谊出版公司

图书在版编目（CIP）数据

萤火虫之夏 /（美）娜恩·罗西特著 ；张寿峰译
. — 北京 ：中国友谊出版公司，2019.3
书名原文：Firefly Summer
ISBN 978-7-5057-4605-3

Ⅰ. ①萤… Ⅱ. ①娜… ②张… Ⅲ. ①长篇小说—美国—现代 Ⅳ. ①I712.45

中国版本图书馆 CIP 数据核字（2019）第 031207 号

著作权合同登记号：图字 01-2019-3948

Firefly Summer 萤火虫之夏
FIREFLY SUMMER by Nan Rossiter
Copyright©2016 by Nan Rossiter
This edition arranged with Kensington Publishing Corp
through Big Apple Agency, Inc., Labuan, Malaysia.
Simplified Chinese edition copyright©2019
by Beijing Xiron Books Co., Ltd.
All rights reserved.

书名 萤火虫之夏
作者 [美] 娜恩·罗西特
译者 张寿峰
出版 中国友谊出版公司
发行 中国友谊出版公司
经销 新华书店
印刷 嘉业印刷（天津）有限公司
规格 880×1230 毫米 32 开
8.25 印张 200 千字
版次 2019 年 7 月第 1 版
印次 2019 年 7 月第 1 次印刷
书号 ISBN 978-7-5057-4605-3
定价 45.00 元
地址 北京市朝阳区西坝河南里 17 号楼
邮编 100028
电话 （010）64678009

如发现图书质量问题，可联系调换。质量投诉电话：010-82069336

本书内容纯属虚构。书中名称、人物、地点及事件均系作者根据情节需要而虚构。如与真实人物（无论生死）、事件、地点雷同，实属巧合。

1964年7月3日

“妈妈，妈妈，妈妈！”伊斯顿边喊边跌跌撞撞地走进厨房，满脸喜悦，“妈妈，妈妈，妈妈！”他一边不停地喊着，一边咧着嘴笑。那笑容人见人爱。他满头金发，戴着心爱的红袜队[①]棒球帽——他永远戴着这顶帽子——一双天蓝色的眼睛炯炯有神。伊斯顿虽然只有七岁——过了今晚就八岁了——但他奔放的热情能轻而易举地感染一屋子的人。不过在这个特别的夜晚，玛莎·奎恩有点不耐烦。

“怎么了，伊斯顿？”

“看！”他边嚷边关掉厨房灯，得意扬扬地举起手中的梅森瓶[②]，瓶子里闪烁着点点金绿色的光。

玛莎正把蛋糕糊往两个圆形蛋糕模子里倒，她抬头看了一眼，说：“看到了。快把灯打开，不然面糊会洒得满桌都是。”

这时，纱门又开了。因为弹簧坏了，纱门砰的一声撞到墙上。又有两个孩子你推我挤，跌跌撞撞地进来了，后面跟着一条黄色的大拉布拉多犬。

“要是薇洛脚上有泥，请别让她进来。”玛莎命令道。

“妈——妈，”六岁的派珀哭号着，“赛勒抢我的瓶子！”

---

① 译者注：美国波士顿的一支棒球队。

② 译者注：一种有密封螺旋盖的家用大口玻璃瓶，用来腌制或保存食品。

“那是因为我的瓶子碎了，反正你什么也没抓着。”十一岁的赛勒辩解道。

“我愿意。”派珀抗议道，“妈妈，家里还有瓶子吗？”

“有……就是不知道在哪儿……赛勒，你的瓶子是怎么碎的？”

“瓶子落地上了。”

“你应该说，瓶子掉地上了。”玛莎纠正着赛勒的话，朝下瞥了一眼他们光着的脚。

“打扫干净了吗？”

“嗯。”

“用簸箕了吗？”

“一点儿渣渣也没有。”

玛莎一脸怀疑地看着她。

“派普[①]，你该像我这样，在瓶子上写上名字。”伊斯顿说着拿起他的瓶子让派珀看。她看到瓶盖上潦潦草草地写着他的名字。他打开冰箱：“这里还有一个瓶子，”说着拿出一瓶吃了一半的黄瓜泡菜，“妈妈，我可以把这些倒到别处吗？”

玛莎又看了看她的三女儿：“赛勒，请让波蒂和雷米进来。”

“波蒂！雷米！妈妈叫你们！”赛勒隔着纱窗大喊道。

“我自己会喊。”玛莎说。

不一会儿，纱门又开了，又砰的一声撞到墙上。奎恩家的大女儿、二女儿一边咯咯地笑着，一边相互推挤着进来了。但她们一进厨房，就察觉到气氛有些紧张，赶忙停下来，直直地站着，等待指示。

---

① 译者注：派珀的昵称。

“我要你俩看着他们，别让任何人进屋。今晚我有一大堆事儿要做。”

“我们说过他们好多次了，妈妈，”十三岁的雷米和十五岁的波蒂（波蒂的真名叫玛莎）争辩道，“可是他们——”

“少啰唆！”

这时，外面传来汽车关门的声音，玛莎叹了口气：“谢天谢地！”

“爸爸！”父亲一进门，女儿们就喊着围了上去，“你买了哪种冰激凌？”她们问。

“买到草莓味的了吗？”

“咖啡味的呢？”

“香草味的呢？”

“我希望你能买到巧克力味的！”

“等一下！”惠特尼·奎恩把袋子举过她们的头顶，和颜悦色地笑着说，“今天是谁的生日？”他看着四个女儿问道。

“伊斯顿的！”她们异口同声地回答。

“这有什么要紧，”赛勒抗议道，“我过生日那天，咱们……”但惠特尼将手一扬，赛勒立刻败下阵来，声音越来越小了。

“今天是伊斯顿的生日，所以今天的口味是……”

“你买到黑树莓味的了？”伊斯顿满怀希望地问道。

惠特尼微微一笑：“八岁生日可只有一个哦……”

“你买到了！太好了！”他欢呼起来。

第一部

我以永远的爱爱你；

因此，我对你的慈爱延续不息。

——《耶利米书》31:3

第一章

派珀·奎恩用力地扯着一株蒲公英——她敢断定，蒲公英的根肯定一直扎到中国去了。这时，她抬起头来，把遮住眼睛的深色短发拢了拢，接着挥了挥手。纳特·麦凯布看了一眼他的皮卡车的后视镜，也冲她挥了挥手。她微微一笑。纳特回家来吃晚午餐。但临走前，他将她揽入怀中，轻声夸赞她身上的味道真香，还开玩笑似的告诉她，他整个上午都在渴望大米布丁。派珀笑了起来——她已经满足了纳特将近四十年的渴望。她本来打算在花园里干一下午活——刚刚过去的这个春天雨水丰沛，杂草疯长——可是，目送纳特开车离开时，她想起了妈妈曾经做过的大米布丁，满脑子都是妈妈那本名叫《好主妇》的旧食谱——红色的封面已经褪了色，护封也没了。她的妈妈像使用《圣经》一样虔诚地使用那本食谱。

杂草的籽穗在篱笆上面探头探脑。派珀扫了一眼杂草，脑中灵光一闪，突然想到可以到网上找找食谱。有几个她钟爱的网站，上面都有精彩的食谱和评论，但她很快打消了这个念头。她想做的大米布丁只有一种，而这种布丁的做法就在妈妈心爱的旧食谱里。

派珀最后猛地薅了一把这种顽固的杂草。蒲公英的地上部分啪的一声断掉了，仿佛在向人挑衅。她叹了口气，把草扔进篮子，两眼瞪着那令人讨厌的根。“我一定会回来的，”她警告道，“到时候我把除草机也带来！”她在室外的水龙头下面洗了把手，在短裤上擦了擦，看了一眼懒洋洋地侧卧在阳光明媚的草地上的大金毛寻回犬：“你要待在外面吗，馅饼？”这条脾气温和的老狗有很多名字——“馅饼”“老妞儿”“糖果”“爱犬”等等。当然，她还有个正儿八经的名字——克洛伊。听到主人喊自己，她睁开一只眼睛，打了个哈欠，接着又闭上了眼睛。派珀摇了摇头，微微一笑：“你的意思就是不进去了呗。”她跨上两级木制台阶，来到环抱式门廊上，正了正挂在门旁的木牌。从她记事起，这块漆成绿白两色的手刻木牌就一直挂在伊斯特姆镇奎恩家的避暑别墅门口，迎候宾客。父亲得知他们的第五个孩子也将是他们的第四个女儿后，异想天开，给这栋不规则的楠塔基特式老房子取了个古怪的名字——惠特之末（Whit's End）！当年夏天，他就刻了这个木牌，虽然后来油漆过多次，现在又该重新油漆了。

派珀进了门，踢掉破烂的跑步鞋，走过去仔细察看放食谱的书架。书架上烹饪书一应俱全，从朱莉娅·蔡尔德的《掌握烹饪法国菜的艺术》到无懈可击的厄马·龙鲍尔及其女马里恩的《烹饪之乐》。旁边塞着一本卷了角的《性爱之乐》——这么一本书究竟放在这里干吗？派珀把它从书架上拿下来，继续寻找食谱，但是找来找去就是找不到。她拿起这本七十年代初开创性的性爱手册，迅速浏览起来，微笑着回忆起她和三位姐姐曾经整小时地钻研书上图标式的插图，试图从解剖学角度确定某些体位是否可能。她不禁春心荡漾起来，合上书，把书夹在腋下。纳特一定会从中得到极大的乐趣……甚至可能会产生新的渴望！

派珀顺着楼梯上到二楼，无奈地凝视着通往三楼的狭窄破旧的楼梯。她已经好多年没去过阁楼了。她甚至努力忘记它的存在，但她知道遗忘改变不了什么——阁楼里仍然堆满了东西……“东西”这个词是她、波蒂和雷米提到阁楼里的物品时所用的委婉语。赛勒用的词要更加多姿多彩。多年来，她和姐姐们一直在说要把里面的东西好好归置一下，但不知怎的，她们总是腾不出时间去收拾。生活总是枝节横生，碍手碍脚。

派珀推开门，拉了一下椽子上垂下来的灯绳。没反应。她费力地环顾光线昏暗的房间，摸索着走向窗户——灯不亮，这里成了唯一的光源。但穿行在箱子的缝隙之间，她的心沉了下去——在这一片狼藉中根本不可能找到食谱。

她不小心撞到了一具老旧的裁缝用人体模型，赶忙伸手去扶，却无意中碰到了妈妈做的最后一件衣服（为雷米的女儿佩顿做的一件太阳裙）尚未完成的领口。在那个命中注定的春日，外面飘着雨，起初她的妈妈一直在做这件衣服，后来她停下来想沏杯茶，并把邮件拿回来。当时派珀在外地上大学，但波蒂通过电话给她讲述了事情的经过。"谢天谢地，她出去拿邮件之前在灶上烧了一壶水，是水壶的鸣笛声惊动了穆迪先生——他发现她躺在车道上。"

玛莎·奎恩中风了。虽然桑德斯医生让她的四个女儿放心，这只是一次轻度中风，但后来的事实证明，这次中风只是个开始，之后又发生了多次中风。随着时间的推移，反复中风不可逆转地破坏着玛莎大脑中的毛细血管，剥夺了她所有的运动和认知技能——从缝纫、烹饪，到写字、走路，再到记忆、辨识，最后到吞咽。第一次中风后，玛莎就拿不住针了，穿针也穿不过去。后来，雷米问佩顿是否愿意请人把这件衣服做完，佩顿说不用了——这件衣服只会让她想起姥姥停止缝纫的那一天。

派珀将人体模型移到一边，看到妈妈的嫁妆箱靠在墙上。她掀起沉重的箱盖，香柏特有的木香立刻弥漫开来，她仿佛回到了父母的卧室。那时候，他们常年居住在新罕布什尔州那栋老旧的殖民地时期风格的大房子里。

破旧的嫁妆箱顶上放着一个木制托盘，托盘里满是首饰和串珠。派珀拾起一串珍珠，轻轻地戴在了自己的脖子上。以前，姐姐们都喜欢把妈妈的串珠戴在脖子上，将她别致的帽子戴在头上，再把她的高跟鞋穿在脚上，噔噔地走来走去，对着门后的大穿衣镜自我欣赏一番。然而，派珀只喜欢看；每当姐姐们想给她戴上串珠，或者想给她涂上鲜红的唇膏时，她总是把头一摇，背过脸去——她们也无计可施！她反倒更喜欢哥哥玩的游戏——包括击球、拍球、跑步等动作的游戏。

派珀将串珠放回托盘时，注意到一摞信封，上面是她父亲细长优雅的笔迹。这些信是寄给玛莎·莱恩[①]——他十七岁的心上人的。派珀解开褪色的丝带，读起了父亲写给母亲的信件。当时他是一名海军飞行员，“二战”期间负责在太平洋上的一艘航空母舰上驾驶海军歼击机。信中写满了父亲的甜言蜜语，他向母亲表白，憧憬着他们未来的美好生活。读着读着，派珀不禁微微一笑，笑容里满是悲哀——那时候，父母对于未来生活中的悲剧尚一无所知，但这又何尝不是一种幸福呢？

一个小时后，派珀将最后一封信塞回脆弱的信封里，把丝带重新系好，望向窗外。她看到在下面很远的地方，克洛伊挪到了她最喜欢的大橡树下。这些高大的橡树是父亲在每个孩子出生后种下的。她突然发现长长的树影已经投到了草地另一端——一个下午快要过去了。再待五分钟，她心里想着，转身又回到了嫁妆箱前。她拿出一堆毛衣，发现了一本皮面的旧相册。她把父亲落满灰尘的西班牙教会式旧摇椅拽到窗边，坐了上去，打开相册。相册里满是精心裱贴在黑色美术纸上的黑白照片。她一边缓缓地翻看照片，一边微笑着——爸爸身穿海

① 译者注：莱恩是玛莎出嫁前娘家的姓氏。

军制服，英气逼人；妈妈身着一件长长的皮大衣，光彩照人（当时皮衣不仅被社会接受，甚至是一种时尚，女人穿着皮草出门还不是丢人现眼的事）。

派珀一边慢慢翻页，一边读着妈妈工工整整用白色墨水写就的说明文字：中央火车站，1945年；新罕布什尔州汉诺威，1947年；芬威球场，1948年……有一张照片只写了年份：1949年。这是父母的一张合影，妈妈抱着一个婴儿。看上去他们是那么开心。派珀端详着这张照片：他们站在惠特之末的门廊上；既然是1949年，那婴儿一定是波蒂。她把相册移到膝上，一堆松散的照片掉到了地板上。她把照片捡起来，一张一张慢慢翻看。她意识到这些照片都是在瑙塞特灯塔前拍的。第一张是波蒂大约两岁时的照片；后来，她身旁有了雷米。很快，这些照片上有了赛勒……然后是伊斯顿……最后，有一张上面有了她。

她又一翻页，又一张照片掉了出来。她把照片捡了起来，此时金色的夕阳恰好照在上面。

这一张是他们的合影——年龄大了一些——多么优秀的一帮孩子！他们搂着彼此的肩膀，笑容满面。赛勒伸着手指，在雷米的脑袋后面做兔子耳朵状。看上去他们是那么开心。派珀的眼睛湿润了——当时她才五岁，但她已经够大了，知道她的世界以及这个世界上她最爱的人——永远不可能再跟以前一样了。

第二章

“只不过是扭了一下，”桑德斯医生边说边将 X 光片放回袋中，“但你得多加注意啊，波蒂。你现在可不年轻了。”

“你也不年轻了啊，亲爱的。”波蒂·斯诺哼了一声，说道。在波蒂的大半生里，约翰·桑德斯一直是她的医生。那时他刚完成住院实习，来到她父母的医生开办的诊所，而她也恰好从家里的儿科医生那里转到这里，成了这位年轻英俊的医生的第一位病人。为此，当时她心里很是骄傲。他俩经常相互调侃，多年来她一直在想：要不是戴维闯进了她的生活，他俩之间的关系能否更进一步？

“我是不年轻了。”约翰轻轻一笑，说道，“今年我马上就七十岁了……我要退休了。”

“你要退休了？！”波蒂一听吓了一跳。

“是啊，我还想看看能不能找个女人结婚呢。我觉得晚年有个伴儿挺好。我一直想去旅行，要是有人陪我去，那就更有意思啦。”

波蒂压根儿就没认真听他说最后这句话。这个消息犹如晴天霹雳，令她惊慌失措！她已经习惯了她的医生和她一起慢慢变老。她非常希望他能一直陪着她，直到生命的尽头。她从未想过他会有退休的那一天。至于找个女人结婚——那就另当别论了，再说那本来就是句玩笑话。“你不能退休！你退休了谁来管我？我的病只会越来越重，可我绝对无法相信一个不了解我病史的毛头小子。”

“你会相信的，”约翰边说边将测血压的袖带绑在她的胳膊上，“接替我的是一个很优秀的年轻人——乔舒亚·哈特医生。他下个月就过来，我们计划办一个开放日，让大家都见见他。再说了，波蒂，你有我的手机号，有什么紧急情况可以随时联系我。”他把听诊器放在袖带下面，开始挤压气泵，“你是我告知的第一个病人，”他看着她说，“至于我的其他病人，我想自己和他们说。”

“别担心，约翰，”波蒂叹了口气说道，“我会把你的秘密带到坟墓里，你一走，这一天来得更快了。”

“不会的，”约翰看着她的体检表反驳道，“瞧，下个月你就六十七了。”他抬起头，“话说你已经退休了吧。”

“半退休，”波蒂反驳道，“我仍积极参与康奈尔大学的项目——统计鸟类数量，察看喂鸟器和鸟巢，冬天在科德角追踪雪鸮的踪迹，还继续担任鸟类学委员会名誉主任。”她顿了顿，“另外，我还得和戴维一起帮孤鸟和伤鸟复健，不知怎的，这些鸟儿总是上我们家来。”

约翰微笑着，在她肿胀的脚踝周围紧紧地裹上了一条布织绷带：“你还是和以前一样忙碌，波蒂，这很好。可是你的血压还是太高——160/100——鉴于你的家族史，你得努力控制血压啊。”他将绷带缚牢，“一直在吃赖诺普利吗？”

“嗯嗯，”她说着挥了挥手，“虽然我讨厌吃药。”

约翰用怀疑的目光看着她：“要想把血压降下来，还要注意……”

“知道，知道——我应该减减肥。不用你提醒。”

“这是一个方面，”约翰点了点头，“要是你能少喝点儿红酒的话，也有好处。”

“哈！”波蒂哼了一声，说道，“戴维是不是告诉你，我扭伤脚踝不只是因为在地毯上绊了一下？他要是敢说，我——”

“绝对没有。”约翰边说边举起手来，护着和他一起打高尔夫的老伙计。

“那就好！不然他麻烦大了。还有，我刚读过一篇文章，说红酒有很多好处呢。红酒不但对心脏有益，还可以降低胆固醇，有助于预防癌症，预防老年痴呆。”

“也许吧，”约翰说，尽管他对新近这些鼓吹红酒保健作用的研究并不完全相信，“但也得适量饮用才行啊。”

“我喝酒几乎从来没超过一个数。”波蒂一脸无辜地说，尽管她知道约翰了解内情——毕竟他俩在同一个圈子里混。

约翰眉毛一扬：“一杯……还是一瓶？”

“哈！”波蒂说着就去拿她的拐杖，“你知道吗，没准儿你退休了还是件好事呢。你的晚年生活会变得异常丰富。”

约翰将手放在她的肩膀上，凝视着她的双眼。

“波蒂，你知道我爱你，我也知道生活给了你太多坎坷，可你也不能拿健康去冒险啊。你未来的路还很长。”

波蒂深知，约翰心里有她。“这事儿以后再说，”说着她看向别处，“先说现在吧，我是不是该吃点儿止痛药？”

“我记得你不喜欢吃药啊。”他打趣道。

她剜了他一眼，他抿着嘴笑了。

“治疗扭伤，你可以每四到六小时服一次布洛芬，注意一定要把脚垫高。还记得R、I、C、E吗？——休息（rest）、冰敷（ice）、压迫（compression）、抬高（elevation）？”

“记得。”她闷闷不乐地说。

“很好。”约翰说着，打开门，“你还要记住，只要是药性比布洛芬强的药物，都不能与酒同服。”

“不管什么事儿都能供你取乐，是吗？”她说着就要挥动拐杖。

“小心伤着自己。”他说着伸出手来扶住她，唯恐她跌倒。

“别担心。”她说道，“作为一个老太婆，我这身板算不错的了。”

第三章

雷米·兰登站在走廊里，努力回想着她上楼的动因。她走进卧室，希望借此触发自己的记忆，却赫然发现她还没铺床……可现在都快两点了！她开始抚平床单。在拍打右舷枕头时，她想起了吉姆。她铺床时总会想起吉姆——仿佛大脑短路了一样，只要一拍枕头就会想起他。每次回忆起的场景总是一模一样，最先浮现在脑际的是他们的新婚之夜。

“你介意我睡在右舷吗？”吉姆犹疑地问道，“你可以睡在左舷……”

吉姆用航海术语来说他们的床，令她不禁莞尔，但她并不吃惊——因为吉姆热爱航海。她想起小时候玩的“左舷和右舷”游戏，故意逗他道：“除非让我当船长。”

“你永远都是我的船长。”他说着把她拥入怀中。

“船长来也。”她继续逗他。

“是，是，船长。”他一边亲吻她的脖子，一边柔声说。

“我觉得你应该向船长致敬才是。”她喁喁细语。

“我是在致敬啊。”

她感觉到他压在自己身上，羞涩地笑了：“我也这么认为……”

现在，吉姆已经走了二十年了，但每次雷米铺床时，脑海中总是填满同样的回忆。无论她怎样努力，回忆总是如期而至，无法停止。

她将绒线熊（吉姆跟她约会时送给她的泰迪熊，早就旧了）靠在枕头上，绕过床去开窗。天气好极了——非常适合干园艺活——但她首先得换身衣服。她打开瓦楞纸箱——近两周以来，她常用的衣物就放在这里面。日常气温已达80华氏度（约26.7摄氏度），她决定将高领毛衣和牛仔裤转移到纸箱里，将衬衫和短裤放进衣柜。母亲经常叮嘱她穿衣换季别太早，否则会受天气影响。法兰绒床单也一样——要是5月中旬之前就换上棉布床单，气温肯定会下降，甚至可能会下霜！

雷米在纸箱里翻找起来。她永远穿着同样的衣服。每个季节，她往外拽箱子时，总是向自己承诺处理一些不再穿的衣物——过紧的牛仔裤、松垮变形的高领毛衣、起球的毛衣——然后给自己添置一些新衣服，但她接着就会想起在旧货商店上班的那些老年妇女。那些吃苦耐劳的女人见到有人居然在室外气温80度时送去一箱毛衣和牛仔裤，或10月份送去一箱紧身裤和无袖衫，她们肯定不会喜欢。因此，最后她总是又将所有东西都装回纸箱，告诉自己夏天时努力减掉一些体重，争取再穿上这些牛仔裤。这个目标虽然还没实现过，可不代表永远实现不了啊。

雷米找出自己最爱的园艺衬衫，把它抖开。这件破旧的浅灰色T恤是她回校参加第十五次同学聚会时在米德尔伯里学院书店购买的。那是吉姆去世之后的第二年——虽然有些同学已经得知消息，但有些同学还不知道。“吉姆兄弟去哪儿了？”他们快活地问道。她解释道，吉姆——她心爱的、温柔的吉姆——突发心脏病去世了。闻听此言，他们脸色一沉。“他的左动脉堵塞百分之九十，”她重复着从医生那里听到的解释，“对，遭遇了真正的寡妇制造者[①]。”虽然她不太确定，但还是茫然地点了点头。她以前虽然听说过“寡妇制造者”这个说法，但从未将其与吉姆的动脉疾病联系起来。接着，大颗的眼泪从她的眼中汩汩涌出。同学们赶紧拥抱她，告诉她他们也很难过，还说他去世

① 译者注：左前降支动脉闭塞，由于该病猝死率极高，医院外抢救成功率几乎为零，因此被戏称为“寡妇制造者”。

才这么短时间，她就来参加聚会，她内心该有多么坚强。

但雷米内心并不坚强，她感到的只有痛苦。同学们走开后，她看见他们冲她的方向点头，知道他们一边啜着霞多丽和赤霞珠，一边悄悄地相互提醒，别再犯同样可悲的错误，别在她面前提起吉姆。她突然感觉喘不上气来。她勉强挤出一丝微笑，礼貌地告辞出来，逃到了自己的车上。之前她为什么以为自己能应付得来呢？她开车来到酒店，把花了几个小时才选好的新衣服脱掉，皱巴巴地堆在床上，然后一路驾车回到了韦尔弗利特。回到家里，她感到前所未有的空虚。

雷米脱下衬衫，套上T恤，然后整理了一下她卷曲的银发。谢天谢地，那一切都已经过去了。在那之后的岁月里，她抚养大了三个孩子，翻修了他们的老房子，还在图书馆当义工（最近才辞掉），几乎没有时间细想她和吉姆可能拥有的生活。下次同学聚会时，如果她决定赏光参加，她要让他们看看，生活没能打败她。她战胜了生活！

第四章

赛勒·奎恩·罗斯将绘图桌推到窗边。她心想，自己和爱德华·霍珀等无数艺术家和作家一样，来到科德角找寻灵感，结果在这里一待就是一辈子。能够寻到位于特鲁罗的这栋小屋，纯属意外之喜，而且价格低到离谱！以前，她在巴泽兹湾的唐恩都乐[①]遇见一位房地产经纪人——乔赛亚·格雷。当年正流行“把爱传出去”，他为她付了一

① 译者注：Dunkin' Donuts，官方中文名为“唐恩都乐”，也有人称其为“当肯甜甜圈”，是一家专业生产甜甜圈、提供现磨咖啡及其他烘焙产品等的快餐连锁品牌，总部位于美国马萨诸塞州。

大杯黑咖啡的钱，然后给了她一张名片。最近，她打电话给他留下一条口信，说她准备离开波士顿，逃离她失败的婚姻，远离那个即将成为她前夫的男人，希望能得到他的帮助。让她始料未及的是，他居然回电话说他手头恰好有套好房子。其实，他补充道，要不是他也在办离婚手续，他就自己买下来了。

赛勒马上给乔赛亚回了电话，当晚就见到了他。院子为沙质地面，长满了矮栎、奇形怪状的北美油松和蔓生的海滨李。她在院子里转了转，发现虽然现在花园里杂草丛生，但以前一定非常漂亮。最令她着迷的是每个房间都洒满阳光，于是赶在房源见报之前就签订了购房合同。虽然需要给房子做些过冬准备，但房子修得十分坚固。她已经很久没遇到过这种好事了。

赛勒站在明亮通风的卧室中间，打算把它作为工作室。她环顾四周，感觉把上大学时就在用的老旧的橡木绘图桌放在窗下非常合适，但它一下子就占去了半个房间。要知道，这个房间还算是比较大的！她已经为较小的那个房间订了一张单人床。尽管她就是在家里自己那张床上发现弗兰克趴在他的秘书身上，但她还是想把它搬来，无奈房间太小，根本塞不进去。事实上，在剑桥那套4000平方英尺（约371.6平方米）的房子里，她想要的东西并不多。所有想要的东西她都已经打包搬走了。她总觉得剑桥的房子太大了，特别是孩子们搬走后——而且里面承载了太多回忆。当然，这些回忆现在已经不重要了。孩子们当然重要，但弗兰克——哎，这么说吧，她早已厌倦了伪装。“全部卖掉，”她离家时说道，“我受够了！彻底受够了！”

话说回来，这座简朴的小屋堪称完美。这是一栋真正的海滩别墅——出门即是海滩，也可以去探索科德角，累了就回来休息。室内铺着硬木地板，阳光露台上设有户外淋浴。除了两间卧室，还有一个舒适的起居区。起居区通向一个小厨房。虽然卫生间小到刚刚能转过身，但对她来说已经够用了。

赛勒搬起一个标有“图书”字样的纸箱，放在绘图桌旁的一个小橡木书柜前。她打开箱盖，搬出一摞儿童图书，立在书架上。这可是一生的心血，她心想，恰好能放满两层书架。现在，她的事业将何去何从？弗兰克一直是她的编辑。多年以前，12月初一个飘雪的下午，正当她为买不起圣诞礼物发愁时，正是他给她打来电话，告诉她他喜欢《别本末倒置》这本书。这是她在罗德岛设计学院读大四时撰写并配图的一本傻里傻气的童书。从那天起，他俩就成了一个团队——不止在一个方面。无论她对一本书有什么设想，总能在出版商的会议上轻松过关。可是现在呢？弗兰克会给她设置障碍吗？他会设法将她列入黑名单吗？她肯定需要找个新编辑……甚至是新出版商。当然，凭借她这些作品和她的人脉，应该问题不大……或者问题很大？她认识的人都上了年纪——有的甚至快退休了——再说她自己也老了。可出版界是不断变化的。没有什么是确定无疑的。

赛勒叹了口气，僵硬地站起身，从纸箱缝隙间穿过，朝厨房走去。上午家里已经通上了电，她先买了一些准备放在冰箱里的基本食品——奶酪、黄油、鸡蛋，路过酒类零售店时又挑选了几瓶霞多丽。她看了看手机：四点四十五分……五点钟，海边某处。她打开一瓶酒，从纸箱里翻出一个酒杯，然后拿着酒瓶和酒杯来到外面，坐在台阶上。该来的都会来，她无奈地想，担心也没用。话说回来，此刻坐在新买的海滩别墅的台阶上，品着红酒，吹着海风，过着全新的生活——还有比这更美好的吗？

第五章

派珀坐在换衣间的长凳上，想把跑步鞋的鞋带系好，克洛伊的尾巴却老是扫在她头上，啪啪作响。“嘿！你真傻，知道吗？”派珀边说边拥抱她。这么一来，她的尾巴摇得更欢了。“我也爱你。”她双手抱着她的头，凝视着她温柔的棕色眼睛，轻声说道，“咱们出去跑步，你准备好了吗？”克洛伊又蹦又跳，用鼻子推开纱门，结果纱门砰的一声撞在墙上……派珀皱了皱眉，“这倒提醒了我，过会儿修一修。”

克洛伊一到外面，就衔起门廊上的一只毛绒动物，深情地摇晃着它，叼着它神气活现地到处撒欢。“抱歉，克洛[1]，你必须把佐伊留在这里。”派珀看着那个松软的大玩具说。佐伊原本是一只柔软的奶油色毛绒狗，鼻子和尾巴上有哨，一挤就吱吱叫。佐伊可是克洛伊的珍宝。纳特刚把它带回家，克洛伊马上就爱上了它。从那以后，一有人来串门，克洛伊就忙不迭地去找她心爱的毛绒动物，然后扭着屁股，叼着它在家里到处炫耀。不幸的是，下雨时佐伊在外面待了几个晚上，一身奶油色变成了暗淡肮脏的灰色，身上也开始发臭。除了这些令人不快的缺点以外，不知道什么时候，它的眼睛、耳朵和哨子都被“手术摘除”了。虽然克洛伊老是偷偷将它叼进屋里，派珀还是不忍心把佐伊丢掉，于是佐伊被放逐到了户外。每当克洛伊来到外面看见它，就像是遇见了一位久未谋面的朋友。

---

① 译者注：克洛伊的昵称。

“克洛，放下佐伊。”派珀坚定地重复道，克洛伊这才依依不舍地将它放下，“好棒。咱们走吧。”派珀在车道上慢跑着，可她回头一看，克洛伊又把佐伊叼了起来。“放下佐伊。”她命令道。这一次克洛伊真的把它放下了，跟在派珀后面小跑起来。

派珀回头瞥了一眼房子。这栋可爱的楠塔基特式住宅是父母留给她的。她是家里唯一未婚的女儿，父母想确保她总能有个安身之处。派珀一直很喜欢这栋房子，但她更喜欢的是它的位置。房子旁边就是自行车道，步行即可到达罗克港，而罗克港是科德角上观赏日落的最佳地点之一。说起来，波蒂的丈夫戴维是名鸟类摄影师。每年他都要选择日落时分在罗克港给奎恩姐妹拍照，他总是逗波蒂：“今儿个我要给我的大鸟拍照啦！”

克洛伊沿着小径在前面带路。跑到布里奇路附近时，克洛伊坐下来，等着派珀将皮带拴在她的颈圈上。转向海港时，太阳正向树后滑落，派珀的思绪飘飘忽忽，想到了明天。纳特从海洋保护区打来电话——他俩都在那里工作——告诉她，有人报告在初遇海滩附近疑似看到了一只蠵龟。他说他已经去看过了，但没什么发现，所以明天一大早他俩就得出发，确保海龟——假如有的话——没有遇到什么麻烦。

在科德角附近，蠵龟十分罕见，但绝非闻所未闻——两年前，人们在初遇海滩上发现了一只体重近三百磅[①]的雌性蠵龟。不幸的是，她遇险已经有一段时间了——她只有一只完好的鳍状肢，这影响了她的游泳能力——还没等他们伸出援手，她就已经死了。再往前推二十年，曾有一只体重仅一百磅的小蠵龟在同一地区被冲上岸。还有一些重达七百磅的棱皮龟曾造访科德角湾，但海湾最常见的海龟是体形较

---

① 编者注：1磅为0.45千克。

小的肯氏龟。她和纳特救助过的肯氏龟数不胜数。

自从派珀作为新英格兰大学（缅因州）的准毕业生在科德角海洋保护区实习以来，她就一直在这里工作。正是在实习期间，她第一次见到了这位声音柔和、比她大八岁的海洋生物学家纳特……后来他俩订婚了。派珀从未想过，纳特也许与别人有感情纠葛，等她明白过来的时候，为时已晚——她已经爱上了他。

派珀永远不会忘记他俩相识的那天。纳特穿着褪色的红色泳裤和一件雪白的T恤。尽管才到5月，但是他的皮肤已经晒黑。她和其他实习生一起站在码头上，欣赏着他乱蓬蓬的栗褐色头发和洒脱的举止。这时，他抬起头来，说他想解开缠在海龟身上的绳子，问她能否帮忙抓一下海龟。派珀的心怦怦直跳，蹲在他身旁，手里抓着海龟——它的四肢飞快地蹬着——看着他小心翼翼地剪断钓线，然后轻轻地将钓线从小海龟的壳和鳍状肢上解下来。“谢谢。”他说。他石蓝色的眼睛里满含笑意，似乎看穿了她。

“不用谢。”她红着脸说。

那天晚些时候，她正要去自己停车的地方，却听到他喊她的名字：“你是派珀，对吗？”

她点了点头。

“不知道你现在有没有时间，不过，刚刚有人打电话说疑似看到了棱皮龟，我需要个帮手。想来吗？”

派珀立刻抓住了这个机会。从那天起，她和纳特就形影不离了。无论何时，只要一有差事要跑，一有目击报告需要核实，一有海龟需要救助，派珀就会跟在纳特身边，边实践边学习她将要做（而且喜欢做）一辈子的工作。虽然她喜欢和纳特在一起的分分秒秒，但她从未向他吐露心声。至于纳特呢，他似乎对她的感情浑然不知。直到那个夏天行将结束，大家一起出去吃完比萨，纳特开着车把她送到她的车旁，她才鼓起勇气坦白了自己的感情。当时，他俩正倚在他的卡车的引擎盖上。她羞涩地告诉他，她会想他的。纳特伸开胳膊搂住她的肩膀，吻了一下她的头顶，说他也会想念她，但随后派珀踮起脚尖轻轻地吻了他一下。纳特惊讶地躲开了，但随后他凝视着她的双眸，也轻轻地吻了她一下。

她紧紧地拥抱着他，他低声问道："你确定吗？"她点了点头。于是，在她返回缅因州之前的最后一个晚上，他俩之间维持了整整一个夏天的纯洁友谊升华成了亲密关系。

派珀感受着他留在她双腿之间挥之不去的热度，低语道："现在我真的会想念你了。"

他微微一笑："我也会想念你啊，但你要专心学习，别老是想我。等你毕业时我还在这里。"

"毕业离现在好遥远啊。"

"好事多磨嘛。"他风趣地说。

"也许你可以来缅因州。"

"我没有理由去缅因州啊。"

"你可以来作报告啊。"

"想法不错，可我认为咱们是自寻烦恼。"

"咱们已经在自寻烦恼了……"

"我担心的正是这个，派普。"

派珀若有所思地笑了笑。随后他紧紧地拥着她，亲吻着她的头顶，不知道事情怎么会发展到这种地步。

此时，派珀到了代尔王子路尽头的港口。她为克洛伊解开皮带，这条大金毛犬立刻冲到前面，轻快地跳跃着奔跑在沙丘草丛中，身子像海豚一样时起时伏。派珀跟着她沿着沙滩小径跑着。她跑到海滩时，克洛伊正站在水边等她。派珀说："去吧。"克洛伊立刻冲进水中。

派珀沿着湿润的沙滩继续跑，回头看时，只见克洛伊浑身是水和沙，在她后面飞奔。"不，别这样！"她说，但克洛伊从她身旁跑过，准确地将派珀藏在高草丛中的网球找了出来。她率先跑到那里，叼起网球，得意扬扬地又蹦又跳。"你赢了。"派珀上气不接下气地笑着说。克洛伊将球丢在她脚下，朝着水面跑去。派珀捡起球，用力扔向远处，金毛寻回犬在浅水中奋勇前进。派珀一次又一次将球扔出，克洛伊则一次又一次将球追回。

"好了，"她终于说道，"该回家了。"大金毛犬立即转身，跑到她前面去了。"今天晚上你精力好充沛啊。或许你应该稳重一点，以免受伤。"她笑着说。浑身上下湿漉漉的金毛从她身旁飞奔而过，只留下一个模糊的残影。派珀跟在后面慢慢跑着，仰望着傍晚的天空中闪亮的橙色和粉红色流云，微微一笑。"谢谢上天给我的一切。"她轻声道。

第六章

波蒂和戴维住在奥尔良一栋古老的盐盒式房屋[①]里。此刻，波蒂正坐在后露台上，扭伤的脚踝高高地搁在一把椅子上，看着鸟儿在矮松和喂鸟器之间飞来飞去。突然，她瞥见一抹亮蓝，立刻坐了起来——喂鸟器上有一只靛蓝鹀！在科德角，靛蓝鹀和猩红比蓝雀、金莺一样，十分罕见。波蒂打开笔记本电脑，登录账户并记录下这一发现——包

① 译者注：一种不对称双坡顶房屋。

括日期和具体时间——然后继续观察。机警的靛蓝鹀飞到下面的鸟澡盆上，喝了点水，接着又飞走了。

波蒂叹了口气："也许他还会回来的。"她又倒了一杯葡萄酒，回想着那天下午与桑德斯医生的谈话。她简直不敢相信，到了他这个年纪，他会去寻个女人结婚。老天保佑，他已经七十岁了。这些年来，三分之二的时间里，镇上的每个单身女性都想和他约会，但他从未接受过任何人的邀请。她摇了摇头。更过分的是，他居然暗示她喝酒喝得太多。她喝酒根本不及他们圈子里的另一些人，而且只要她想，她随时可以停下来。唯一的问题是她不想停下。她期待着在一天结束时喝杯葡萄酒，以示庆祝。总有些东西值得庆祝——一次美丽的日落、一本好书、一场雷雨、一只罕见的鸟、第一场雪、完成圣诞采购，等等。理由无穷无尽——生活就是这样。甚至过得不顺心也是一个很好的理由——一杯葡萄酒就能帮她忘却一切烦恼。

她又呷了一口。虽然约翰不肯承认，但她敢打赌，赌什么都行，那天上午他俩打高尔夫球时戴维肯定对他说了什么。她仿佛听到丈夫说：我很担心波蒂。她不只是被地毯绊了一下……她喝酒喝太多了，走起路来晃晃荡荡！不过，戴维从未对她说过这些。他没必要说——她知道他在想什么。每次她倒酒时，她都能感觉到他的双眼注视着她，她还知道他一直在留意回收桶里的酒瓶。她摇了摇头。他俩应该担心的是他们自己。毕竟，每次打高尔夫球，他俩都去俱乐部会所吃午餐，喝马提尼[①]——那可是中午啊！戴维有一次倒车时撞了一根路灯柱，这事怎么说？还不是因为参加米切尔家的海滨烤蛤聚会时喝了太多金汤力[②]！最

① 译者注：一种由杜松子酒、苦艾酒等混合而成的鸡尾酒。

② 译者注：掺了奎宁水的杜松子酒，常做开胃酒。

起码她只喝葡萄酒，从来不喝那些烈性酒——她称之为“头痛酒”。再说她倒车时从来没撞到过东西。她知道什么时候喝得够量了，也知道什么时候不该开车。她又呷了一口，看到一只雌性红衣凤头鸟从喂鸟器飞到了一根树枝上，一只幼鸟正在那里等待喂食。雌鸟紧挨着他落下，迅速地将一粒种子扔进他张开的嘴里。波蒂一声苦笑：“本来我也能做一位好母亲，”她眼望苍天，喃喃自语道，“要是上天给我这个机会就好了。”

戴维打开纱门，一只黑色的老拉布拉多慢悠悠地走了出来，把头靠在波蒂的大腿上。她脸上的毛色雪白。“你好，贝莉。”波蒂抚摸着老狗天鹅绒般的耳朵，看着她浑浊的巧克力棕色眼睛问道，“今天过得怎么样？”“贝莉”这个名字取自著名鸟类学家弗洛伦丝·梅里厄姆·贝莉。贝莉扭动着患有关节炎的尾部，波蒂微微一笑：“不管有多疼，你都不肯停止摇动你那条老尾巴，是吗？”老拉布拉多舔了舔她的手，随后溜达到一个阳光明媚的地方，像扔一袋子骨头一样倒在地上，观察鸟儿去了——她的名字取得可真恰当！

戴维看到桌上酒瓶旁边有一个处方药瓶，他拿了起来：“我想，吃维柯丁①时不能喝酒吧。”

“没啥大不了的。”波蒂不耐烦地冲他挥了挥手说，“我敢肯定，两者相加肯定能增强镇痛效果——我要的就是这种效果。”

他看着瓶子上的日期，皱起了眉头：“这是2010年的。是约翰让你吃这个的吗？”

“美林②不管用，后来我在橱子里找到了这个。”

戴维摇了摇头，叹了口气：“那我热一下晚饭？”

---

① 译者注：一种镇痛药。

② 译者注：一种布洛芬制剂。

“好，冰箱里有吃剩的鸡肉……还有肉菜烩饭。”

“咱们昨晚吃剩的柠檬鸡？”

“对。还有芦笋。”

“你想吃沙拉吗？”

“要是你愿意做的话。”

戴维轻轻地关上纱门，波蒂听着他在厨房里忙活着准备晚餐。自己放松一下，让他做顿饭，换换口味也不错嘛。她很幸运嫁了个好丈夫——她的丈夫没有像弗兰克那样不忠；没有像吉姆那样早早离世；至于纳特嘛，那就另当别论了——她搞不明白为什么他和派珀就是不结婚。妹妹们都很幸福，因为她们有孩子（甚至未婚的派珀都有可爱的伊莱亚斯）；她自己也很幸福，因为她有一个善良忠诚的男人。上帝知道，这样的男人可不好找。她又呷了一口葡萄酒。对，嫁给戴维——尽管他也有这样那样的缺点——当然是一个庆祝的理由！

第七章

雷米看向厨房窗外，喃喃自语：“晚上天色红，水手乐呵呵；早晨天色红，水手急煞煞。”

“这是什么意思？”有一次，他俩日落时分返航时，她问吉姆。

“这是一句古老的气象谚语。”他解释道，“晚上天空发红是因为阳光照射在高浓度的尘埃粒子上——表明这是高气压区前锋，气象条件稳定……因此预示着好天气；但早晨天空发红意味着好天气已经过去，低气压区即将进入，或者阳光照射在高浓度的水蒸气上。无论是哪种情况，都意味着可能会有暴风雨。”

雷米微微一笑。作为科学教授的吉姆一向善于解释事物。那天晚上之后，雷米惊讶地在《圣经》中发现了同样的气象谚语。她无意中发现《马太福音》中有这样的记载——耶稣回答说："晚上天发红，你们就说，'天必要晴'；早晨天发红，又发黑，你们就说，'今日必有风雨'。"她简直不敢相信这条谚语居然有那么久远的历史，不过话说回来，那时候多数门徒都是渔民，他们一定非常关注天气。

她接了一杯凉水，拿着一片柠檬挤了些汁进去，伸手拿了本书，来到装有纱窗的门廊上，舒舒服服地坐进她心爱的椅子里。不一会儿，爱迪生——一只脚爪雪白、英俊帅气的灰色公猫，十年前的11月一个落雪的夜晚出现在她家门前的台阶上——跳到她的大腿上，用鼻子贴着她的鼻子，迅速蜷缩起来。雷米抚摸着他柔软的皮毛。她现在终于相信了，爱迪生在暗中观察着她，等着她坐下，因为她一坐下，他就会出现。"你藏在哪儿了？"她问道，可他已经打起了呼噜。他到底是怎么做到的？对于这个秘密，他可真是守口如瓶啊。

雷米打开书，开始阅读，但她紧接着就走神了。为什么最近她总是难以集中注意力？过去她读起书来如饥似渴——每周至少能读三本！可是最近，一页还没读完她就打起瞌睡来，即便读完了，她往往也不知道读了些什么。要是她喝了杯葡萄酒（不过她很少再喝了），那就根本没必要读书了，因为还没打开书她就已经睡着了。她不知道波蒂和赛勒是怎么做到的。即便喝上整整一瓶葡萄酒，波蒂还能熬夜阅读，赛勒也能熬夜工作。

她低头看着那页书。她一直喜欢林白夫人[①]对女人的人生阶段永不过时的思考，但这一次，她似乎无法专注于那亲切的话语。她轻轻翻动书页，走马观花地看着——或许是因为这本书她已经读过太多次

① 译者注：Anne Morrow Lindbergh，又译安妮·默洛·林德伯格。

了，抑或是因为她疲惫的大脑不像以前那么灵光了，又或许她其实患上了早发型阿尔茨海默症——这不应该是普通的阿尔茨海默症，因为她才六十五岁——但最近她确实越来越健忘了。无论什么事情，她都必须写下来。事实上，屋里到处都是她贴的单子。要是她去商店忘了带购物清单，她往往转身就往家走。还有，备用卧室里杂物越积越多——她真不知道这些东西是怎么攒起来的。她总是把家里收拾得井井有条，这一直是她的骄傲，但那个房间实在令她难堪——她只好一直关着那扇门。天可怜见，千万别让她的孩子们看到这个房间。他们肯定会以为她精神失常了！

雷米望着渐渐昏暗的天空，叹了口气。她在某个地方读到过——不过不记得在哪儿了——杂乱也是痴呆或阿尔茨海默症的症状之一。上天保佑！要是她患上了阿尔茨海默症，她该怎么办？她的孩子们——佩顿、伊丽莎或塞姆——谁会收留她呢？他们自己的家事已经够忙的了，她绝不想再给他们增加负担……但她又不想去养老院。她讨厌养老院；当初波蒂坚持把妈妈送进养老院，雷米一直反对。就她而言，养老院是一个孤独、悲惨、临终关怀式的存在。

“啊，亲爱的上帝，别让我患上阿尔茨海默症，”她低声祈祷，“也别让我成为孩子们的负担。就让我在睡梦中死去吧……死在自个儿的床的左舷！”

她的手机突然响起了《好心情》(*In the Mood*)。她拿起手机，看了一眼屏幕。上面没显示名字，只显示了一个号码。“你好？”她疑惑地说，“对不起。你说你是谁？”她皱着眉头问，接着脸上露出快活的神色，“哦，塞姆啊！我正想你呢……嗯，我知道，把你的名字存到手机里……只是我搞不清该怎么弄……嗯，我知道你教过我……或许你下次来的时候可以再教我一遍……嗯，一切都好。听到你的声音真是太棒了！”

第八章

赛勒将酒瓶里仅剩的一点酒倒入杯中，仰望着珊瑚色天空中飘浮着的缕缕紫色的流云。“主啊，您太懂得怎么画夕阳了，”她低声赞叹着，“我们麻瓜艺术家跟您简直没法比！”她轻呷了一口酒，突然听到屋内传来《情雾迷蒙你的眼》(*Smoke Gets in Your Eyes*)，循声找去，发现声音来自她的工作室。她拿起手机，看了看屏幕，立马关机了。她跟弗兰克无话可说，当然也不想听他解释。

穿过小屋回到原处的路上，她顺手插上了从家里带来的灯——客厅里的两盏落地灯和卧室地板上的一盏小灯。小灯旁边是孩子用过的一个旧睡袋，新床送到之前她一直睡在睡袋里。她向来讨厌幽暗阴郁的房间；虽然从未被正式确诊过，但她确信自己患有季候性情感紊乱[①]。她同样确信，艺术家对此也无能为力。众所周知，艺术家往往更敏感。瞧瞧那些深陷吸毒酗酒泥潭的艺术家、作家和演员——那是因为他们对生活的感受过于敏锐。

刚才一起身，一活动，赛勒马上感受到了重力对膀胱产生的影响。她匆匆走向卫生间——现在这个“破水箱”跟以前那个“铁膀胱”绝对没法比啦！上大学那会儿，她能把朋友们都给喝到桌子底下，自己却不用上厕所。可是现在呢，要是她大笑或咳嗽时忘了夹紧双腿，她都会尿出来。在家工作是件好事，上天保佑，她可不想用卫生护垫或

① 译者注：seasonal affective disorder，缩写为 SAD，指在晚秋、冬季因日照时间缩短而易发的抑郁症。

者穿纸尿裤！

赛勒永远不会忘记，她们刚把妈妈送进养老院后，她在那里照顾妈妈。那时候，妈妈口中的“该死的老年痴呆症”尚未夺走她身体的所有感觉，她还知道什么时候需要上厕所，并且能够向人示意。赛勒呼叫了护士，但护士来得太慢了，最后感觉事情紧急，她把妈妈推进卫生间，扶着她站起来，帮她脱下睡裤，发现她穿着纸尿裤——怪不得护士一点儿都不着急！“哦，妈妈，”她沮丧地低语道，“人最后都是这个样子吗？”她把巨大的纸尿裤向下拉了拉，摸了摸，感觉很重，意识到终究还是来迟了。

玛莎站在那里，弯腰驼背，直视前方，赛勒把湿漉漉的纸尿裤扯下来，从角落里的一个包裹中找出一片新的给她换上。“抱歉，妈妈，”她眼泪汪汪地低声说，“这一切发生在你身上，我真的很难过。”虽然她的妈妈已经感受不到屈辱，她却感同身受。

“可恶，上帝啊！”开车回家路上她咒骂道，“为什么你要让老年人的生活如此不爽？为什么不能让老年人保持尊严？这个要求过分吗？上帝啊，你的规划太不周全了！我认为你没有细细筹划‘老年’这个阶段！”回到家后，她给最小的女儿打了个电话，将这事告诉了她，“要是我将来也变成这个样子，梅里，你就给我一枪！”

当时梅勒迪斯笑了：“哦，妈妈，你不会变成那样的。”

现在赛勒叹了口气——她已经在朝那个方向发展了。

她伸手去拿卫生纸，却发现卫生间里没有，只好默默地骂了几句。“今天就来个自然干吧。”她一边嘟哝着，一边迅速地穿上了内裤和短裤。过了一会儿，她打开厨房台面上标有“厕所用品”的箱子，赫然发现她之前在箱子里塞了半卷卫生纸——以防万一嘛。她摇了摇头，把手纸挂到卷纸架上，心里想着还得再买一些。

她把箱子里的物品都取了出来——肥皂、洗发水、面霜、牙膏和牙刷——然后站在镜子前面，仔细观察着镜子中的自己，感觉这里的镜子或是灯光比原来家里的更仁慈，她想搞清究竟是前者还是后者。她摸了摸自己花白的短发，然后用手轻轻地抚摸着眼睛周围的皱纹。“我这辈子不该那么爱笑，”她对着镜子中的自己说，“派对上、聚会中我总是强颜欢笑……现在，我付出了代价。”她把头一扭，“我浑身上下全是皱纹！或许这就是为什么人年龄越大，视力越差，”她沉思道，“这样我们就看不到自己的皱纹了！”她摇了摇头，“看来，上帝你确实有规划，”她用充满讽刺的声音说道，“有瑕疵的规划也是规划啊。”

她关掉灯，走进工作室。“啊，从哪儿开始呢？”她伸手端起方才搁在绘图桌上的酒杯，抿了一口，将酒杯放在书柜上，把灯固定在绘图桌上，开始工作。灯如其名，这盏黑色的“组合”灯装有一个白炽灯泡和一个荧光灯泡，同时点亮时，会发出近于北极光的纯光照亮她的工作台。但等她拧紧灯夹，将灯臂滑进套管，爬到桌子下面，插上插销，然后爬出去，按下两个开关，结果只有白炽灯亮了。她沮丧地摇了摇头：“天哪！该死的破事一件接一件！”

“干别的去！”她宣布。她又啜了一口酒，把搁在椅子上的一个旧纸箱的盖子打开，停顿了片刻，看了看里面放的东西，拿出一些镶着相框的照片，慢慢拆开包装。赛勒一直很喜欢戴维为“奎恩姐妹”拍摄的那些黑白照片。这成了她们夏日的传统——夏天一到，她们就来到外面，站在某个海滩的沙丘上，或者在日落时分前往罗克港，拍照留念。一到圣诞节，戴维都要把当年的照片镶上相框，送给她们每人一份，这也成了他的传统。波蒂、雷米和派珀通常会把这些照片挂在自己家里，挂得到处都是，但赛勒一直认为应该把它们挂在一起。遗憾的是，她从来不想把它们挂在剑桥的房子里。由于某种原因，她和弗兰克共享的大房子与她对娘家人的感情“格格不入”，因此她一直将这些照片藏在一个纸箱里。现在，她环顾房间，目光落在绘图桌旁的墙上——这个地方堪称完美。

她再次低下头，看着那些照片。合在一起看时，它们是一套非凡的藏品——瞧瞧她和姐妹们多年来的变化轨迹，令人感叹不已。她拿起第一张照片，看得出当时她十八岁上下——那波蒂就是二十二岁，雷米二十岁，而派珀只有十三岁。瞧瞧她们！一个个都那么苗条……那么漂亮……那么独立。虽然家族相似性很强，但相似之处仅止于以上几点——除此以外，她们几个是如此不同。唯一持久的相似之处在于她们眼中的严肃，严肃之中透着一种共同的悲伤——其中有件伤心事她们从未提起过。赛勒始终不明白，为什么父母从未提起过那个晚上……为什么父母甚至从未提起过“伊斯顿”这个名字；这些年来，她或姐妹们一提起他，父母的神态就像在说“别提了”。最终，她们学会了不提他；现在回想起来，她们的精神没出问题，这绝对是一个奇迹。她努力想凭一己之力找到解决问题的办法。她甚至接受过一段时间的心理治疗，希望治疗师能够帮助她放松，而不是那么害怕表达自己的感受，但无济于事。她甚至不能把伊斯顿的事告诉治疗师。她认定，父母的缄默已经深深嵌入自己的心灵，根深蒂固。她感觉自己如果说出来，就背叛了家人。或许，她比自己想象的还要神经质。

她回过头，看着这张照片，仔细探寻着姐妹们的眼睛。她们绝对都是同样的家教和共同的家族渊源造就的“产品”，因此，她们彼此之间感情至深。或许这是痛失兄弟的悲剧所带来的唯一好处。

她把这张照片放回去，和其他照片摆在一起，又看了一遍。甚至连她们的着装都是对当时时尚的无意识研究——从大学时代的 T 恤和里昂比恩牌[①]Polo衫到亚麻衬衫和飘逸的太阳裙——她们的着装深深植根于新英格兰的土壤和沙滩。随着年龄的增长，无论是从外貌上还是内心里，她们都逐渐成长为坚强的新英格兰女性。

赛勒拿起拍摄时间比较近的一张照片，微微一笑——这是迄今为止她最喜欢的一张照片。然而，当时她甚至根本不想拍这张照片。此刻，她凝视着这张照片。她身体瘦削，两颊深陷，满脸憔悴，姐妹们都搂着她。不用看她就知道照片拍摄于2006年。那年，她接受了双乳切除手术，紧接着经受了二十八轮化疗。她不想拍照，是因为她头发全掉光了，看上去很吓人，但姐妹们一再坚持，说这比以往任何时候都重要。波蒂找了一顶呢帽让她戴上。她们都站在海滩上，姐妹们搂着她，紧紧地抱着她……她的眼里噙满泪水——她从未感受过如此浓烈的爱。

第九章

派珀将头缆扔进工作船，把船推下水，双脚一跳上了船。

“对于一个老太婆来说还不错。”纳特一边拿她开心，一边掉转船头，驶向海湾。

派珀翻了个白眼：“你还好意思说我老。”

“今年夏天你都要多大岁数了？”他继续逗她，“六十？”

派珀委顿地看了他一眼：“你要想记住我的年龄，最好的办法就是拿你的年龄——六十六——减去八。”

“哎哟喂！”纳特说着，摇了摇头。

---

① 译者注：L.L.Bean是一家专门生产和销售户外用品的美国经典品牌，诞生于1912年，品牌名称取自其创始人Leon Leonwood Bean名字的缩写。

派珀边笑边用风衣蒙住头。清晨的空气十分凉爽，有些薄雾，不太适合行船，但两人没有料到更糟的还在后面。她拿起双筒望远镜，仔细观察着青灰色的水面。初遇海滩在毗邻的伊斯特姆镇，他俩一眨眼工夫就到了。问题是，海龟现在行踪不定，而且随着阵亡将士纪念日周末的临近，海湾很快就会挤满船只，对于一只大海龟来说会更加危险。

临近海滩，纳特放慢速度，也拿起了他的双筒望远镜。他俩顺水漂流，沿着海岸线搜索着，但环顾四周，没有任何生命的迹象，只看见一个女人在扔网球，让她的狗去捡。“真希望我能像他那样精力充沛！”纳特看着狗在浪涛中奋力向前，说道。

“这说明你老了，老了精力就是不济。”派珀拿他开涮。

“我还年轻，能跟上你！”

“你真这么认为？”派珀嬉笑着说。纳特把她拥入怀中。“嘿，”她说，“咱们是来寻找海龟的，你还记得吗，一种长着硬壳的爬行动物。”

“其实，蠵龟的壳是软的，”纳特说着，双手顺着她的背向下滑动，“有点像你……”

“得了吧，”派珀小声说，“我说，附近有人……”

“附近没人啊。”纳特轻声反驳道。

派珀回头看看海滩，发现女人和狗已经离开了，雾从四面八方涌来。“嘘，这是怎么回事？周围的雾浓得就像豌豆汤一样。”

“嗯。”纳特表示赞同，“恐怕今天找不着咱们的海龟了。”

“我猜找不着了。”她无奈地说，“潮水的方向也变了，咱们还是回去吧。”

“你这么着急干吗？”纳特问道。

派珀微微一笑，想起有一次他俩没注意潮水的方向，因为纳特一直在像现在这样分散她的注意力，结果还没等他俩发觉，船就停止摇晃了。

“好极了！”纳特一边摇头一边逗她道，“喏，瞧瞧你办的好事！”

“怪我？”她反唇相讥，“你先开的头儿！”

“谁让你穿紧身白色背心呢……”

“谁让你不穿背心呢？”她盯着他黝黑的身躯，针锋相对地反驳道。她叹了口气：“咱们现在干点什么呢？”

他俩本打算走到岸上，但后来转念一想，涨潮后他俩就没法回到船上了。百无聊赖之下，他俩追赶着后退的潮水，站在水边，脱掉衣服，在浅水处游泳。夕阳余晖中，两人在凉爽潮湿的沙滩上做爱。一小时后，充分享受过爱情滋润的他们红着脸走回船上。此时，从波士顿到普罗温斯敦的海岸线上灯光闪烁，满天繁星显得益发明亮。他俩穿上长袖运动衫，背靠着船上的风挡，凝视着苍穹中闪烁的“明灯”。六个小时后，他俩在轻轻摇晃的船上醒来……一个月后，派珀发现自己怀孕了。

“我可不想再搁浅十二个小时。”她说，“我还有事儿要做呢——我想去赛勒的新家看看，再说伊莱亚斯今晚要回家，我得去采购些食品。”

“我还以为他明天才回来呢。”

“计划赶不上变化快。”她耸耸肩道，“他想妈妈了。”

“他想克洛伊了吧。”纳特咧嘴一笑，故意逗她。

派珀笑了：“嗯，你说得很对。”她知道儿子在大学里有多么思念克洛伊。

纳特压在她身上，她感觉到他兴奋异常。“你确定现在就回去吗？”他温柔地问道。

“我想我可以多待一会儿，”她微笑着柔声道，“只要你比潮水的速度还快。”

第十章

波蒂半夜醒来时，感觉到自己要有大麻烦了。她翻了个身，侧躺着，感到脚踝一阵阵疼痛，但与眼球后面隐隐约约的疼痛相比，这点痛根本算不了什么。她把枕头下面那只手握成拳状，按住太阳穴。“拜托，别这样，”她嘟哝着，“别让我头痛。”她的偏头痛已经多年没有复发了——更年期后就没有了——但她对偏头痛的症状记忆犹新。她知道自己得起来吃点药——早期干预是关键——但要想起床似乎……不太可能……还有，她该吃什么药？她能吃什么药？只有舒马曲坦能治她的头痛，可她已经很久没吃过了，她甚至不知道家里还有没有。随着血流的变化，太阳穴跳动得更剧烈了，她坐起来呻吟着。“不好。”她嘟哝着，小心翼翼地走到床边，伸手去拿拐杖。可以肯定的是——与头痛相比，脚踝处的疼痛简直就像公园漫步一样轻松。

戴维感觉到她在动。“怎么了？”他含含糊糊地问。

“偏头痛。”她答道。

“需要我帮忙吗？”

“不用，不用……你继续睡吧。”

他翻了个身，还没等波蒂穿过房间，就又打起鼾来了。

“睡得真香啊。”她嘟哝道，绕过伸开四肢卧在大厅里的贝莉。她在黑暗中小心翼翼地走下楼梯，但她打开厨房灯时，发现灯光太亮了，晃得她直眨眼睛，赶忙又将灯关掉了。她摸索着走向厨灶，闭上眼睛，打开抽油烟机的灯，眯起眼睛看了看时钟，又呻吟起来。现在是三点二十分——醒得太早了。等真正的早晨来临时，她恐怕什么都干不了了……

她拉开装满药瓶的药屉，在里面一顿翻找，祈祷着能找到以前剩下的偏头痛药片。家里药倒是挺全，从强的松到百忧解[1]，从安定到扎普宁[2]，应有尽有——“我们都他妈可以开一家药店了！”她咕哝道。她像着了魔一样，一股脑儿地将抽屉里其余的东西全都倒了出来——三个切药器、一个磨药器、两颗犬心丝虫药片，还有一个用过的人工呼吸器。她凝视着空空如也的抽屉，惊讶地发现抽屉后部有一个小小的长方形铝箔袋。她把它拿了出来，眯着眼睛看了一番，但她没戴眼镜，看不清到底是不是舒马曲坦；可她辨认出了上面的日期：“06/00后丢弃”——真的吗？难道真的是十六年前的药？吃下去安全吗？能与维柯丁同服吗？失效了吗？这些问题萦绕在脑海中，令她愈加头痛。

也许是维柯丁引起了她的头痛……也许是维柯丁与酒精同服引起的。有生以来，波蒂第一次为没听约翰的警告而后悔。为什么她不听话呢？她能感觉到眼球后面的压力不断增大。也许她得的根本不是偏头痛。也许是脑子里长了个动脉瘤！她有一位同事就死于脑动脉瘤。葬礼上，同事的丈夫说她唯一的症状就是严重的头痛。波蒂找出眼镜，仔细端详着铝箔袋。或许她应该等到早上再给约翰打电话。可是，要是她长了动脉瘤，或许她应该去急诊室。她看看时钟，这个时间打电话不知道约翰会不会介意。当然，要是他知道她长了脑动脉瘤，他肯定不会介意。又一阵恶心袭来，她感觉好像有人拿了一把大力钳夹在她的头上，越夹越紧。她倚着厨房台面，折了折铝箔袋的角，想把硬塑料和纸分开，但由于时间太久，封口已经浑然一体，很难打开了。

---

① 译者注：抗忧郁药。

② 译者注：阿普唑仑的商标名。

她打开杂物抽屉，翻找着剪刀——剪刀从来都不在应该在的地方！

无奈之下，她从沥水碗架上取下一把锋利的刀子。就在此时，她脑袋里那熟悉的声音又开始给她发警报了。她太熟悉这个声音了——她已经听了六十七年，也忽略了六十七年。小心！它警告道。别干蠢事！“当然，我会小心的。”她喃喃自语道，“我干过蠢事吗？”她停顿了片刻，“先不理它了。”她用刀尖去戳塑料泡罩的边缘，可她刚一用力，刀一滑，割破了手指。大惊之下，波蒂痛苦地叫喊起来，把刀丢在水槽里，打开水龙头，用凉水冲洗手指，眼看着白瓷变成了鲜红色。天哪，怎么会流这么多血？不知道是不是需要缝合？她伸出闲着的那只手拿了一张纸巾，将手指包住。要是我去急诊室缝合，或许他们会进行断层造影扫描，兴许会发现我的动脉瘤呢。她捏了捏手指，想确定到底哪个部位疼得最厉害：手指、脚踝还是脑袋。阵阵作痛的手指上裹着一张血淋淋的纸巾，她甩掉拐杖，一瘸一拐地走进浴室找创可贴，却意外地找到了剪刀。她又冲了冲手指，擦了擦，赶在血液再次涌出前迅速贴上了创可贴，然后拿着剪刀一瘸一拐地回到了厨房。她看了看钟表，感觉脑子清楚多了，果断决定不能这么早就给约翰打电话。她小心翼翼地用剪刀剪开铝箔袋，喝了一大口水，把药片吞了下去，然后把杯里剩下的水倒进水槽，拿起拐杖，走向起居室。她瘫坐在沙发上，脚搁在枕头上，身子向后一靠。

“快点别让我头疼了。”她祈祷着，用指关节按着太阳穴。眼球后面的压力还在增加，感觉像是快要爆了——眼泪顺着脸颊滑落下来，可即便这样，压力还是没有丝毫缓解。她听着戴维的钟表嘀嗒作响，听起来那么响亮。门厅里的老式落地大摆钟响起了熟悉的温切斯特式钟声，接着是四声巨响。她的鸟鸣钟是戴维多年前从奥维斯商店买来送给她的生日礼物。鸟鸣钟发出她最讨厌的莺鹪鹩的鸣叫声。莺鹪鹩闲来无事最喜欢衔着木棍塞满蓝鸲的巢。她真不知道，傻瓜莺鹪鹩整天忙着毁掉其他鸟的巢，怎么还有时间筑巢并抚养自己的雏鸟。过了几分钟，布谷鸟终于打开门，咕咕地叫了四声——它参加报时派对时总是迟到，无论戴维如何精心调整钟摆都无济于事。波蒂默默地数着每一次钟鸣、莺鹪鹩的歌声和布谷鸟的叫声。今天她还有好多事情想做。她昨天本想去看看赛勒新买的小屋，给她带一瓶霞多丽以示庆祝（一到夏天，赛勒就改喝白葡萄酒），可她在地毯上绊了一跤，结果在医生办公室度过了一个上午，原来的计划全都泡汤了。可现在呢，要是头继续痛下去，她今天还是没法去见赛勒。鸟类学委员会还有一些积压的工作需要她去完成，但如果头疼的话，她肯定没法看电脑屏幕。

她凝视着黑漆漆的室内，禁不住想：在发明止痛药、抗生素和抗焦虑药之前，人类是怎么活下来的？当祖母因为身体虚弱和持续数日的头痛而无助时，她还记得自己忧心忡忡地望着祖母黑洞洞的卧室。那时候，没有任何东西能帮可怜的祖母缓解病痛——她只能死等。唉，她承受的该是什么样的痛苦啊！

钟表再次响起，波蒂感觉到一阵凉爽的微风吹进窗户。天渐渐亮了起来，那些永远准时的鸣禽唱起歌来——它们体内的夏季时钟设在了四点三十分。她闭上眼睛听着。红衣凤头鸟先生最先唱起来——她似乎看到，他挥动指挥棒打着拍子，为众鸟唱出了第一个欢快的音符；很快，锡嘴雀、北美山雀和凤头山雀都加入进来；接着，不甘落后的美洲家朱雀、鹪鹩、鸫和蓝鸲也加入进来，最终在树林里汇成了一曲交响乐，热闹非凡……随后，波蒂又听到一种难以忘怀的声音。波蒂屏住呼吸听着，回忆起很久以前的一个晚上，她和兄弟姐妹们在后院露营——他们五个人挤在一个帐篷里！伊斯顿躺在她旁边。她刚睡着，他就用手肘推她。

“波蒂？”他急切地小声说，“那是什么声音？”

“什么声音？”她睡意朦胧地嘟哝道。

“听。”

她听了听，但只听到了蟋蟀的叫声。“我什么都没听到。”

“嘘！”

随后，那个声音又响起来了——一声悠长的悲鸣。“天哪。”她悄声道。

“什么声音？”

“这是浣熊的叫声。”她说，声音里充满了敬畏。

“浣熊？”

“对。爸爸说科德角有浣熊，可我以前从没听到过它们的叫声。”

“太酷了，”伊斯顿说，“听起来像鲸鱼的叫声。”

“确实像鲸鱼的叫声。”她微笑着表示赞同。他俩静静地躺着，听着浣熊孤独的叫声，直到再无声息，只剩下弟弟平静的呼吸声。

现在波蒂又听到了浣熊的声音。她已经很多年没有听到这种悠长而又悲切的叫声了。她用鼻子深吸了一口气，再慢慢地从口中呼出，努力不去想身上的疼痛。最后，她一直在等待的那种感觉终于来了——血管收缩，紧跟着喉咙收紧。这是一种奇怪的感觉——第一次出现这种感觉时，她惊慌失措。可是现在她期待这种感觉，知道这意味着头痛正在消退。她闭上眼睛，感觉到贝莉在用口鼻蹭她的手。“嘿，亲爱的馅饼。”她抚摸着贝莉柔软的耳朵轻声说道。五分钟后，她迷迷糊糊地睡着了。再次醒来时，贝莉躺在她身旁，而戴维正在煮咖啡。

“你的头怎么样了？”

“好些了。”她松了一口气，说道，“谢天谢地，我找了点药吃了。”

“噢，看来你费了不少劲才找到。”戴维说道，冲着厨房台面上的一堆药瓶点了点头，“你还割伤了自己，对吗？”

波蒂看了看手指，发现血液几乎浸透了创可贴。然而，方才在厨房里的紧张忙乱，在她的记忆中一片模糊。“嗯，我猜是这样。”

“水槽上溅了好多血。”

“是吗？我还以为我给冲干净了。”

“哦，还是落下一些。”戴维说着倒了两杯咖啡，“看上去就像是有人被杀了。”

“确实流了一些血。”她说道，突然感觉她亟须去一趟卫生间。她忘记了头痛药对膀胱的影响。她拿起双拐，疼得龇牙咧嘴——头部感觉好些了，不过脚踝和手指仍然一抽一抽地疼。

她从卫生间回来坐下，戴维端了一杯咖啡放在她面前。“英式松饼加橘子酱怎么样？”他问道。

“听起来不错。”波蒂微笑着说。接着，她想起曾听到浣熊的声音……而弟弟就躺在她身旁。这份记忆令她心痛。

第十一章

雷米打开妈妈留下的《好主妇》食谱，翻到折角的“馅饼和糕点”部分，匆匆记下做大黄派[1]所需的原料。她种了很多大黄——这种高大多叶的植物喜欢今年春天多雨的气候——但她还需要买个橙子；她老是忘记这个食谱需要橙皮。她放下笔，打开橱柜，想看看还有没有快煮木薯淀粉。突然，她听到哀怨的猫叫声，赶忙停止翻找，打开后门，爱迪生信步而入，等着吃早餐。

“我要出门了。”她说着舀了些猫粮给他倒在盘子里。他来到盘子前，舒舒服服地吃了起来。“不会太久的。”她补充道，再次打开后

① 译者注：派，英文“pie”，即馅饼。

门，走了出去，但没过一会儿，她又回来了，“我忘了拿购物单。”她说着从便条簿上把购物清单撕了下来，“一会儿见。”她再次关上门，一直走到她古老的斯巴鲁傲虎前才想起忘了带手机。她站在车道上，盘算起来。她需要手机吗？又没人给她打电话。不过话说回来，万一有事需要求助，没有手机可办不了。她回到屋里，拔下手机。“这次我真的走了。”她再次打开门时向猫咪保证道。对于她来来回回好多次的习惯，爱迪生早就见怪不怪了。这一次，他抓住机会冲出家门，来到了外面。“别上马路。”看着他信步走开，她喊道，“我敢确定他什么东西都落不下，”她喃喃自语道，“这些都是咱们人类须臾不离的虚饰。”

十分钟后，她在韦尔弗利特市场前面找到了一个停车位。她收拾好东西，确定没有落下任何东西——购物清单、眼镜、钱包——随后发现自己居然带了帆布袋，这让她惊讶不已。“我还没喝茶就记起来了！”她自豪地喃喃自语着，深信茶会让她的思维更加清晰。她走进商店，抓起一个篮子，来到农产品区，仔细对照着购物清单采购。因为没做早餐——也没喝茶——她在烘焙区停下，买了一份蓝莓松饼，并获赠了一杯茶。接着她去了熟食区，买了一小份这个市场上有名的科德角科布沙拉。排队等待结账时，她对照着清单清点了一下篮子里的物品，发现忘了买橙子。她叹了口气，离开结账队伍，又回到了农产品区。

二十分钟后，她把车停在了自家住宅的沙地车道上。这座宅子是她和吉姆刚结婚时在大岛建造的，格局不规则。房子采用科德角弓形屋顶，外山墙和后墙装有柏木护墙板，屋顶上是饱经风霜的柏木瓦。按照科德角的传统，房子的正面刷了漆。房子刚建成时，吉姆把它漆成了质朴的暗红色，但他去世后，她让塞姆把房子漆成了棕褐色；最近，不顾姐妹们的反对，她又让人给漆成了白色。赛勒特别不满。“白色太无聊了，”她抱怨道，“像香草一样……缺乏特色！”

“我就是这样。”雷米无奈地微笑着反驳道。“无聊的香草”，这就是她对自己真实的看法。她年复一年地穿着同样的衣服，日复一日地在岛上按照同样的路线散步，每天早上吃着同样的早餐——鲍勃红磨坊刀切燕麦片，每天晚上同一个时间上床睡觉。要是这还不叫无聊，那她不知道怎样才叫无聊。甚至她最喜欢的冰激凌口味也是香草味。

雷米将物品提进屋里，把茶和松饼放在厨房台面上。她正要把东西都归置好，却发现橱柜门开着。她皱着眉头，努力回想着自己打开橱柜的原因。她瞥了一眼食谱，一下子想了起来——她方才在找木薯淀粉！她扫视着搁板，心沉了下去——从玉米淀粉到玉米糖浆，从小苏打到发酵粉，家里一应俱全，但就是找不到盛木薯淀粉的那个红白两色的小盒子。“宝贝！”她喊道，“我得再出去一趟！”

她一边沮丧地抱怨着，一边在微波炉里热了热松饼，在上面涂了些黄油，就着温热的茶水吃起来。随后她洗了盘子，放在沥水架上，擦掉厨房台面上的食物残渣，朝车子走去，这次只回来一次，因为忘了带钥匙。

她在商店前慢慢停下，环顾四周。之前的好停车位早就被别人占了，而且根据停车位的稀缺程度判断，她确信收银台前等待结账的队伍肯定也排成了长龙。“真是起了个大早赶了个晚集！”她嘟哝道。

终于回到了车上，她将塑料袋扔到副驾驶座上。塑料袋里只有一个盒子——她忘了带帆布袋。虽然她告诉装袋工不要袋子，但他还是给了她一个。

她发动汽车，系好安全带，驶入长长的车队中。“阵亡将士纪念日还没到啊！”她抱怨道。她畏惧与夏季相伴而来的车水马龙，周末时总是尽量避免出门。她向后拢了拢湿漉漉的头发。由于车上的空调坏了，她摇下了车窗。

星期六是科德角的旅行日。一到周六，所有供出租的房子、汽车等全都供不应求，大量度假者涌向超市，采购一周所需。有一次，雷米忘了那天是星期六，去了驻步购物连锁超市（Stop&Shop）买熟肉。事实证明那实在是个错误。至少有四十个人在熟食柜台前排队等候！

她将车停在车道上，拿着木薯淀粉进了屋，把塑料袋塞到回收处，穿上围裙，伸手拿了一把锋利的刀。太阳照在肩膀上，火辣辣的。她手起刀落，砍了几根长长的大黄茎，削掉巨大的叶子。她将叶子丢在阳光下任其枯萎，拿着茎秆进了屋。她将茎秆用冷水洗净，用纸巾快速擦干，切成几英寸[①]长的段，迅速装入她最大的量杯。她看了看剩下的许多大黄——且不说花园里还有很多——决定做两个馅饼。她决定把第二个馅饼送人，要是没人要，她就自己吃——她喜欢大黄派！

她熟练地将面团擀成完美的圆形，分别铺在两个馅饼盘上，捏紧边角，接着再将两个面团擀成薄片，切成长条，交错地摆在馅料上，做成漂亮的网格。最后，她将擀面杖放在一边，磨了足够两个馅饼使用的橙皮细末，然后伸手去拿陶瓷糖罐，可是糖罐抓在手中，感觉分量很轻。她的心又一次沉了下去。不用看她都知道，但她还是看了看——只剩下半杯糖了。"宝贝！"她喊道。

第十二章

赛勒躺在床上，看着阳光和阴影在墙上舞蹈，听着一对红衣凤头鸟一唱一和。她微微一笑——虽然她刚刚在硬木地板上睡了一夜，但

---

① 编者注：1英寸约为2.5厘米。

她的睡眠质量却是几个月以来最好的。她坐起来环顾房间，神怡心醉地想：在这一个巨大的疯狂世界之中，在这一片海浪轰鸣的浩瀚海洋之滨，在这一弯半岛的沙滩之上，有这么一个明亮通风的房间；这里是她的避难所，没有人能从她手里夺走它。

年轻的时候，她和姐妹们都梦想着到科德角长住，但朋友们都持怀疑态度——有的说“我敢打赌，冬天那里会变得十分荒凉”，有的说“我听说那里所有的餐馆和商店都关门了，成了个鬼城”。然而，他们的警告却让姐妹们对科德角越发向往。她们坚信，独处有益于灵魂；而且她们知道，她们永远不会孤单，因为她们永远拥有彼此。此外，对她们来说，科德角是神圣的。

派珀第一个搬到这里。对她来说这轻而易举，她只要上完大学后搬回家住就可以了。接着是雷米——1989年，她和吉姆从佛蒙特州搬到了他们在韦尔弗利特建造的科德角式弓形顶房屋。不过，波蒂费的时间要更长一些，直到2004年她才说服戴维。多年来她一直要求搬家，但直到他们五十五岁时，她才提醒他，要是他们不赶快行动，可能就永远没机会了。他终于心软了。他俩把在伊萨卡的房子卖掉，告别了同事们，搬到了奥尔良一栋老旧的格局不规则的盐盒式建筑里。最后，轮到赛勒了。她本来不想离开波士顿。也就是说，在她非常想离开波士顿之前！

她爬出睡袋，上了趟卫生间，连门都懒得关，随后拖着脚走到厨房煮咖啡。她把红色的烧水壶装满水，搁在后灶眼上。烧水的工夫，她在一个标有“厨房用具”的箱子里翻找，找出了一罐世界咖啡馆（Café Du Monde）的咖啡。她量了一勺咖啡倒进咖啡滤压壶，将滚开的水倒入，静置了一会儿——她喜欢喝浓咖啡。

五分钟后，她端着心爱的黑狗酒馆咖啡杯，回到浴室，依然连门都没关，拧开淋浴器。她刚爬进去，头发上刚抹上肥皂水，突然听到一个熟悉的声音喊道："哈啰——！"

她撩起浴帘看了一眼："早知道我就锁上门了！"

"锁上门也挡不住我。"派珀咧嘴笑着说。

"我一会儿就完事。"她躲回浴帘后面说。

"好吧，那我自己先喝点咖啡。"派珀回答道，伸手另拿了个杯子，"你有奶油吗？"她打开冰箱，喊道。

"对不起，我这里没有那些杂七杂八的东西。"

派珀到各个房间转了转，一边喝着咖啡，一边面带微笑地看着姐姐简单的家具——起居室里有一把阿迪朗达克椅[①]和两盏落地灯，卧室里放着一个皱巴巴的睡袋和一堆衣服，工作室里摆着一个书柜和一张绘图桌。她走近了一些，看着铺在桌上的照片——她以前从未见过这些照片排在一起。她一张一张挨着看，目光被中间的一张吸引住了。连看都不用看，她就知道这张照片是1992年拍摄的。因为那年夏天她怀着伊莱亚斯，在7月4日拍摄的这张照片中，她肚子很大——伊莱亚斯8月1日就呱呱坠地了。派珀拿起这张照片，微微一笑。她里面穿了一件非常紧身的无袖衫，外面套着纳特的一件牛津布旧衬衫。姐姐们每人伸出一只手，放在她的肚子上。她一直很喜欢这张照片——大概是她的最爱。

赛勒用毛巾擦着头发，走进房间，目光越过派珀的肩膀看了过去。"我记得那一天。"她微笑着说，"你正好遇到假性宫缩，你非说宝宝要降生了。"

派珀笑了："那时候我还不知道真正的宫缩是什么感觉。"

"你是说好像要把你的内脏扯出来？"

---

① 译者注：一种户外沙发，靠背可以调整角度，沙发座通常用宽的长木条制成。

“或者说像被炽热的火钳戳了一下。”

两人笑了起来，久久地拥抱在一起。“啊，你过得怎么样？”派珀凝视着姐姐的眼睛问道。

“还好。”赛勒回答道，“事实上，非常好。我深深地爱上了这个地方。”

“我知道。”派珀环顾四周，表示赞同，“这里很完美。我喜欢你的家具。”她调笑道。

赛勒笑了，知道妹妹的意思是她的家具少得可怜。“我要简化生活，”她辩解道，“跟弗兰克在一起的生活过于复杂——我们的东西太多了。现在我感觉更自由，更快乐。”

派珀微微一笑：“你看起来更开心了。”

“谢谢。”她点了点头说道，“喏，你这么早来这里做什么？我以为你今天晚上才来。”

“我本打算晚上来，但我今天早晨必须到保护区帮纳特寻找一只海龟，后来起雾了……不过现在天又晴了。”

赛勒笑了：“嗯，我知道你和纳特寻找海龟时会发生什么。”她打趣道。

派珀笑了。姐妹们总是推断“和纳特一起寻找海龟”代表了某种更加亲密的行为。多少年来，每次她这么一说，她们总是扬起眉毛并会意地点点头。

派珀翻了个白眼：“好吧，我早知道你煮了新鲜的咖啡，正好我今天早上没机会喝咖啡，就想过来顺便瞧瞧你的新居。”她看着周围一个个的箱子，“需要我帮忙开箱吗？”

“不用了，谢谢。”赛勒说着，随着她的目光看去，“看起来很乱，但实际上也没那么乱。”

“你倒提醒了我。”派珀说道，“我昨天去阁楼了……”

“那里怎么个样子？”赛勒咧嘴一笑，问道。

“一团糟！”派珀说，“咱们真该把那些东西好好整理一下。”

“好，既然现在我也搬来了，或许咱俩可以叫上波蒂和雷米，在上面住一段时间。”

“那太好了。”

“对了，你为什么要去那里？”

“我一直在找妈妈的旧食谱。”

“找着了吗？”

派珀摇了摇头：“你知道它在哪儿吗？”

赛勒皱了皱眉头：“我不知道。我好多年没见过了。你找那个干什么？”

“纳特渴望吃大米布丁。”

“啊，”赛勒打趣道，“纳特的著名渴望之一……”

派珀笑了——姐姐们也十分了解纳特的渴望……哦，也许不是全部。

“你为什么不直接在网上找个食谱？”

“因为我想照着妈妈的食谱做。”

“哦，如果有人拿着那本食谱的话，最有可能的就是雷米。”

派珀抿着咖啡，点了点头：“提醒我问问她。”

赛勒回到浴室，挂起毛巾，取回咖啡。“走，”她说，“到花园里看看。”派珀跟着她出了房门，两人穿过杂草丛生的院子，想看看院子里开的是什么花。“我想那些是牡丹，”派珀指点着说，“瞧瞧这些绣球花！你得进去剪掉枯茎。”

赛勒点了点头：“有时茎秆里还有生命。我知道，它们貌似干枯，但仍会发芽吐叶。我得等等再剪。”

她们听到一辆汽车开上车道停了下来。“那是谁的车？”派珀皱着眉头问道。

“我不知道。”赛勒盯着那辆黑色的 SUV 说道。

车门开了，一个戴着太阳镜的男子下了车。他穿着浅蓝色牛津布衬衫和石青色卡其裤，皮肤黝黑，深色头发中夹杂着缕缕银丝。他微微一笑，赛勒一下子就认出了他。“哦！这是乔赛亚·格雷——我的房地产经纪人。”

“真的吗！？”派珀狡黠地低声说道，突然感觉肋骨上被人用肘狠狠地撞了一下，“哎哟！”

“嘿，乔赛亚，什么风把你给吹来了？”赛勒朝他走去，愉快地问道。

“嘿，”他瞥了一眼手表，说道，“我不会是来得太早了吧。我正好在这一片儿，就想顺便过来看看你，瞧瞧你是不是安顿好了，还有——”，他伸手从车里拿出一束向日葵和一盒唐恩都乐的“小不点”甜甜圈球，“谢谢你支持我的业务。”

“我喜欢向日葵！”赛勒说，“谢谢你！”

乔赛亚微微一笑：“我觉得你看起来像个向日葵女孩。”

“对。我也是个‘小不点’女孩。”她说着接过那盒甜甜圈球。

派珀看着两人交流，感到既惊讶又好笑：“‘小不点’女孩？！”

赛勒突然想起了礼貌问题：“乔赛亚，这是我的妹妹派珀。”她指着派珀说道。

乔赛亚点了点头：“很高兴见到你。”

“我也很高兴见到你。”派珀说着走过来与他握手。

乔赛亚回头看着赛勒：“进展如何？东西都收拾出来了吗？”

赛勒笑了：“哦，还没全收拾完，不过也快了。”她顿了顿，“来杯咖啡吗？”

“哦，不了，”乔赛亚举起手来说道，“我得去工作了。我只是想顺便过来看看，还有，谢谢你支持我的业务。”

“好，别客气……谢谢你给我的鲜花和美食。”

“别客气。”他打开车门，刚要上车，突然说，“下次我再带你去喝咖啡，不知……”

赛勒看上去有点惊讶：“好。随时奉陪。”

乔赛亚点了点头。他开车离开的时候，冲她挥了挥手。

“哇，赛尔[①]，他好可爱！”

“他好可爱。”赛勒说着，把鲜花递给她。她打开那盒“小不点”，将甜甜圈球拿了出来。

派珀挑了一个裹了巧克力的甜甜圈球，咬了一口，嘴唇上粘着糖，还不忘开玩笑：“我怎么不知道你是个‘小不点’女孩！”

第十三章

派珀在农贸市场停下车，买了些稀有老品种西红柿，接着上了主街，驶过一个路口。路口有一条公路通往她父母冷清的墓地。奇怪的是，她感觉非常想去看看，于是一拐弯上了那条公路，随后把车停在雄伟的松树下面。她已经好多年没来过父母的墓地了。和阁楼一样，她刻意回避着这个地方。然而，兴许是她看过的那些信件和照片激起了内心深处的情愫，此刻她走在松针遍地的小路上，回忆起了往事。

---

① 译者注：赛勒的昵称。

就在派珀就读新英格兰大学一年级后，惠特尼·奎恩从泛美航空公司飞行员的职位上退了下来。不久之后，他和玛莎卖掉了新罕布什尔州的家庭住宅，搬到了惠特之末长住。然而，六个月后，正值3月下旬，惠特尼在清理又湿又重的积雪时，突发心肌梗死（类似情况经常发生在退休不久的人身上）。当时玛莎正站在厨房的水槽旁洗碗碟，她一抬头，正看见他吃力地拄着铁锹。不一会儿，他就在湿雪上蜷成了一团。

“惠特尼！”她边喊边跑到外面，想把他扶起来。

“抱歉……”他低语道。

“抱歉什么？”她一边哭着问，一边把他的头搁在自己的大腿上。

“对于伊斯顿的事，我很抱歉。”他低声道，声音里满是痛苦，目光中全是悲伤。

“哦，惠特尼，那不是你的错，”玛莎一边哭着，一边来回晃动着他，“是我让你带孩子们去的。如果非要追究责任的话，那也应该是我的错。”她低下头，发现他的眼睛已经闭上了。她摇晃着他：“别离开我啊，惠特尼·奎恩！”她哭喊着，泪流满面，“你怎么忍心离开我！”

那时，波蒂、雷米和赛勒都已经结婚了。接到玛莎的电话，闻听噩耗，她们悲痛欲绝。可是，派珀仍在上大学——三年后才遇见纳特——父亲仍然是她的世界的中心。玛莎不忍心给最小的女儿打电话，不忍心把噩耗告诉她。

那天晚上，派珀回到宿舍时外面还在下雪，发现波蒂和戴维在等她。“怎么了？”看到他们脸上焦虑疲惫的神情，她连忙问道。她的心怦怦直跳：“你们怎么来了？”

波蒂尽可能平静地道出了实情，但派珀却难以置信地摇着头：“不，你们弄错了，”她气愤地说，“我才和爸爸通过电话。他说周五来接我回家过春假。”

听着妹妹讲着这一切，波蒂泪水盈眶。接着，她一边伤心欲绝地抽泣着，一边紧紧地搂着妹妹。

星期一，惠特尼的葬礼在奥尔良的联合教堂举行。那天浓雾笼罩，天空一片青灰。尽管天气阴沉，尽管这天是个工作日，但这座历史悠久的老教堂里依然座无虚席，家人、朋友、生前的同事和退伍军人悉数到场。多年前，惠特尼随口告诉玛莎，他不想让家人给他守夜。因此，那天早上一家人走进教堂时，派珀第一次看到深色桃花心木棺材——这明白无误地证明：父亲再也回不来了。她极度震惊，号啕大哭——父亲的遗体就在那具棺材里！这令她难以承受。她双膝发软瘫了下去，当时吉姆正好在她身后，赶忙抓住她，缓缓地把她领到姐姐们身旁，坐在靠背长椅上。

惠特尼·伊斯顿·奎恩被以最隆重的军礼下葬。现场奏响令人难忘的《安息号》(*Taps*)，派珀凝视着父亲敞开的墓穴旁弟弟的墓碑。

伊斯顿·劳里·奎恩

1956年7月4日—1964年7月3日

挚爱的儿子和兄弟

派珀简直不敢相信事情已经过去了十五年。她记得当时自己在想，精神上饱受折磨的父亲终于与他唯一的儿子团聚了。那天宾客们离开后，家人都看得出来，派珀还会悲伤一段时间。在波蒂的建议下，玛莎为最小的女儿向校方请了假。母女两人共同度过了整个夏天，共同的悲痛进一步拉近了彼此的心理距离。

此刻，派珀严肃地站在三座被阳光晒得发白的墓碑前。她的哥哥长眠在父母中间，卧听风在松树间低吟。父母在世时没能保护好他，但他们去世后永远陪在他身边。

第十四章

“你掉里边了？”波蒂冲楼梯上面喊道。

“开玩笑。”戴维从关着的浴室门后面喊道。

“我得走了。”

“需要我开车送你吗？”

“不用，不用，”她说道，“我没事儿。”

“好吧，要是想叫我接你，和我说一声。”

“为什么要叫你接我？”她问道，听起来很恼火。

两人都在揣摩对方的想法，一时间一片寂静。“好吧。”他无奈地说道，“玩得开心。给你妹妹们一个拥抱。”

“我会的。”波蒂愉快地说，感觉暂时摆脱了他的“审判”。

“要是你改变了主意，就打个电话。”

瞧！又来了。“好吧。”她安抚他道。但当她一瘸一拐地走向厨房时，她嘟哝道：“我不会改变主意的，不知道你还记不记得，倒车时撞到灯柱的人可不是我。”

她检查了一下包，确定东西都带齐了，又看了看拐杖，决定不拄了，接着把一瓶灰比诺和一瓶菲巴斯马尔贝克放进包里。酒类零售店的新老板亚历克说那款灰比诺“清新优雅，带有一丝苹果和柑橘的味道”，又说菲巴斯马尔贝克“风靡一时”。“这酒产自巴塔哥尼亚地区，”他说，“你会爱上它的！”尽管以年龄论，波蒂都能当亚历克的奶奶了，可是他长着一双蓝色的眼睛，留着金色短发，戴着时尚的长方形眼镜，实在是可爱得要命，推荐她买这买那时也热情得要命——她相信他都能说服她买下布恩农场（Boone's Farm）这个苹果酒品牌！

波蒂努力保持平衡，一瘸一拐地走向门口，发现贝莉正充满期待地等着她。“哦，亲爱的，”她边说边亲吻她可爱的额头，“今晚你必须和爸爸待在家里。”老拉布拉多严肃地望着她。“我知道你想去，”她解释道，“但我不是去派珀家，我要去赛勒家……克洛伊也不去，所以别这么伤心了。”

贝莉把四肢一蜷，噔的一声趴在了地板上，接着将头搁在爪子之间。“不过，我敢保证爸爸会带你去散步。”波蒂安慰道。接着，她隔着天花板冲楼上喊道：“记得带贝莉去散步！”她听到丈夫沉闷地应了一声，认为他肯定是答应了，于是对贝莉说道：“瞧，我说得对吧……”

她打开门。拉布拉多楚楚可怜地盯着她走出门去。“我很快就回来，”她说，“下一次我保证带你去，贝[1]。”贝莉重重地叹了口气，波蒂摇着头，一瘸一拐地走向她的冰蓝色 MINI Cooper Clubman，车牌是：SNWOWL。“连狗都知道如何让我感到内疚！”她朝着天空的方向喃喃低语道，“主啊，我这一辈子从头到尾就是一场负疚之旅。我真该生在一个天主教家庭。”

正常情况下，开车从奥尔良出发，差不多二十分钟就能到特鲁罗。但波蒂经过环岛，拐到六号公路上一看，不禁抱怨起来——汽车一辆紧挨着一辆。“这些人都出来干吗？”她嘟哝道，突然想起来那天是阵亡将士纪念日周末前的星期五。她听到手机响，低头看了一眼。派珀发来短信：**需要我接你吗？**她汇入右侧车道，在几乎停滞的车流中

① 译者注：贝莉的昵称。

停下来，手指在屏幕上一滑，开始输入：**已出门。交通**……她听到身后汽车喇叭声大作，抬头一看，前面的车向前移动了十英尺[①]，而她没有跟上。她一边向前挪车，一边看着后视镜，冲后面的男人做了个委顿的表情，继续打字：**拥堵。一会儿见**……又是一阵绵长的、不耐烦的喇叭声，她抬头一看，前面的车又挪动了十英尺。她鄙视地回头看了一眼，输完信息，点击“发送”，然后对着后视镜竖起了中指。他们继续以蜗牛般的速度前行。她回头看了一眼后面的路怒司机，发现他满面怒容，正在发脾气。她的好心情一下子消失得无影无踪。毕竟，她都六十七岁了，理应得到一点尊重……况且她可是长住居民！“真该给他一粒冷静药丸[②]吃。”她摇着头咕哝道。

过了好大一会儿，左边车道动起来，男人并了过去。从她旁边驶过时，他回敬了她一个同样的动作，还粗鲁地骂了一句。

波蒂一边幸灾乐祸地笑着说了句“彼此彼此”，一边打开收音机。

人们渐渐驶离六号公路，奔向各自的目的地，交通慢慢顺畅起来。波蒂开车路过阿诺德龙虾蛤蜊酒吧（Arnold’s）时瞥了一眼。她简直不敢相信饭店周围已经排起了弯弯曲曲的长龙。“夏天就是这个样子。”她叹了口气说道。

几分钟后，她一拐弯，上了老县道（Old County Road），随后拐上一条两边竖着白色尖桩篱栅的沙地车道。“我终于有了自己的尖桩篱栅，你相信吗？”赛勒向波蒂说行车路线时如是说。

“太漂亮了。”波蒂一边低声赞叹，一边把车停在雷米的车后面。她看到妹妹们站在花园里，抬头朝这边望了过来。她伸手端起那盘卡

---

① 编者注：1英尺约为0.3米。

② 译者注：一种虚构的具有镇静和放松作用的药丸。

普里沙拉（用新鲜的西红柿、莫萨里拉奶酪和罗勒，淋上意大利香醋制成），从车窗递出来，交给赛勒。

“嗯，看起来不错。”她微笑着说道。

“罗勒是自家花园里种的。”波蒂说着提起沉甸甸的包，里面的酒瓶叮当作响，小心翼翼地下了车。

“你的拐杖呢？”雷米一边拥抱她，一边皱着眉头问道。

“哦，我不需要那破玩意儿。”波蒂说。波蒂转向赛勒，也拥抱了她，掏出那瓶灰比诺，瓶颈处系着一条节庆用缎带。“听说这酒口感饱满而又成熟。”她微笑着说。

赛勒咯咯地笑出了声：“是你最喜欢的酒类零售店那个同性恋老板告诉你的吧？”

“是啊。”波蒂咧嘴笑着承认道，接着她眉头一皱，“你真的认为他是同性恋吗？”

赛勒点了点头：“我喜欢这瓶酒的标签。”她欣赏着瓶上达·芬奇的头像说道，“我之所以这样认为，是因为他太可爱了，不可能是直男。”

波蒂笑了：“兴许还真是。”

“你给自己买的什么酒？”赛勒看着第二瓶酒问道。

“马尔贝克。”波蒂说着，拿出那瓶菲巴斯。

“是他推荐你买的吧？”

她咯咯一笑，感叹妹妹眼光毒辣：“他说这个正流行呢！”

“所以你就背叛了自己心爱的梅鹿辄？”赛勒故作惊讶地打趣道。

“只是为了拓展一下视野。”波蒂说，“你有瓶塞钻吗？我带了一个，以防万一。”她把手伸进包里翻找。

“我有。”赛勒保证道，“快进屋，咱们把这些酒打开！”

雷米伸出一条胳膊搀着波蒂，波蒂高兴地接受了妹妹的好意。她们跟着赛勒走进小屋，赛勒转身问道："现在参观一下我的房子，还是等会儿再看？"

"还是等会儿吧，"波蒂说着，疲惫地一屁股坐在了厨房里唯一的椅子——一把折叠式沙滩椅上，"我脚踝有点疼。"

"我就说嘛，你该拄着拐杖才是。"雷米嗔道，"你受伤才几天啊……"

波蒂不耐烦地冲她挥了挥手："我没事。就是一路上得不断地踩那该死的离合器——交通非常拥堵！老实说，派珀可能还得半小时才能到这儿——"

"哈啰！"一个声音高兴地喊道。

赛勒看看窗外："她到了！"

"嘿！"派珀说着冲进屋里，给姐姐们一人一个拥抱。她放下一大盘意式烤面包片和一瓶黑狗酒馆（Black Dog Tavern）的新品——大白鲨霞多丽（标签上是一只标志性的黑狗，背上长了一根鲨鱼鳍）。

"你从哪儿买到的？"赛勒一边问，一边欣赏着标签。

"酒类零售店。"

"波蒂的酒类零售店？"

派珀笑了："对，那个可爱的法国老板想劝我买别的，可是我一看到这个标签，就决定买下它。我不知道它口感如何，可是我很容易被标签左右。"她看了看波蒂的脚踝，"你感觉怎么样？"

"我感觉……要是你姐姐能启开那瓶酒，我感觉会好得多。"

派珀一看，发现赛勒把软木塞给弄碎了。

"你这是在干吗，姐们儿？"她打趣道。

"很明显，我是新手嘛！……"赛勒笑着说道。

派珀伸手拿起瓶塞钻，赛勒退后一步。"天哪，瞧那盘意式烤面包片！你从哪儿弄的食谱？”

派珀回头瞥了一眼：“Allrecipes.com。”

“我喜欢那个网站，”赛勒说。她将盘子递给波蒂和雷米，“你们见过雷米做的馅饼了吗？！”她转身冲馅饼点了点头，问道。

波蒂坐直身子看了看。“是大黄派吗？”她又惊又喜，赶忙问道。

“对。”雷米证实道。

“瞧瞧上面漂亮的网格，”派珀一边将一杯红酒递给波蒂，一边对着馅饼赞叹不已，“咱们该拍张照片发给杂志社！”

雷米面带微笑地听着姐妹们的热情赞美，感觉自己付出的一切都值了！那点麻烦（包括第三次出门去买糖）又算得了什么！

“我都想不起上次吃大黄派是什么时候了。”波蒂沉思道，啜了一口酒，立刻感到一天的疲惫就像邪灵一样从身体里逃走了，“嗯，这酒很不错，”她说，“你们都尝尝。”

派珀呷了一小口，点了点头，接着她看了看瓶子：“我从来没喝过马尔贝克。”

“你可以来一杯。”波蒂提议道。

但派珀知道波蒂不愿让别人喝她的葡萄酒，于是推辞道：“不了，谢谢，我今晚只想喝白葡萄酒——毕竟是夏天嘛。”

“确实！”波蒂微笑着说道。

赛勒把酒杯递给雷米和派珀，波蒂举起酒杯，说道：“为赛勒的新居干杯！”

“为赛勒可爱的新居干杯。”雷米纠正道。

她们把酒杯碰得叮当作响，派珀补充道：“为赛勒终于搬到这里干杯！”

“说得好！”赛勒呷了口酒，笑着说。

她放下酒杯，打开她做的蘸料，撕开一袋墨西哥玉米片："去露台上坐坐？"

她们每人端着一道菜，来到外面。"这些户外家具都是哪来的？"派珀将盘子放在桌上，问道。

"前房主留下的，连烤架都是。我想他一定是把房子给租出去了。厨房里还有一些锅碗瓢盆。"

"那他怎么又把房子卖了？"雷米问道。

"他死了。"

"哦。"雷米轻声道。

"谁都有这一天。"波蒂说，声音里充满了讽刺。她顿了顿："喂，女士们，我有条小道消息，不过你们必须承诺不能告诉任何人。"

赛勒正拿着玉米片舀蘸料，听到这话赶忙抬起头："哦！——承诺不告诉别人的秘密都是重大秘密。"

"哦，也没那么重大。只是要求我发誓保密。"

"快说。"派珀催促道。

"桑德斯医生要退休了！"

"不会吧！"雷米发起了牢骚，"那咱们该去找谁？"

"他找了一个毛头小子接替他。"

赛勒摇了摇头："我最讨厌换医生了。以前我甚至开车从波士顿赶过来，只是为了再开点甲状腺制剂。生了病去看医生已经够倒霉的了，以后换了新医生，又得重新开始。"她摇了摇头，"他说什么时候了吗？"

"10月。不过你们不能告诉任何人……他告诉你们时，你们也得表现得惊讶一点——或沮丧一点。"

她们都点了点头。

派珀啜了口酒，看着赛勒："有没有弗兰克的消息？"

赛勒正拿着玉米片去舀蘸料，玉米片却断在了里面。“他打电话了，不过我没接。”说着把玉米片捞了出去。

“你们打算把房子卖掉吗？”波蒂问道。

“我们打算卖，除非他出钱买下我那部分的产权。我只通过我的律师和他沟通。”

“这事孩子们怎么看？”雷米问道。

“梅里说她不懂为什么我忍了这么久才离婚；撒切尔那么忙，我认为他没时间考虑这事；不过他俩都不是小孩子了。他俩都结婚了，梅里有几个女儿；他俩以前都谈过没有善终的恋爱，所以这种事情他俩都能理解。”

“还是有点不一样。”雷米说。看到妹妹婚姻失败，她似乎比妹妹本人还要悲伤。

“雷姆①，我不能再为这事痛苦了。弗兰克和吉姆不一样——他多少次对我不忠，我数都数不过来——甚至在我化疗期间他都敢背叛我。人生苦短。我知道早晚有这一天，现在婚姻结束了，我反倒轻松了。而且，上帝显然有所规划；瞧瞧这个地方——真是个疗伤的完美去处。”

派珀舀了些蘸料：“我觉得吧，上帝给你做的规划可比一座海滨小屋宏大得多。你们真该瞧瞧，那位英俊的房地产经纪人过来看她，给了她一盒‘小不点’，还有这些漂亮的花，”她说着朝桌上的向日葵努了努嘴，“不仅如此，赛勒还告诉他，她是个‘小不点’女孩！”

波蒂眉毛一扬：“‘小不点’女孩？真的吗？”

赛勒笑了：“我确实说了。我们在唐恩都乐相识——大概这就是他买甜甜圈的原因吧。”

---

① 译者注：雷米的昵称。

“他叫什么？”波蒂问道。

“乔赛亚·格雷。”

“和克里斯蒂安·格雷[1]是亲戚吗？”雷米问道。

听雷米这么胡乱联系，赛勒笑道：“我的天哪，雷米，你读过《五十度灰》吗？！”

“我看过啊，”雷米腼腆地说，“我想瞧瞧那本书为什么那么轰动。”

“你觉得怎么样？”

雷米耸了耸肩：“没什么值得大书特书的。”

“那当然。”赛勒说。

“你也看过？”雷米惊讶地问道。

“一念之差。”赛勒承认道。她看着波蒂：“你呢？”

“哼！我可没时间看那些没用的东西。”波蒂愤怒地说。

她们全都转身看着派珀，但她只是微微一笑：“我有自己的克里斯蒂安·格雷。”

赛勒咯咯地笑起来：“我认为纳特的渴望和克里斯蒂安·格雷的可不一样……不过要是真一样的话，我宁愿不知道。”

派珀的手机响起蟋蟀的叫声。她拿起手机，看了看屏幕。

波蒂眉毛一扬，派珀笑了：“伊莱亚斯在家——他说既然我去见女孩们了，他和纳特要出去过男孩之夜。”

“让他们来这儿！”赛勒说。

派珀继续读短信：“他们要去雅茅斯比萨——他非常渴望。”

赛勒咧嘴一笑：“他和他爸爸很像！”

派珀笑了：“我可不希望这样。纳特的一些渴望有点少儿不宜。”

---

① 译者注：《五十度灰》中的男主角，喜欢SM（性虐待）。

“嗯，这个我们知道。”波蒂咯咯地笑着说，又倒了一杯酒。

姐妹们消磨着晚上的时光，了解彼此的近况，享受彼此的陪伴。自上一次她们周五晚上的团聚算起，已经过去了好几周时间。不过现在好了，夏天到了，赛勒也搬到了科德角，她们希望每周都能团聚一次。

“谁吃馅饼？”晚上的聚会接近尾声，赛勒问道。

“我来帮你。”雷米说着，站了起来。

她跟着赛勒进了屋，从冰箱里拿出她带来的冰激凌。“谁要冰激凌？”她喊道。

“什么味的？”波蒂问道。

“你觉得是什么味的？”雷米望着窗外问道。

“香草味的！”她们异口同声地答道。

第十五章

派珀把车开到车道上停车之时，纳特和伊莱亚斯正坐在门廊上，克洛伊舒展身子躺在他们中间。她把车停在伊莱亚斯的旧皮卡（纳特传给他的）后面，看见纳特对伊莱亚斯说了些什么，接着他俩抬起头，咧开嘴笑了起来。

“你俩就像是偷吃金丝雀的猫。”她走进门廊说道。克洛伊把尾巴摇得呼呼作响，算是跟她打了招呼，但身子根本没动地方，还在伊莱亚斯脚下。“别起来，”派珀低头看着她打趣道：“我过来找你。”她蹲下来挠挠克洛伊的耳朵，后者那旗帜似的尾巴摇得更响了。她站起来，看着儿子：“可你总得站起来给妈妈一个拥抱吧。”

伊莱亚斯笑嘻嘻地站了起来。他身材瘦长——和他爸爸一样——

与妈妈五英尺二（约1.58米）的娇小身材一比，显得十分高大。他紧紧地拥抱着她。“嗨，妈妈。”他说。

“嗨，亲爱的，”她柔声道，“想你。”

“也想你。”

她退后一步，伸直胳膊握住他：“看起来你又长了四英寸……可是你太瘦了！你有没有按时吃饭？那个餐饮计划我们花了不少钱，你可得充分利用啊！”

“我都是按时吃饭，”他向她保证。

她微微一笑：“路上的交通怎么样？”

“还不错。宾夕法尼亚州、纽约州和康涅狄格州交通都很顺畅。上桥之前，交通都挺好。”

“塔潘泽桥[①]？”

“不是，”他笑道，“是萨加莫尔大桥”。

“阵亡将士纪念日的缘故。”她一本正经地说道，唯恐他最近没看日历。

“我知道，”他翻了个白眼说，“我要是能开飞机回家，那就容易多了。”

“开飞机时可不许翻白眼，”派珀调侃道，“我不信你能开飞机回家，因为你没有飞机。”

“现在还没有。”他咧嘴一笑说。

现在轮到她翻白眼了。

“嘿，不许翻白眼。”他也调侃道。

她笑了：“说得对！对了，你把车开进家的时候，克洛伊什么反应？”

“她自己跳进了驾驶室，坐在了他的大腿上。”纳特咯咯地笑着

① 译者注：又名新纽约大桥。

说道。

派珀笑了："那是最高规格的欢迎。"她又一次蹲在地上。"你想他，是不是，馅饼？"克洛伊的尾巴摇得更欢了。

她回头看着伊莱亚斯："你知道吗，她一直睡在你床上……我真不知道你该去哪儿睡。"

"那她必须让位了。"他说。他喜欢回到家里与亲人待在一起的轻松感觉。

她搬了一把椅子坐到他们旁边。"喝啤酒吗？"纳特朝他们的酒瓶努了努嘴，问道。

"不了……不了，谢谢。我在赛勒那里喝了一杯葡萄酒，有点不胜酒力了。我敢打包票，要再喝点别的，我坐着就能睡着。"

"没关系，"纳特说，"我俩会给你盖条毯子的，是不是，伊[1]？"

"也许吧。"伊莱亚斯打趣道。

派珀身子向后一靠，心满意足地听着纳特和他们的儿子谈论学校、跑步、飞行课以及他的卡车发出的有趣噪音。她觉得她不需要说什么。能够坐着聆听她最爱的两个男人动听的声音，这已经足够了。突然，她感到体内涌上一股热浪，她的脸红了。"你俩热吗？"她坐直身子问道。

他俩抬起头，耸了耸肩。"不怎么热，"纳特说，"外面这小风挺不错。"

"嗯，我热。"她说着起身接了杯凉水。

她回来坐下，看着克洛伊将下巴搁在伊莱亚斯的鞋子上。她想起了克洛伊还是一只小狗的时候，伊莱亚斯上学去了，她常躲在换衣间里蜷缩在他的鞋子上——鞋上的味儿越大越好！她永远不会忘记纳特

① 译者注：对伊莱亚斯的昵称。

把克洛伊带回家的那一天。那时正值秋天——这一点她记得很清楚，因为她一直认为领养小狗的最佳时间是春末或夏天，这样狗狗半夜闹着出去时人不会被冻死。但11月初，纳特把一团柔软的金色毛球抱回了家。当时克洛伊只有八周大。虽然她是那一窝十只小狗中唯一的雌性，但她妈妈的主人说，她和她的兄弟们一样粗野邋遢。然而，你绝对猜不到，第一个晚上她因为想念兄弟们，叫唤个不停。派珀给她一条柔软的旧毯子安慰她，但也无济于事。直到伊莱亚斯将她悄悄地抱到他的床上，她才终于睡着了。从那以后，克洛伊高兴地把伊莱亚斯当成了自己的新兄弟。他俩亲密无间，形影不离……

直到有一天，伊莱亚斯离开家，去上大学了；克洛伊的心情随即跌入低谷。尽管伊莱亚斯已经多年不坐校车了——他上高三和毕业班时都是自己开车去，可是每天一听到校车轰隆隆地从街上驶过，她就竖起耳朵，赶忙把下巴搁放在屋里的窗台上，摇着尾巴观察着，等待着。这场景看着就让人心酸——克洛伊的心里充满了希望，可是巴士连停都不停，直接开走了。她伤心地转身躺到自己床上，将头搁在爪子之间。

再过一年，派珀想，再过一年，伊莱亚斯就搬回家住了。派珀知道，大多数父母希望孩子大学毕业后能够独立，但派珀希望伊莱亚斯能在附近找份工作，搬回家住。以前她害怕他离开家去上大学，现在她则害怕他永远从家里搬出去。于她而言，那样实在是太决绝了，而且这让她感觉到自己老了。

“我给克洛伊买了件礼物。”伊莱亚斯宣布，突然想起他落在卡车里的礼物。

“真的？”派珀问道，克洛伊也抬起了头。

他点了点头，站了起来。“过来看看？”他低头看着她，温柔地问道。克洛伊爬了起来，跟在他后面一路小跑。不一会儿，派珀和纳特听到了吱吱声。接着，克洛伊从暗处跑了出来，自豪地叼着一只松软的奶油色毛绒动物，愉快地扭动着身子爬上台阶。

“一只全新的佐伊！”派珀惊呼道。

第十六章

1978年秋，派珀返回新英格兰大学上大四去了。纳特与自大学时代以来一直在拍拖的女孩凯蒂·马卡姆和平解除了婚约，随后驱车前往缅因州给新英格兰大学海洋生物学专业的学生作报告，讲的是海龟在新英格兰海域遭遇的困境。

派珀早就知道他要来，但报告会之前没有机会相见。因此，看到他走进报告厅的一瞬，她的心为之一颤。他站在她的同学们面前，讲解如何将海龟从漂浮物中解救出来，如何将满满一滴管药塞进尖锐的喙状嘴。她注视着这一切，心脏怦怦直跳。她注意到，他的头发更长了。见到他穿着正儿八经的衣服——徒步鞋、褪色牛仔裤和科德角海洋野生动物保护区的钴蓝色绒衣，她感觉怪怪的。之前他总是穿着游泳裤和 T 恤……有时甚至连衬衫都不穿。他切换幻灯片展示他救过的海龟时，她被他潇洒的举止和柔和的声音迷住了。他救过的海龟中有一只老棱皮龟的颈部和喙状嘴被死死缠住，连嘴都闭不上了。当看到棱皮龟咽喉里参差不齐的钟乳石状棘刺时，大家齐声惊呼起来。他的笑容又一次偷走了她的心。“你能想象怎么往那里注射抗生素吗？”他问道，所有人都笑了起来，包括派珀。此刻，她的心脏像出水的比目鱼一样翻腾不止。

讲座结束后，纳特回答了同学们提出的问题，并与有兴趣成为海洋生物学家的学生合影，派珀则待在一旁。学生们悉数离场后，他把她拉到外面，凝视着她的眼睛，在狂舞的雪中，给了她一个长长的吻。

第二年春天，派珀接受了科德角海洋野生动物保护区的一份全职工作，宣布她将搬回惠特之末。她的母亲（那时已寡居三年）很是高兴，而姐姐们——还没有回到科德角生活——也如释重负。她们的妈妈不仅身体状况日益恶化，而且非常孤独。

然而，在家乡的生活紧张而又忙碌。派珀要在保护区工作很长时间，下班后又经常和纳特一起出去，但她一直担心着妈妈。就玛莎而言，她很喜欢能有个女儿回到家里——这让她的生活又有了奔头——她给派珀准备午餐盒饭，帮忙洗衣叠衣，还为女儿备好晚餐，让她回家后热热吃。玛莎感谢上帝给她的祝福。

几个月过去了，派珀越发担忧起来。她经常想象妈妈整天独自在房子周围晃来晃去——她不再缝缝补补；虽然以前她酷爱读书，但现在她连寄到家里的《路标》杂志几乎都不读了，更别说是书了。派珀也开始为自己的自私感到内疚——她大部分空闲时间都是和纳特一起度过的，她本应多拿出些时间陪陪妈妈。她也知道妈妈多么喜欢有她陪伴。为了减轻一点负罪感，她极力劝说她加入老年活动中心或者和朋友一起出去吃午餐，可是玛莎不感兴趣。她说自己宁愿和女儿共度时光。虽然她本意是好的，但这话却让派珀心里感觉更难受了……还有点怨恨。她全心全意地爱着妈妈，可姐姐们在哪儿？她们又为妈妈做了什么？她们的生活没有受到一丁点儿影响，而且她们肯定不会像长满藤壶[①]的破锚一样为妈妈的孤寂而深深内疚。

回家之后的第二个夏天，派珀发现玛莎更健忘了。她经常忘记吃

---

① 译者注：附在岩石、船底等处的甲壳类动物。

药。连她做了多年、本已烂熟于心的食谱中必不可少的原料，她甚至都忘记了；她总是把东西放错地方——派珀不止一次在餐具柜里发现她的钱包，不止一次在浴室的水槽下面找到她的眼镜。

最后，派珀实在无计可施，决定减少工作时间，在家里多陪陪妈妈。她买了一个药盘，开始记录妈妈的用药情况。采购食品、烘焙、烹饪——这一切她都揽到自己身上；她把房子收拾得井井有条，将衣服洗得干干净净，把草坪剪得齐齐整整。她几乎没时间做其他任何事情，尤其是陪纳特。有时，大白天，她会发现妈妈微微瘫坐在椅子上。“妈妈，怎么了？”她忧心忡忡地问道。

“不知道。”玛莎喃喃道，“只是累了，我想……”

不久，她重新振作起来，恢复如常，派珀也感到如释重负。但小中风（暂时性脑缺血）一次次反复发作却没有引起重视，终于造成了不可逆转的损害。多年后回首往事，派珀真希望自己对当时的情况能有更好的了解。她真希望当时能有个人坐在对面，给她解释轻微到几乎无法察觉的中风可能造成的巨大伤害。

终于，波蒂来科德角探望。她马上意识到照顾母亲给派珀造成了多大压力。那时，玛莎多数时间只是呆呆地凝视着窗外。她步履蹒跚，以前漂亮的笔迹现在却几乎无法辨认。派珀把工作时间改成了部分时间上班，有时甚至根本不去。

“你为什么不告诉我们？”帮着派珀把玛莎安顿到床上之后，波蒂沮丧地问道。

派珀耸了耸肩：“我不知道——你们都忙……离得也远。”

“老实说，派普，我觉得不应该让妈妈一个人待着，这样不安全。”波蒂说着倒了一杯葡萄酒。

“我知道，可我还得上班啊。”她说着将茶包泡进水里，“我上班的时候，咱们请个人陪着她，你觉得怎么样？”

波蒂抿了一口酒：“我不知道，”她轻声道，“她的情况只会越来越糟。我觉得咱们应该考虑找家养老院。”

“咱们不能那样做，”派珀反驳道，“她总说自己绝对不想进养老院。”

“我知道，派普，可是你照顾她越来越吃力了。”

派珀咬着嘴唇：“咱们请人来家里照顾，不行吗？”

“那样收费太高。”

“养老院收费也不低啊。”

波蒂摇了摇头：“我也不知道该怎么办。”

“老年人护理的成本确实有些问题！”派珀沮丧地说道。

“我同意。”波蒂点了点头说道。

“我觉得咱们应该请个人试试……”

波蒂叹了口气：“派珀，她很快就连咱们也不认得了……”

“好吧，在那之前，我希望请个人。我自己付钱。”

波蒂苦笑：“好吧，咱们请个人试试，但费用不能全让你一个人出。我相信赛勒和雷米会帮忙的。”她顿了顿，注视着妹妹，“但当你觉得负担太重，或者妈妈的安全堪忧时，咱们必须把她送进养老院。”

“好吧。”派珀同意了。让她感到宽慰的是，大姐愿意尝试一下……还有，她终于有了一点属于自己的时间。

六个月后，在玛莎多次摔倒、数次走失之后，她们把她送进了设有忆保健部门的养老院。又过了六个月，她停止了吞咽。由于她之前立下“活遗嘱”[①]，拒绝喂食管或其他任何形式的干预，她们把她接回家里。她撑了五天，最后在她八十岁生日的前一天安详地离开了。

---

① 译者注：又名生前遗嘱，一种文件，说明当事人若病重无法做决定时应采取哪种医疗或法律方面的决定。

伤心欲绝的四姐妹有种感觉，她们内心承受的痛苦远远超过了丧母之痛。她们将心爱的妈妈安葬在她的丈夫和儿子旁边。完事后的那个夏夜，他们聚集在惠特之末。雷米、吉姆及他们的三个孩子（佩顿、伊丽莎和塞姆）；赛勒、弗兰克及他们的两个孩子（梅里和撒切尔）；波蒂和戴维刚刚痛苦地经历了三次流产中最近的一次——波蒂认为这是上帝在告诉她，她不适合做母亲。当然，纳特也在那里。

纳特随时愿意助派珀一臂之力。照顾母亲的重任压得她喘不过气时，他默默地帮着她。纳特帮忙把玛莎送进养老院后，派珀哭了起来，他紧紧地拥抱着她。她不饿的时候，他哄她吃点东西；她感觉没人爱时，他就向她示爱。派珀相信，纳撒尼尔[①]·麦凯布是上天赐给她的天使，姐姐们也都这么认为。她们还想知道，他俩什么时候举行婚礼。

派珀全心全意地爱着纳特，但当他求婚时——他求过好几次——内心深处的某种东西令她无法答应。直到她感觉到伊莱亚斯在她体内一天天长大——怀孕的神秘和奇妙令她心门大开——她觉得她可以答应了。可悲的是，那时纳特已经放弃了。

第十七章

波蒂拉开浴帘，伸手取下毛巾，开始擦身上的水。随后她将毛巾往旁边一搭，看着镜子中的自己。她叹了口气。怪不得戴维现在对她的身体无动于衷——她是个皮肤松弛、满脸皱纹的老女人。虽然他坚持说她不是这个样子，但她深信，要是让一个二十来岁的漂亮姑娘躺

---

① 译者注：纳撒尼尔（Nathaniel），男子名，来源于希伯来语，含义是“上帝的礼物”，昵称纳特（Nat）。

在他身边，他肯定会有反应。

她继续擦着，想到自己并不是“无糖咖啡”俱乐部的唯一“成员”，心下稍慰。雷米和赛勒也是这个俱乐部的“成员”，当然现在赛勒有可能从乔赛亚·格雷那里弄到“糖”。话说回来，派珀和她“个人专属的克里斯蒂安·格雷”大概会将性爱进行到死吧。“多么可怕的想法。”她责备起自己来，“我这是怎么了？我不但上了年纪，满脸皱纹，还满腹牢骚。”

她将玉兰油均匀地涂抹在眼睛下面，涂抹在被太阳晒得黑红的脸颊上，然后又在脖子上多涂了一些。她早就知道，这是一项注定失败的“事业”。“不过，我仍在努力。”她喃喃自语道，“我依然相信，我这皱巴巴的老鸡脖子还有希望。”

她穿上短裤，扣上衬衫纽扣，把毛巾挂起来，将脏衣服扔进洗衣篮，然后走进卧室铺床。她一边抚平床单，一边凝视着床中央——那里曾是他们无数次欢爱的现场。再也没有下次了，她闷闷不乐地想。戴维不想为了这事服用“蓝色小药丸”（伟哥）或任何其他颜色的药丸。他担心副作用，她也不愿强迫他服用他认为可能有害的东西，因此他俩避而不谈此事。她猜想，大概人人都是这样吧。起初，她感到如释重负——上了床就可以睡觉。可是现在，一想到再也不能享受鱼水之欢，她就感到寂寞；一想到他俩的生活永远缺了一块，她就感到悲伤。

整理被子时，她回忆起初次见到戴维·卡姆登·斯诺时的情景。我的天哪！他太帅了！作为康奈尔大学的新生，他俩碰巧参加了鸟类学系的同一次介绍会。那是1967年，但她对此记忆犹新，就像是昨天刚发生的一样。那排座位只坐了她一个人。她读着威廉·斯蒂伦最新的小说《纳特·特纳的自白》，等待会议开始。这时，她察觉到身旁站着个人。她抬头一看，看到了一个方下巴、高鼻梁、身穿花呢大衣的英俊男孩。

“打扰一下。”他说。她终于清醒过来，意识到他想找个位置坐下。她站起来让他过去，看着他坐了下来。两人中间隔着两个座位。他看起来心不在焉，不修边幅，但当他看到她正在读的书时，他轻轻一笑，举起了一本同样的书。

“你觉得怎么样？”他问道。

“我还没读多少，”她说，“不过我觉得棒极了。他让我想起了福克纳。”

男孩点了点头：“我觉得这本书非同寻常。你不妨想想，斯蒂隆是个南方人！这令他的书更有张力。”

波蒂点了点头，可他的话她几乎一个字都没听进去，因为他的眼睛蓝得如此……如此惹人注目。“我叫戴维，”他伸出手说，“戴维·斯诺。”

波蒂咽了一下口水：“我叫波……应该说我叫玛莎。玛莎·奎恩……不过，家人叫我波蒂。”

戴维微微一笑：“那是因为你爱鸟吗？”

“确实是。”她微笑着说，“我妈妈说我小的时候很爱看鸟，又因为我和她同名，家人便开始叫我波蒂。我这辈子一直爱鸟……特别是雪鸮。”

“我也喜欢猫头鹰。横斑林鸮是我的最爱。”

“Who cooks for you？”她笑嘻嘻地说，“Who cooks for you aaaalll？”①

听到她模仿猫头鹰的叫声，戴维笑了起来：“嘿，模仿得太像了！”

她微微一笑，害羞地点了点头。

会议结束时，戴维和她一起走了出去，然后谦逊而又自信地问她

---

① 译者注：在英语国家，人们常用这两句话来模仿猫头鹰的叫声，因此保留原文。

周末是否愿意去看电影——他听说《毕业生》很不错。波蒂同意了。

又过了一个星期，他们去看了《猜猜谁来吃晚餐》……第三次约会时，他带她去吃饭。之后，他偷偷溜到她的房间，因为她的室友不在。他们聊了一整夜。两人的感情从此一发不可收拾。自然而然地，他们站在后门旁，在熹微的晨光中吻别。

波蒂叹了口气——多么美好的旧时光！那时候，生活还没有变得如此沉重，如此令人心伤。她把被褥抻直，然后跪倒在地，眼泪盈眶。她轻轻地抚摸着阿米什[1]被子上的图案，闭上眼睛，以手加额："主啊，我知道你已经很久没有收到我的消息了，"她低声道，"我很难过，我原来是个如此不幸的可怜人。有太多事情值得我感恩……但我就是希望事情不是现在这个样子。我希望一切都不是现在这个样子。我希望你能祝福我们，给我们的孩子……我知道，如果你能让伊斯顿活着，我们所有人现在的生活将会美好得多。"

上楼来给她送咖啡的戴维站在门外，听着她的祈祷，泪水盈眶。

第十八章

雷米将防晒霜涂在她满是斑点的双臂上。她知道，要挽救自己疲惫不堪的皮肤免受阳光伤害，为时已晚。她身上到处都是斑——有的甚至有硬币大小！更不用说身上的皱纹了！不过，上次见到桑德斯医生时，他叮嘱她每次外出时都要涂防晒霜。他说，虽然她的皮肤因多年暴露在阳光下灼伤受损，但仍然需要保护。他甚至给了她一位皮肤

---

① 译者注：阿米什人居于美国和加拿大安大略省，属于基督教新教再洗礼派门诺会中的严谨派，以拒绝汽车及电力等现代设施、过着简朴而严格的乡村生活而闻名。

科医生的名片，并说皮肤科医生能够发现一些他看不到的小问题。雷米把名片收了起来，现在她都怀疑还能不能找得着，但她开始用防晒霜了。尽管他说防晒系数（SPF）30的就足够了，她还是买了防晒系数75的！

雷米看着镜子中的自己，叹了口气。她看过一本书，也可能是一部电影——她记不清到底是哪个了——讲的是一位女士给年轻时的自己写了封信，指出她未来生活中的所有陷阱以及预防措施。当时，雷米觉得这个想法很有趣，后来，她也考虑过如果有机会，该给年轻时的自己叮嘱些什么。她记得当时想过，她会叮嘱自己一定要让吉姆好好保护他的心脏。她还会告诉自己，不必为孩子们过分忧虑——虽然塞姆在童子军营地迷了路，但后来毕竟找到了；虽然伊丽莎滑雪时摔断了腿，但后来毕竟又健步如飞了；虽然佩顿SAT（学业能力倾向测验）成绩不高，上不了明德学院[①]，但她还是进了自己心仪的大学——阿默斯特学院[②]。现在，他们都幸福地步入了婚姻殿堂，有了自己的孩子。是啊，以前她确实是过于忧虑了！

不过现在，她还要叮嘱年轻时的自己不要在阳光下晒那么长时间；要涂上足量的防晒霜、戴顶帽子、租把遮阳伞，总之尽一切可能保护自己的皮肤。她会告诉自己，别担心夏日的阳光把皮肤晒黑——不值得，因为担心也没用，她总有一天会变成长满棕色斑点的“老母鸡”！

她套上一件印有蔓越莓图案的旧T恤——她记得是在原来的Cuffy's买的——现在这家商店已经关门一年了——还是两年了？她

---

① 译者注：明德学院（Middlebury College）建于1800年，位于佛蒙特州，是美国顶级文理学院之一。该大学以其卓越的学术声誉在美国文理学院中名列前茅，同时也是美国最古老的高等学府之一。

② 译者注：阿默斯特学院（Amherst College）建于1821年，位于马萨诸塞州，是美国著名的私立文理学院，在美国文理学院中名列前茅，是美国精英教育的典型代表。

记不清楚了。她伸手拿起帽子，穿上运动鞋，打开门。爱迪生立刻迅速地从她两腿之间钻过，跑到门外去了。她听到了小爪子拍击地板的声音。“早上好，先生。”她咯咯地笑着说。

她关上门，沿着车道走着，开始绕着大岛健步，这是她每天必做的功课。无论天气如何，她每天都走这条小路，从不厌倦。总有一些新东西可看；就在前几天，她看到一只黄喉地莺落在路中间。她蹲下来想看看它是不是受伤了，它却飞起来落在了她的手指上。她断定这一定是只雏鸟，正在学习飞行，还不知道怕人。

波蒂总是饶有兴致地听她描述自己见过的鸟，但有时候波蒂会提出质疑：“这附近没有这种鸟，”当她告诉姐姐自己看见了一只褐鹈鹕时，波蒂讥笑道，“应该是塘鹅吧。”

雷米一边在大岛海岸线附近的蜿蜒小路上走着，一边回想着昨天晚上的事——姐妹们对她做的馅饼赞不绝口，甚至要求她下次再做一个。“再没有比这更好的恭维了！”当时她微笑着说，“不过下次我想做个蓝莓馅饼。”“那也不错。”她们边往停车的地方走，边点着头说。随后，波蒂绊了一跤，差点跌倒。派珀问波蒂是否需要搭车回家，波蒂不同意，说自己没事。现在回想起来，雷米真希望波蒂能让派珀送她一程。她们不该让她开车——她把自己带来的那瓶葡萄酒给喝光了，然后又开始喝自己带给赛勒的那瓶白葡萄酒。问题是，要是她们不让她开车，她会暴跳如雷。

雷米沿着大岛的尖端走上一片空地——从那里可以欣赏到海湾美景——停下来观察一只长着棕色条纹的小鸟，它正沿着海岸跳着走，尾部不停地上下摆动。“多么有趣的鸟儿！”她喃喃自语道，想知道这是只什么鸟。她突然从眼角的余光中瞥见有个东西在动，一抬头，正看到一只红尾鸶也盯着那只毫无防备的小鸟！“不——”她惊恐地喊道，双手一拍，把鸢和雏鸟都吓到了。她似乎听到了波蒂责备的声音：“鸢也得吃东西啊。”

“我不管，”她嘟哝道，“它可以到别的地方去吃。”

经过露出地面的一块岩石时，她知道大约已经走了一半。她突然感到内急，得赶紧上卫生间。可是她连茶都没喝！她只喝了一小杯水。现在她后悔了——水总是从她身体里直接穿过。她心里疑惑：水直接从喉咙一路到了膀胱，根本不在体内停留，那该如何保持水分呢？她环顾四周——她知道其他人早上也喜欢走这条小径，再说现在是阵亡将士纪念日，其他徒步者随时可能从弯道那边过来。她艰难地向前走着，想找一个隐蔽的地方躲起来方便一下。她讨厌发生这种情况，现在她无心享受徒步的乐趣，一心只想找个地方方便一下……她十分担心，要是找不着地方该怎么办。她还能坚持到家吗？她沮丧地摇了摇头，想起大约十二岁的时候，她正骑着自行车，突然意识到自己必须马上上厕所！她根本不可能坚持到家。她用双腿夹紧自行车的横梁，可是无济于事。突然之间，她惊慌失措，因为她再也忍不住了！她永远不会忘记一股热流顺着双腿流下、浸湿裤子的感觉。她感觉脸都丢尽了……然而更糟的事情还在后面！她熟识的一家人将车停在她身旁，问她是否需要搭车回家。“不用了，谢谢。”她若无其事地说，祈祷他们不会发现她的湿裤子。

为什么她总是对那些糟糕的时刻记忆犹新？她绝望地环顾四周，终于匆匆走进矮小的松树丛中，脱下短裤，眼里充满了宽慰的泪水。我这样子成何体统——一个六十五岁的女人蹲在树林里，大屁股在风中摇摆……要是有人过来，我就是想停也停不住啊！就在这时，她听到有声音传来，心脏怦怦直跳：“哦，主啊，别让他们看见我……别让我在这里心脏病发作！”

第十九章

赛勒把酒瓶冲洗干净，开始洗甜点盘和酒杯。她通常不会把碗碟放在水槽里过夜，但昨晚姐妹们离开后，她实在是太累了，不愿洗了。她向厨房窗外看去——又一个美丽的春日！她渴望走进花园，想搞清那里都有哪些植物。但她在屋里还有许多事情要做，另外她还得去采购食品。

她擦了擦手，往嘴里扔了块不新鲜的“小不点”巧克力甜甜圈球，用仅剩的一点凉咖啡冲了下去。随后她到处找铅笔和纸，却一样都没找到。不过她一打开冰箱，就发现根本不需要购物清单，因为她什么都得买。她看了看手机——九点十五分……再说今天是星期六，所以她最好跳过淋浴，直接去商店，否则她肯定会碰上购物大军。

二十分钟后，她驶入了观鸟者综合商店的停车场。行驶在六号公路上，她想起要买一个喂鸟器和一些种子放在新院子里。她决定先买这些，然后再去采购食品。她下了车，走到这栋长长的灰色建筑的门廊上。

“嘿，迈克。”看到店主站在柜台后面，她打了个招呼。

“嗨！”迈克快活地回了话，冲她轻轻地挥了挥手。

赛勒知道他不认识她，不过没关系——他真的是波蒂的朋友。多年来，波蒂一直在为马萨诸塞奥杜邦协会（Massachusetts Audubon）工作，带领游客到科德角的海滩和沼泽地观鸟。她甚至曾留宿在著名的遥远的房屋（Outermost House）。后来，1978年冬季那场飓风带来的大雪掩埋了整个新英格兰地区，也毁掉了遥远的房屋。多年来，波蒂和迈克有过多次交集，波蒂总把鸟类爱好者带到他的商店。

这家商店赛勒已经来过无数次，有时她自己来，有时和波蒂一起来（事实上，这里是为爱鸟的姐姐选购礼物的绝佳去处）。她一下子想起来，自己还得为波蒂准备一份生日礼物！她踩着磨损的木地板，朝着喂鸟器走去。这里可供选择的喂鸟器多极了——管状喂鸟器、鸟屋喂鸟器、搁板喂鸟器、板油喂鸟器、窗式喂鸟器、笼式喂鸟器、带挡板的柱式喂鸟器；还有经过专门设计，能够防止松鼠和浣熊偷食的喂鸟器——重物落在上面时，栖木就会掉落。商店靠里的地方甚至循环播放着一段视频：管状喂鸟器的机动基座飞快地旋转着，一只松鼠为求保命，后肢紧紧抓住喂鸟器，短小的前肢像超人那样伸展着。这实在是令人叹为观止！为了用智慧胜过那些恼人的小淘气鬼，我们人类花费了多少时间和精力啊！

她选了一个简单的小型管式喂鸟器、一袋剥了皮的葵花子，然后去看各式各样的鸟澡盆。最终，她决定整理完花园之后，再回来买个鸟澡盆——作为奖赏激励自己！

排队等待付账时，她看到多年前读过的一本薄书的封面。那时候她一直很喜欢封面上简洁的鹌鹑插图，现在又把书拿在手中，翻阅起来。《鹌鹑罗伯特》（*That Quail，Robert*）讲的是一个真实的故事。六十年代初，科德角的一个女人从一枚鹌鹑蛋中孵出一只小鹌鹑并把它抚养长大。罗伯特——后来才知道是只雌鹌鹑——有着各种有趣的习惯。玛格丽特·斯坦格用凄美的语言讲述了小鹌鹑的一生以及她与人类相亲相爱的故事。赛勒站在那里，心想也不知道波蒂是否读过这本书。最后，她把书放进了购物篮，外加一个苏珊·博因顿咖啡杯（上面画着她书中的著名角色，唱着“Happy Birdie to You”），走上前去付钱。

“买全了吗？”迈克问道。

赛勒点了点头，接着看到柜台上放着一罐银色铅笔："铅笔多少钱？"

"不要钱，"迈克说着微微一笑，指了指头顶上方的一块牌子，"只要你能讲一个有趣的笑话。"

赛勒皱着眉头，努力思考着。"嗯，"她若有所思地环顾四周，突然看到橱窗里挂着一个蜂鸟喂食器，"有了！"

"讲吧。"迈克说着眉毛一扬，等着她讲，周围的人也都停下来洗耳恭听。

"蜂鸟为什么只会哼唱？"

迈克一脸困惑："嗯……蜂鸟为什么只会哼唱？"他沉思着，"我不知道。蜂鸟为什么只会哼唱？"

赛勒咧嘴一笑："因为它不知道歌词。"

"啦啦啦！"迈克微笑着摇了摇柜台上方的铃铛——意思是说刚刚有人讲了个有趣的笑话，然后递给赛勒一支铅笔。

她一边向外走一边微笑着。她正往车后座上放东西，忽然听到手机哔哔响。她看了看屏幕，是乔赛亚的一条短信：**咖啡？**

她上了车，摇下窗户，开始回短信：**我在奥尔良**……

我也是！

她盯着屏幕，思考着该怎么选择——她还没去商店……很快，商店里就会人满为患。

她缓缓地摇了摇头。**去 Hot Chocolate Sparrow ？**

十点钟到！

好，回头见。

她叹了口气。她知道自己会后悔没去商店。随后，她在咖啡店的停车场停车时，她想起自己连澡都没洗！她看着后视镜，自怨自艾起来——她到底在想什么？！

第二十章

“你的车怎么了？”戴维拿着报纸走进屋里，问道。

“哎哟！出了什么问题？”

“保险杠上有个凹痕。”

“有吗？！”波蒂站起身，皱着眉头，一瘸一拐地走到外面。她低头看了看她的车，然后摸了摸保险杠上的黄色凹痕。

“看来你撞到了自行车道上的黄色栏杆。”戴维跟着她出来了，说道。

波蒂咽了一下口水，努力回想着昨晚从赛勒家开车回来的经过。离开时，她在附近转来转去，有点晕头转向，可那里离自行车道很远啊。之后，她模糊地记得回到家后把车停在了车道上，因为戴维没关室外灯，还记得贝莉挣扎着站起来跟她打招呼。她还记得喝了一大杯水，但是从韦尔弗利特开回来的路上发生过什么，她却一头雾水，当然更不记得撞到过什么东西。

“我不知道。”她困惑地说。她看了看戴维，但他只是抿着嘴，一言不发。

“我没喝太多。”她辩解道。

“我可什么都没说。”

“你没必要说，”她气冲冲地说，“我知道你在想什么。”

“你不知道我在想什么。”

“是的，我知道——你在想我喝得太多了。从你的眼神里我就能看出来——我就像是在和一个法官过日子。可是我不会喝太多的。你喝酒也不比我少。每次打高尔夫，你都会在俱乐部会所喝一场……那可是中午。至少我等到五点钟以后才喝。”

戴维静静地站在那里，听着。

“你真应该看看我父亲喝多少酒。他在家时，端着他那该死的苏格兰威士忌坐在黑暗的客厅里，不许任何人打扰他，连电视都不让开。晚饭后我们都得踮起脚尖，绕着他走。你不知道那有多痛苦。谢天谢地，他大部分时间都在飞机上；谢天谢地，妈妈最终安排我们进了预备学校。在那里，至少我们不用看见他眼中的痛苦。”她顿了顿，“伊斯顿去世后，全家人都变了。”

戴维缓缓地摇了摇头：“第一百万次告诉你，波蒂，伊斯顿的死不是你的错，”他轻声说道，“那不是任何人的错。”

“不，它是。”波蒂说着，热泪喷涌而出，“你不在现场。你不会懂的。”

“那是一次意外。意外时有发生。意外是生活的一部分。”

波蒂痛苦地攥紧拳头：“你不明白吗？因为我，我们的家庭破碎了。因为我，家里没有了欢乐。我们感受到的所有快乐总是被死亡和难以想象的悲伤所笼罩。伊斯顿是家里唯一的男孩。他是父亲唯一的儿子。”

戴维朝她走近了一步，但她把双手一举：“我不需要你的安慰。我只想一个人静一静。”他双唇紧闭，转身回屋去了。波蒂失神地盯着他的后背，随即跌坐在最下面一级台阶上，双手捂面。片刻之后，她感到一个温暖的身体靠在她身上。“哦，贝，”她伤心地说，“你怎么遇到了这么可怕的妈妈？”贝莉摇着尾巴梢，舔着波蒂咸咸的脸颊。波蒂伸出双臂搂住她的脖子。“没有你我该怎么办？”她低声说。

哦，狗真是上帝赋予人类最好的礼物！她一生中爱过——并安葬过——那么多可爱的狗狗——每一条都有自己的个性；每一条都以自己独特的方式给人以安慰；每一条都有一双庄严、有爱的眼睛，里面蕴藏着世上所有的智慧；每一条去世后都会在她心中留下一个巨大的空洞，每次她都发誓永远不会再弄一条，永远不会再让自己如此悲伤。但她总会再养一条。

贝莉用她湿润的鼻子堵住波蒂的耳朵，波蒂笑了起来，想起了薇洛——小时候家里养的那条黄色的大拉布拉多犬。薇洛也喜欢用鼻子堵住他们的耳朵。她本来应该属于全家人，但全家都知道她最喜欢伊斯顿。伊斯顿没回家的那天晚上，她到处找他。她不停地叫啊叫，就是不肯安静下来，但在接下来的日子里，正是薇洛用鼻子蹭着她们的耳朵，给她们以安慰。

第二部

你必忘记你的苦楚，
就是想起也如流过去的水一样。
你在世的日子要比正午更明，
虽有黑暗，仍像早晨。

——《约伯记》11:16－17

1964年7月3日

“黑树莓味的很不错。”派珀赞许地点了点头说道。

“不如巧克力味的好。”赛勒沮丧地说道。

惠特尼把冰激凌放进冰箱，察觉到妻子脸上疲惫烦躁的表情。“哎哟！你们怎么都在屋里？你们是不是把妈妈给逼疯了？”

“没有——”最小的三个孩子无辜地齐声说。惠特尼看了看妻子，等她发表意见，但她只是扬了扬眉毛。

“我们只是想再找几个瓶子。”派珀解释道。

“其实，我们正要回到外面。”波蒂纠正道，示意弟弟妹妹跟着她。

“可我还需要一个瓶子！”派珀叫道。

“我这里有一个。”伊斯顿提醒道，拧下了怀里的瓶子的盖子，“有要泡菜的吗？”他问道，捞出一根甜味泡菜，扔进了自己嘴里。

“给我来一根。”派珀和赛勒都说。

“用叉子捞。”玛莎责备道，仿佛看见那些极小的微生物从儿子手上跳下来，跑进泡菜汁里游泳去了。

伊斯顿把瓶子抱在胸前，拉开了盛餐具的抽屉。与此同时，派珀和赛勒都伸手去抢瓶子。此时，伊斯顿只有一只手抱着瓶子。瓶子一滑，掉到了地上，黏稠的泡菜汁洒得到处都是。

“够了！”玛莎大叫道，“出去！”

“出去，伙计们。”惠特尼重复道，领着孩子们绕过地上的泡菜汁，朝门口走去。伊斯顿走在最后。他走到门口，捡起自己的梅森瓶，转过身来：“对不起，妈妈，”他眼睛里闪着泪花说道，“我不是故意的……”

“我知道，”玛莎努力平复了一下心情，说道，“只是我有很多活要干……”

“你不用给我准备礼物。”

玛莎皱着的眉头舒展开了：“好啦，可那样就没个过生日的样子了，对不对？”

他耸了耸肩：“快点，薇洛。”黄色的拉布拉多犬赶紧又舔了几下甜甜的泡菜汁，吞下一些泡菜，一路小跑着去追他，后面留下了一串又泥泞又黏糊的爪子印。

“我收拾这里，”玛莎把空面糊碗放在水槽里，伸手拿了一条旧毛巾，叹了口气说道，“你去收拾碎玻璃。”

“我收拾这里，”惠特尼从她手里接过毛巾，反驳道，“然后再去收拾碎玻璃。”

“我真希望你能带他们去远足——他们一下午都碍手碍脚的，蛋糕上还没撒糖霜，礼物也还没包呢。”

惠特尼点了点头：“我先收拾这里，接着收拾碎玻璃，然后再带他们去远足。”

“天快黑了……”

“我们有手电筒，再说我们也不是第一次晚上去远足了。”

玛莎叹了口气：“好吧，你收拾这里和碎玻璃，我还得准备吃的呢。”

“好，”惠特尼微笑着说，“你去准备吃的吧。”

十分钟后，厨房地板比一周任何时候都干净了，碎玻璃也打扫干净了，薇洛的爪子也冲洗干净并擦干了，孩子们被装进旅行车——伊斯顿在前座，赛勒和雷米在后座，派珀和波蒂在最后一排座位上，望着后窗外面。

“再见，妈妈！”父亲开车离开时，他们齐声喊道。

派珀抬头一看，看到薇洛正隔着纱门向外张望：“咱们忘了带薇洛！”

“她不去。”波蒂说。

“为什么不去？”派珀问道，对这种不公正待遇感到不满。

“因为爸爸刚把她收拾干净。”波蒂解释道。

“可是她喜欢海滩。”

“下次吧。”姐姐向她保证。

惠特尼打开收音机。女儿们听到正在播放的歌曲，恳求父亲把声音调大些。Gerry & the Pacemakers 乐队正在唱那首忧郁的热门歌曲《别让太阳照到你哭泣》(*Don't Let the Sun Catch You Crying*)，他们跟着低声哼唱起来。

歌曲终了，惠特尼将声音调低，看着伊斯顿：“真不知道你会唱歌。”他打趣道。

伊斯顿脸红了，看着窗外。凉爽的微风吹在他热辣辣的脸颊上感觉很棒。“今年为什么这么多萤火虫，爸爸？”

“因为今年春天雨水很多，”惠特尼推测道，“昆虫喜欢潮湿、温和的天气。”

“能看到这么多真好——树林里到处都是！”

“萤火虫挺好，”惠特尼表示赞同，“可是蚊子不怎么好。”

“啊！我没想到这一点，”伊斯顿说，“那就不好玩了。”

惠特尼把车停在瑙塞特灯塔的停车场上。他们鱼贯而下，站在汽车后面，把桶和手电筒分下去。“我想在灯塔前给你们拍张照片。”惠特尼说。

“噢，必须拍吗？”赛勒抱怨道。

“嗯，必须拍。”惠特尼说。

姐妹们忙着找自己的桶，伊斯顿在一旁等着。他注视着灯塔扫射着越来越暗的天空。红……白……红……白。节奏分明。忠于职守。无休无止。灯塔永不停止，他想。它不停地转着……转啊转……直到永远！

“准备好了吗，伊斯特[①]？”惠特尼说，打断了儿子的思绪。

“嗯？”伊斯顿转过身，看到爸爸提着他的小桶，而姐妹们正向停车场对面走着。他点了点头，接过桶，小跑着追了上去。

他们按照年龄顺序站好，你推我搡地抢着地方。

“准备好了吗？”惠特尼边说边在暗淡的光线下调整着焦距。

“等一等！”伊斯顿说着，放下他的桶，搂住姐妹们的肩膀。姐妹们也搂住他的肩膀。就在他们嬉笑着你拉我拽时，惠特尼按动快门，拍下了这个无忧无虑的甜蜜时刻。

“好，这次严肃点儿。”他盯着赛勒说道——她正伸着手指，在雷米的脑袋后面做着兔子耳朵。

赛勒皱着鼻子，冲着他吐了吐舌头。

“把你的脸拍成那样，你就高兴不起来啦，小姐！”他打趣道。

“把你的脸拍成那样，你就高兴不起来啦，小姐！”她一边模仿他，一边咧着嘴冲他笑。

“好，这次你们准备好了吗？”

---

① 译者注：伊斯顿的昵称。

他们都点了点头。

“笑得开心点儿……我数到三。一……二……”

他们朝父亲绽出最美的笑容，惠特尼再次按动快门。

“谢谢你们的合作！”

“不客气。”他们喊道。他们很高兴能重获自由，笑着奔向楼梯。

第二十一章

“天哪！她太漂亮了！”那只巨大的蠵龟正在科德角湾波光粼粼的湛蓝色水面上游动。他们驾着船同蠵龟保持并行，此时派珀说道。

“是啊。”纳特微笑着说。他们放慢船速，想观察得更仔细些。“我敢打赌她的体重有三百磅。”

“你们怎么知道它是母的？”伊莱亚斯问道。

“根据她的尾巴，”派珀指着海龟拖在后面的尾巴说道，“雄龟的尾巴更长更突出。”

伊莱亚斯皱着眉头说：“好像她只有两个鳍状肢能用。”他扒着船舷探头去看，想弄清究竟是什么在妨碍她游泳，“我想她被什么东西缠住了。”

纳特也扒着船舷探出头去，看到她肚子下面有个浮标上下浮动，浮标的线缠住了她的两根鳍状肢。“看来她可能还被船撞过。”他指着龟壳上一道又深又长的伤口说。他皱起了眉头：“我认为咱们最好把她带回保护区。”

派珀皱了皱眉头：“你觉得你能拽得动她吗？”

“要是伊莱亚斯帮忙抓住一边的话。”说着他从座位底下拿出一副手套。

他又拿出一副手套递给伊莱亚斯。他俩都扒着船舷俯下身子，抓住龟壳。龟壳很滑，上面满是藤壶。老海龟不愿被拽进船里，开始拼命地挥动鳍状肢，努力摆脱他们。然而，出乎意料的是，她很快停止了挣扎。他俩终于把她连同缠在她身上的浮标和线一起拽到了船上。

纳特低头看着这团“乱麻”，摇了摇头。“可怜的妞儿。”他低语道。

“你觉得她多大了？”伊莱亚斯问道。

“我敢打赌她至少有三十岁了，也许年纪还更大，”纳特说道，“而且她不止一次被撞。”他仔细找寻着她身上的伤疤，补充道。检查完毕，他将尽可能多的线剪断，接着派珀拿了一块沙滩巾放在水中浸湿，盖在海龟的壳和头上。伊莱亚斯则给海龟浇了一桶清凉的海水。纳特掉转船头，向保护区驶去。派珀则通过无线电提前通知保护区他们正带蠵龟返回。

二十分钟后，保护区进入“紧急状态”——他们将大蠵龟装到一辆特制的推车上，把她推进了保护区的小型医院。他们立即着手将深入肌肤的线清理干净，并给她补充液体和营养。与此同时，派珀轻轻地将温和的修复膏涂在她的伤口上。老海龟没有挣扎，而是用严肃的目光注视着他们的一举一动——仿佛知道他们正在努力帮助她似的。

下午晚些时候，派珀突然想起那天是星期五，也就是说晚上他们应该去雷米家给波蒂庆生。她四处寻找纳特，看到他正在打电话。她走过去，听到他正在安排将海龟送到波士顿水族馆进行康复——那里的设施更加完善，更适合身受重伤的大海龟养伤。

他挂断电话，抬起头来。“怎么了？”他疑惑地问道。

“你今天晚上把她送过去，对吗？”

他点了点头：“我认为咱们不能等。怎么了？有什么事吗？”

“没什么事，”派珀低头看着海龟说道，“我觉得你应该把她送过去……可是我去不了了。”

“没关系。我带着伊莱亚斯去。你怎么去不了了？”

“咱们应该去雷米家给波蒂庆生。”

“啊，对！我给忘了！”他抱歉地说道。

派珀叹了口气：“没关系。我相信她会理解的。”虽然她知道姐姐一定会失望。

“要不我找个人替我去？”

派珀摇了摇头：“不用，你去吧。”

“爸爸，”伊莱亚斯走进房间说道，“我装好卡车了。你准备好了吗？”

“嗯，马上来。”他回头看着派珀，“对不起，我把波蒂的事给耽误了。”

“你不用道歉啊。”派珀勉强挤出一丝微笑，说道，“这位‘老夫人’比波蒂更需要你，照顾好她。”她蹲在水箱旁，看着海龟严肃的眼睛，抚摸着她光滑的头，“几周后咱们在这里再见！”

第二十二章

赛勒用手轻抚着《天国》(*Upper Room*)的封面，欣赏着封面上的图画。她脑海中浮现出妈妈每天早上阅读这本小小的祷告书的情景。妈妈能成功地将这种习惯传给女儿们，全凭躬身示范……当然还有一个原因，每年妈妈都给她们每人订阅一份作为圣诞礼物。她将这本小小的杂志夹在《圣经》中，放在椅子旁边的桌子上。她落下了一个星期的祷告，因为她无意中将《圣经》和这本小小的杂志收拾到亚麻布盒最里面了，今天早上才找到。她一赶进度，就感觉只是走马观花地把书读完了，却没有仔细品味其中的每一句话。她抿着咖啡，抬眼望着夏日蓝天上飘着的朵朵松软的白云，一丝微笑浮上面庞。“主啊，我知道我经常牢骚满腹，”她说道，“但你指引我来到这个地方，我真不知道该怎么感谢你才好。”

她在花园里四处看了看。她昨天花了整整一天的时间除草、修剪、添加表土（对于生长在科德角沙质土地上的植物来说，表土可是一种奢侈品）、铺撒覆盖物[①]。她与这些绿色植物亲密接触时，发现了许多种有些年头的宿根花卉：紫锥菊、香蜂草、多毛金光菊、牡丹、鸢尾花、丁香、几种百合花，当然，还有大量的绣球花！在后面的台阶附近，她还发现了一个小花园，里面长着一丛细香葱。小花园周围的一块块小木牌告诉她，以前里面还有百里香、牛至、香菜、龙蒿、迷迭香和蜜蜂花。但她知道，要是她想要罗勒和香菜的话，那就得买新植株，因为它们都是一年生植物。

她靠在椅背上，看着鸟儿在新买的喂鸟器附近飞来飞去。它们没花多少时间就找到了喂鸟器。它们似乎很喜欢这个小小的新庇护所。她注视着一对锡嘴雀落在上面，静静地吃着早餐，享受着彼此的陪伴……她顿时心生妒意。我竟然嫉妒一对鸟儿，她想，多么疯狂！她意识到，尽管她喜欢自己新寻得的清静，但她也怀念心爱之人的轻松陪伴。她与弗兰克约会已经有很长时间了，但他们的生活十分紧张忙碌，时间排得满满当当，她之前甚至都没察觉到生活中缺了点什么。可是此时此地，远离尘世的喧嚣，呼吸着自由的空气，她认定，醒来

---

① 译者注：覆盖物，又名护根物，指将麦秆、枯叶、小树枝或粪肥等盖于植物周围的土壤上，以达到保护根部、肥沃土壤、遏制杂草生长等目的。

时身旁能有个人陪伴，两人一起随处走走，清晨呷杯咖啡，看看报纸，这样的生活真的很美好。

此刻，她呷了一口咖啡，心里也拿不准乔赛亚是不是那个人。前几天他俩一起喝了咖啡，他不但一点儿都没有因为她衣冠不整而心生反感，还邀请她去吃饭。接下来的星期三，他们去了丹尼斯港的海洋之家（Ocean House）。他们坐在海滩吧台旁，品尝龙虾卷，畅饮鲸尾酒……感觉真是太奇妙……太惬意了。因为他要从波士顿赶过来，她在那里等他。饭后，他把她送到车旁，像个真正的绅士一样，吻了她……的手！难道他看不出，她已经准备好来一次长长的、真正的唇吻了吗？或许他只是想表达对现实的尊重？毕竟他俩都还没离婚。但没有唇吻，她就无法确定乔赛亚是否真的是她的白马王子。除此之外，从目前的情况看，他各方面都无可挑剔——他相貌英俊、衣着考究，几乎离婚，但他的吻肯定是一个决定性因素。哦，对了，本周末他还有一次机会，因为他俩要去普罗温斯敦。

她喝完咖啡，把《圣经》拿进屋里，放在桌子上。她又倒了一杯咖啡，拿起笔记本电脑，重新回到外面。电话公司终于为她接入了互联网，她有很多“课”要补。她已经“失联”一个多星期了，要不是忙于收拾花园、整理房间，她的网瘾可能早就发作了。她坐下来，打开笔记本电脑，检查了一下邮件——有三百三十二封新邮件！哎呀！她迅速地扫了一眼邮件列表——没有紧急邮件；查看新闻——总是出错；接着点开她的脸书页面，发现当天有两个朋友过生日——一个是罗德岛设计学院的老同学……另一个是波蒂·（奎恩）·斯诺！天哪，她差点儿忘了波蒂的生日！好在她们都上脸书，否则后果严重啊！她立刻给朋友和波蒂发送了生日祝福，并告诉波蒂稍后在雷米家见面。然后，她关上笔记本电脑，赶紧进屋洗澡去了。

第二十三章

雷米在满满一纸盒食谱中仔细翻找着妈妈做巧克力淋面的方子。玛莎一直把食谱保存在一个里昂比恩的旧鞋盒里。从杂志上剪下来的方子她也收在里面。甚至别人通过电话告诉她的方子，她也草草记在纸上，放进纸盒里——现在雷米找的就是这么一张方子。她脑海中依稀记得，那张方子写在一张蓝格线的笔记本纸上——可是雷米已经把纸盒翻了个遍，现在她又快翻到盒子底部了。她知道，那张纸不可能那么靠下，因为在做复活节用的奶油泡芙时她刚制作过淋面。

她再次从最上面开始，一张一张地慢慢翻看。“总有一天，”她嘟哝道，“我要把所有这些从没用过的方子全都丢掉，把其余的方子誊在卡片上，放到食谱盒子里！”多年来，她一直计划完成这个“项目”。每次她一找不到方子，她就痛下一次决心，但她总也找不到时间。

她叹了口气，突然发现盒子前缘有一张熟悉的蓝格纸。“就是它！”她松了一口气道。她拿出那张纸，盖上盒子，立刻把刚才的决心忘到了九霄云外。她瞥了一眼食谱，然后将称量好的可可粉、水、油和玉米糖浆放入一个小平底锅中，把火关小，不断搅拌，直至变成光滑的混合物。

多年前，她们的妈妈停止烘焙后，雷米主动承担起了烘焙任务，将家里的生日传统延续了下来。波蒂的蛋糕是波士顿奶油派[1]——因此需要巧克力淋面；赛勒的是恶魔蛋糕[2]，撒上自制的柑橘糖霜——其制作方法历史更加悠久，是姥姥亲笔写就的；派珀的是德国巧克力蛋糕，所用的糖霜——自制的黄油椰肉和美洲山核桃——极其美味。雷米本来也很乐意自己给自己做生日蛋糕——天使蛋糕[3]配上新鲜的草莓和掼奶油[4]——但姐妹们坚决要求轮流做蛋糕。

雷米在可可粉中加了一茶匙香草精和少许盐，继续搅拌。她忽然想起了伊斯顿的蛋糕——这些蛋糕中最美味的一种。他的蛋糕是一个四层巧克力蛋糕，每两层之间都夹着奶油巧克力慕斯，最上面是美味的掼奶油糖霜。他们去海滩上远足的那天晚上，妈妈一直在制作这款蛋糕，但她们从来没吃到过它。那盒黑树莓冰激凌在冰箱里放了好几个月，直到有一天，她在垃圾桶里看到了它。雷米永远不知道那天晚上妈妈一直在制作的蛋糕上哪儿去了。她们再也没吃过这种蛋糕——就好像那个方子被有意遗忘了一样。她家一直都是这样——任何能让她们想起伊斯顿的事物都不许提起。在雷米成长的过程中，她感觉父母甚至不允许她们提到他的名字。她常常怀疑也许这就是她心里很难放下吉姆的原因。她非常爱吉姆和弟弟。她永远无法理解为什么上帝要把他们带走。

---

① 译者注：虽然名字中有个“派”字，其实它根本不是馅饼，而是海绵蛋糕（松糕）配上一层香浓的奶油。这款蛋糕的特别之处在于它创造性地将巧克力以淋面的形式装点蛋糕。这款小蛋糕自十九世纪便风靡西方世界，至今经久不衰。

② 译者注：类似于巧克力蛋糕，但传统上比普通的巧克力蛋糕要用到更多巧克力，因成品颜色较深而得名。

③ 译者注：用面粉、白糖和鸡蛋清制成的蛋糕，无油、低糖、低热量，成品洁白，即使减肥者也能食用，故谓之“天使”。

④ 译者注：用奶油搅打成泡沫状的一种糕点配料，亦可作为甜食。

雷米加了一杯过筛的糖粉，继续搅拌。方子上说，此时应该将锅从火上拿开，但根据多年的经验，她发现将其置于小火上直至淋面光滑温热，这样更容易倒出来。

蛋糕已经切成层状，上面涂了奶油香草布丁。她端起锅，面朝需要淋面的蛋糕，将温热的巧克力浇淋在上面，让淋面从蛋糕侧面自然流淌下去。然后，她舔了舔刮刀，退后一步，欣赏起来。“看上去和照片上一模一样，妈妈！你会为我感到自豪的！”

她听到炉灶咔嗒咔嗒响，发现忘记关火，连忙关上了。这不是她第一次忘记关炉灶了。她经常担心自己出门时忘记关火。她还担心打不着火，担心燃气缓慢泄漏，甚至担心爆炸。也许她真该采纳戴维的建议，买台电炉。

她把锅放在水槽里，倒入热肥皂水，然后打开杂物抽屉翻找蜡烛。她拿出三支蜡烛——一支代表过去，一支代表现在，一支代表将来——将它们分别插进三个塑料小烛台里。四姐妹很久以前就决定，她们年龄太大了，不能用一支蜡烛代表一岁。

她将蜡烛插在蛋糕上，接着把蛋糕放回厨房台面上。就在这时，爱迪生溜达着进来了。雷米盯着他。“离台面远点，先生。”她警告道。他嗖的一下从她双腿间穿过去了。

雷米摇了摇头，拉开装餐巾纸的抽屉，寻找生日用餐巾纸。适合哪种场合使用的餐巾纸她几乎都有——从跨年夜用的到圣诞节用的，从过二十一岁生日用的到过六十岁生日用的，但她似乎就是没有普通的生日用餐巾纸——这怎么可能？她又往抽屉深处扒了扒，发现了一小叠“过山”（Over the Hill）牌餐巾纸。她将餐巾纸拿了出来，心里暗想不知道波蒂会不会介意——这个牌子不大讨喜[①]！她叹了口气。她们的老大姐真的需要一点幽默感……她应该停止活在过去。雷米将餐巾纸放在蛋糕旁边，看了一眼待办事项列表，想知道还有什么事没做。她从厨房台面下面拿出老式渗滤式咖啡壶——以备有人想喝咖啡——解开围裙。她只剩下一件事没做，就是把送给波蒂的礼物包好。她从观鸟者综合商店给波蒂买了一本书，讲的是一只名叫韦斯利的猫头鹰的故事，十分有趣。

第二十四章

“你准备好了吗？”波蒂冲楼梯上面喊。

“快了。”戴维从关着的浴室门后面喊道。

波蒂叹了口气，走回厨房，又倒了一杯酒，接着将酒瓶藏到咖啡壶后面，以免被戴维看到。总有一天——要是她比他长寿的话——她可以尽情畅饮，再也没人管她……除非她被送进养老院。她抿了一口酒，低头看着贝莉。“出去吗，老妞儿？”她问道，贝莉挣扎着站起来。波蒂走过去打开门，然后跟着贝莉走了出去，发现脚踝感觉好多了。谢天谢地！

“咱们带着贝莉吗？”戴维在她身后问道，吓了她一跳。真不知道他什么时候来到了门廊上。

“你想带吗？”她头也没回地问道。

“当然。咱们可以坐我的车，反正上面全是狗毛。”

---

① 译者注：在英语中，“over the hill”的本义是“翻过山丘”，也可以用来比喻一个人鼎盛期已过，青春已逝，年迈力衰，或者事业过了顶峰，开始走下坡路。

“好。”波蒂说道，尽量不让他看到她的酒杯，“你回楼上帮我把毛衣拿下来行吗？”她问道。

“外边气温得有80度。你觉得真需要毛衣吗？”

“太阳下山后就冷了。要是咱们坐在外面，我可能就需要。”

戴维叹了口气：“拿哪件？”

她一开始说：“你刚给我的那件怎么样……”但转念一想，新毛衣还在厨房桌子上的礼品盒里，而她的目的是让他去楼上，“我又一想，还是要从里昂比恩买的那件粉红色毛衣吧——在我的香柏木箱里。”

她听着他脚步沉重地上了楼，将杯中酒一饮而尽，然后走进屋里，冲了冲酒杯，晾在沥水架上。她拿起之前买的酒和她做的沙拉，出门朝汽车走去。“快点，贝。”她喊道。老拉布拉多赶忙跑到戴维的旧沃尔沃旅行车（戴维亲切地称之为“坦克”）旁，摇着尾巴等着。“等一下。”她说着将沙拉碗和酒瓶放进后备厢。她打开后门，贝莉仰望着座位，仿佛那是珠穆朗玛峰。“上去啊，你能行。”她说道，但贝莉仍一脸绝望地看着她。“好吧，前腿先上。”波蒂哄劝着，贝莉后腿着地蹦了几下，然后小心翼翼地将前爪放在座位上，回头看着她，等待着。波蒂抬起贝莉的后腿——贝莉立刻将后腿缩在身子下面——轻轻地将贝莉放在座位上。波蒂刚站稳，老狗就回过头来，舔了舔波蒂的脸颊。

戴维腋下夹着毛衣，从她身后走了过来。他咯咯地笑了起来：“谢谢妈妈。”他用替贝莉说话时惯用的声音说道。

“不客气，亲爱的。”波蒂答道。她看了看贝莉的尾巴已经收进车里，才关上了车门。随后，她向车子另一面绕时，突然感觉脑袋嗡嗡作响，应该是刚才喝酒喝得太急了。她上了车，集中精力系好了安全带，打开车窗。

戴维看了她一眼："准备好了？"

"嗯。"她答道，心里很清楚不能说太多话。

戴维发动汽车，开始倒车："今晚大伙都来吗？"

"我想是。"

"伊莱亚斯呢？"

"希望能来。"她答道，瞥了一眼后座，看到贝莉将鼻子紧贴在车窗上，"你能把后窗开一下吗？"

戴维按动后窗按钮，老拉布拉多将头伸到窗外，呼吸着科德角醉人的馨香，下颌上的垂肉摆动着。"啊，做条狗，"波蒂沉思道，"生活如此简单。"

"也许你下辈子能梦想成真。"戴维微笑着说。

"也许吧。"

他们经过国家海滨公园的指示牌时，波蒂微微一笑："你还记得你到遥远的房屋（Outermost House）来看我的时候吗？"

戴维微微一笑："那是我最美好的回忆之一。我喜欢住在那栋小房子里，在你身旁醒来，海上的微风低吟着从窗口轻轻吹进来，夏日的阳光照进屋内，简直太奇妙了。"

"简直太奇妙了。"波蒂柔声说道，想象着戴维——她年轻英俊的戴维——裸着身子躺在她身旁，手指轻轻地划过她曲线玲珑的身体，脸上泛起甜美淘气的微笑。

"怎么了？"他逗她道，"要我停手吗？"

"别，"她柔声道，"别停。"

他身子往前靠了靠，轻轻地吻了一下她的嘴唇，手指沿着她的臀部和大腿继续向下盘旋。"现在要我停手吗？"他温柔地问道。

"别。"她柔声道。

随后，他不紧不慢地爬到上面，在她身上跃跃欲试，兴奋异常："现在呢？"

她低头看了一眼，咧嘴笑了。"要是你能行的话。"她逗他道。

"我能行。"

"不，你不能。"

他眉毛一扬，还是那样淘气地微笑着，缓缓地移到了她的一侧。

"不，不！"她笑着说道，"我不是这个意思……"

他皱起了眉头："我还以为你让我停下。"

"我改变主意了。"她笑着说。

"你确定？"

"确定，确定。"她说着把他拉了回来。

"那就恭敬不如从命了……"

戴维看了她一眼："你呆呆地想什么呢？"

"哈！就不告诉你！"她带着怅然若失的微笑说道。

第二十五章

"他们来了！"雷米为姐姐、姐夫和贝莉扶着门喊道。贝莉慢吞吞地走着，美美地嗅着路旁的每一株植物，但她一看到雷米，就愉快地扭动着身子紧跑了几步，上前跟她打招呼。"你好，馅饼。"雷米说着蹲了下来。贝莉立刻舔了舔雷米的脸，雷米则吻了吻贝莉可爱的额头。

"生日快乐，亲爱的。"她说着站起来给了波蒂一个拥抱。

"谢谢你，雷姆。"波蒂说着迈步进门。

赛勒和派珀在屋里等着。克洛伊听到他们的声音，一路小跑到了厨房，叼起她的新佐伊，但一看到贝莉，她就扔下佐伊，直接去迎接自己真正的朋友了。

波蒂的三个妹妹都知道，波蒂希望自己的生日能过得热热闹闹，所以她们每人给了她一个长时间的拥抱，并祝她生日快乐。

“你看到我脸书上的帖子了吗？”赛勒问道。

“还没，我今天没上网。”波蒂说。

波蒂用电脑主要是为了联系同事、追踪新闻或记录观察稀有的鸟类。波蒂很少打开她的脸书页面——禁不住赛勒的催促她才注册了脸书。后来看到那么多人想加她为“好友”，她感到惊讶不已。波蒂一旦发现某人过于黏人、牢骚太盛、夸张做作、颐指气使，或者与她意见不合，她就立即将其“开除”出朋友圈。她深信，在她的人生旅途中这种人不在少数。自从与戴维搬到科德角以来，她的社交圈已然大大缩小，现在的她更像是一位隐士。然而，有时感到无聊，她也会滚动浏览一下，或者像赛勒所说的那样，随便浏览一下（只看帖，不评论不点赞）朋友们在脸书上分享的信息，每次都能发现他们的很多信息——其中一些她感觉真的应该保密。她脑中经常回响起那条戒律——“你们不可论断人”。她知道自己动不动就论断人。这大概是她最大的缺点。她深信，到了天堂她一定会为此付出代价。她仿佛看到等在天堂门口的圣彼得查了查他的 iPad，冲她扬起了眉毛。可她就是控制不住自己——越是上了年纪，越不宽容。即便不用应付那些拎不清的人，生活也已足够艰难。她不知道这是不是因为自己所有的生活遭遇，但她就是没法和别人好好玩耍了，她祈祷自己不会连戴维都厌倦了。

“我想你收到了不少生日祝福，”赛勒继续说道，“你到家后应该看看。”

“我会的。”她说道。

“我也留了一条。”派珀快活地说。

“你知道的，我没留。”雷米笑道，说着接过姐姐怀里的沙拉碗。她抵制脸书。

“你是唯一的聪明人。”波蒂道。

“那今晚寿星要喝什么？”赛勒问道，“我们喝冰镇玛格丽特[①]。”她指着柜台上的搅拌机说道。

波蒂心怀疑虑地注视着那酸橙绿色的混合物：“我想我还是跟往常一样吧。”

赛勒点了点头，转向戴维。

“给我来杯玛格丽特。”他微笑着说。

“加不加盐？”派珀指着柜台上的一盘调味海盐问道。

“加盐。”他确认道。

派珀将玛格丽特的杯沿用酸橙蘸湿，在盐中转了一下，将冰凉的混合物倒入杯中，递给了他。

与此同时，赛勒打开波蒂带来的那瓶葡萄酒，倒了满满一高脚杯，递给了她。

“干杯！”波蒂举起酒杯说道。

“还是别干了，随意吧。”戴维也举起酒杯说，“祝我们亲爱的波蒂过一个最快乐的生日！”

“还有，祝你青春永驻！”雷米微笑着说。

“说得好！”赛勒和派珀齐声说道。

波蒂平静地叹了口气——只要让她手里端着满满一杯酒，她就感

---

① 译者注：一种鸡尾酒，由墨西哥龙舌兰茎酒、柠檬果汁和橘味酒等调制而成。

到前所未有的志得意满。酒是终极的安慰食物[1]，或许叫“安慰饮料”更合适。她手握杯脚，回忆起她最近读过的一篇文章，文中解释道，只有当酒的温度太低时，手才能和杯肚接触，因为手的温度会提高酒温，从而失去清凉的口感。

“瞧瞧那个蛋糕！”波蒂注视着厨房台面上的波士顿奶油派惊呼道，“雷米，你的技术又精进了！”

雷米点了点头，看着姐姐。这时，姐姐也注意到了旁边的“过山”牌餐巾纸。

“有意思，”她挖苦道，“真有意思。”

雷米咯咯地笑了：“我只有这种了……除非你想要‘五十’或‘六十’岁生日用的……”

“哪种都比这种强。”波蒂笑道。她仍然无法相信自己都快“七十”了！

“咱们到外面的露台上去？”雷米问道，接着看了一眼戴维，“我希望你能暂代主人之职。”她补充道，拿起烧烤铲。

“乐意之至。”戴维说。

他们走到外面，围坐在玻璃桌旁，桌上摆满了零食——大块的甜菠萝、奶酪饼干、虾仁杯[2]和赛勒有名的分层蘸酱。派珀欠身向前，拿玉米片去舀蘸酱。“我喜欢这蘸酱，赛勒！你每次做，我都想向你讨教方子。”她说着把玉米片塞进嘴里。

“很好做。”赛勒伸手拿了一只虾，点了点头说道，“底层是一半奶油芝士，一半酸奶油。接着——”她停下来吃完虾，继续说——“撒

① 译者注：指让人吃后感觉舒服的食物，尤其是高糖分的食物。

② 译者注：正餐前的一道开胃菜。

上玉米卷饼调味料，然后是碎生菜、碎番茄、一小罐碎黑橄榄、一罐洋葱番茄辣酱[1]和一袋碎墨西哥奶酪。”

“放多少西红柿和生菜？”雷米一边简单地将做法记在一张笔记本纸上，一边问道。

“盖过来就好。”

“太好吃了。”派珀说着，又拿玉米片舀了一点。

赛勒点了点头：“只是不适合长距离携带。我发现，最好还是等到了地方再加入洋葱番茄辣酱和奶酪，否则洋葱番茄辣酱会漏得到处都是。”

雷米边点头边写下这个窍门。波蒂看着妹妹调笑道：“你要去参加派对吗，雷米？”

雷米抬起头，不由得脸红了：“不，不是……”她的社交圈子仅限于她们，她知道姐妹们对此心知肚明。“可谁说得准呢，说不定会有人邀我参加派对呢。”她补充道，听起来有点受伤。

“我只是开个玩笑。”波蒂说。

“我知道，”雷米说，但姐姐的话还是刺痛了她，“不过，我在考虑月底要不要去参加同学聚会。”

“真的？！”赛勒和派珀惊讶地抬起头。在她们心目中，雷米是最地道的宅女，要是她打算冒险离开科德角，可真是头条新闻。

“去佛蒙特？”波蒂问道。

雷米点了点头：“我还没决定呢。”她加了一句，以免自己改变主意。

“你该去！”赛勒说。

“对，一定很有趣。”派珀也说。

---

① 译者注：又译辣番茄酱、萨尔萨酱，一种用洋葱、番茄和辣椒做的调味辣汁，常浇于西班牙或墨西哥食物上。

“也许吧，”雷米说，“上周我见了桑德斯医生……你一说他要退休，我就决定预约一下试试，接待员玛丽说他刚刚取消了一个预约，我就约了。”

“他告诉你他快要退休了吗？”

“说了。”雷米证实道。

“你有没有表现出惊讶的样子？”波蒂问道。

雷米点了点头，戴维眉毛一扬看着波蒂。

“我没告诉任何人……任何其他人。”她辩解道。

赛勒让他放心：“别担心，戴维。我们会把所有秘密都带到坟墓里去。其实，今天晚上我们让你来，你已经很幸运了。”

戴维轻轻一笑。他非常清楚四姐妹密不可分的关系。她们的聚会能让他旁听，已经是他的福分了。

“总之，我俩聊了起来，我告诉他我在考虑要不要去参加同学聚会，他说我当然该去。他说他喜欢佛蒙特，正想找个借口去那里呢……然后……我跟他开玩笑说，他应该来给我当护花使者。”

“不会吧？！”她们都惊讶地说。

“我只是想开个玩笑，可是他问了我时间，然后查了查日历，说要是我决定去，他愿意搭我的车去。你们知道他毕业于达特茅斯学院[①]吗？”

“我知道。”波蒂说。她想起就诊时约翰说过的话，发现事态的发展非常有趣。

---

① 译者注：达特茅斯学院（Dartmouth College）位于新罕布什尔州，成立于1769年，是美国历史最悠久的世界顶尖学府，也是闻名遐迩的私立八大常春藤盟校之一。该校最大的特征之一就是小而精，以小班教学闻名，始终保持着严格的招生制度和极高的入学门槛，堪称小型优质私立研究型大学。

“对，我在诊室见过他的学位。”赛勒补充道。

“哎呀，那你一定得去，”派珀说，“你一定能玩得开心！有人陪着去就更有意思啦。”

“你倒提醒了我。”波蒂看着派珀说，“今天晚上你怎么单飞啦？我还以为纳特和伊莱亚斯也来呢。”

“他俩本来想来，”派珀说，“他们让我和你说一声，他们非常抱歉。今天早上我们救了一只漂亮的老蠵龟——身上缠满了浮标线和鱼网。她的情况稳定后，纳特认为应该把她送到水族馆，所以他和伊莱亚斯今天下午晚些时候送她去了波士顿。他俩说会补偿你的。”

波蒂点了点头：“你们经常在海湾里见到蠵龟吗？”

派珀摇了摇头：“不，蠵龟十分罕见。这么重的一只蠵龟大概是被大洋涌浪冲过来的。她有两只鳍状肢受伤严重，几乎没法游泳，壳上还有几处船只撞击造成的伤痕——就像刚从战场上回来的一样。”

“好可怜。”雷米伤心地说道。

派珀点了点头：“要是她能活下来并且治好伤，放生的时候你们都该来看看，非常值得一看。”

“我愿意去看。”波蒂说着，呷了一口酒，“那好吧，请告诉纳特和伊莱亚斯，我原谅他俩了。他俩是好人，帮助老海龟是件好事。”

派珀点了点头：“她真的是位贵妇人。”

雷米站了起来：“好啦，咱们开始烧烤吧？你们觉得如何？”

“好。”她们齐声答道。

戴维喝完杯中的玛格丽特，站起来帮忙。

“再来一杯？”派珀问道，说着把手伸到桌子对面去够赛勒的杯子。

戴维想了想，然后摇了摇头：“酒很棒，可我已经喝好了。”

“真扫兴。”波蒂咕哝道。

“我不是扫大家的兴。我是你的御用司机，其实我一杯都不该喝。指定驾车者不准饮酒。”

“哎哟，求你别说了。”她恳求道。

戴维只当没听见，全神贯注地做着烧烤。赛勒跟着派珀上屋里帮雷米去了。“喂，我有一些消息要告诉你们。”她说。

“噢！快说说！”派珀说道，赶忙竖起耳朵听着。

“嗯。”赛勒给她们每人又斟了一杯，说，“乔赛亚上周给我发短信，我们一起喝的咖啡。周三我们去海洋之家喝酒，吃龙虾卷……明天我们还要去普罗温斯敦。”

“哇噻！”派珀惊呼道，“你俩发展神速啊。”

“什么时候让我们见见他？”雷米问道。

“我已经见过了。”派珀俏皮地说。

雷米眉头一皱：“你见过？！”

“嗯，还记得吗……他送‘小不点’的时候，我在那儿。”

“哦，对。”雷米说，听起来有些沮丧，接着她眼前一亮，“你今天晚上该把他带过来！”

赛勒笑了：“他还没准备好见你们。你们会吓跑他的！”

“不，我们不会把他吓跑的，”派珀说，“让他来是他的福分。”

赛勒又给她们每人满上一杯：“好吧，早晚有那一天……如果我们能继续下去的话。同时，”她举起杯子说，“为这个有趣的夏天干杯。”

她们每人喝了一小口。派珀拿着酒瓶从屋里来到了门廊上：“再来一杯？”

“好的。”波蒂说着，端起酒杯往前一送。

第二十六章

手机铃声响起时，雷米正一边搅动刀切燕麦粥，一边端着杯温水小口喝着——她在温水里放了一汤匙蜂蜜和一汤匙她刚从佛蒙特乡村杂货店订购的“万灵药”——山力汤（Strength of the Hills）。她在《美国佬》杂志上看到了这款液态补品的广告……也可能是在《佛蒙特生活》上看到的——她记不清到底是哪本杂志了。那则广告把这种“万灵药”神奇的保健功效吹上了天。她将火关小，让燕麦粥在锅里咕嘟着，接起了电话。

“你好？哦，嗨，桑德斯医生，”她喜眉笑眼地说，“你好吗……嗯，一切都好……哦，你太客气了……大黄也是我的最爱。很高兴你能喜欢……今年我种了那么多大黄，都不知道该怎么处理了……不，我还没决定，等决定了我一定告诉你。”她住了口，皱着眉头听他说话，“好……你想让我今天去，对吗？”她点了点头，“那好……超声波检查……一点钟……大量喝水，禁食四小时。”她看了看钟表，“我能做到。”她点了点头，“好的，我不担心。谢谢。”

她挂了电话，盯着窗外。不担心？！尿液中查出血液，她怎么可能不担心？她记得体检时让她验尿了——这很正常，当然她也没发现尿里有血。她瞥了一眼时钟——已经八点三十分了，她还没洗澡，甚至还没吃早餐——燕麦粥！她急忙回到灶旁，拿起搁在锅上的勺子，可勺子太烫了，她赶紧一丢，结果把燕麦粥溅到了地板上。

“宝贝！”她喊道，将锅从灶上拿下来，伸手另拿了一把勺子。

她搅动着燕麦粥——粥粘在了锅底上，她用力刮着，尽量多刮出一些，然后将一大坨粥倒进碗里。随即她转过身，开始清理地板上的燕麦粥，但爱迪生已经舔了起来。“小心烫。”她警告道，小猫却毫无惧色。

她又看了看钟表，大脑快速计算起来——还有半小时她就得禁食了，随后她还要憋尿——这从来都不是个问题。她将亚麻籽粉和碎核桃仁撒在燕麦粥里，又在上面倒了一点杏仁乳，碗里的粥块终于变小变软了些。随后她服用了营养补充剂——鱼油和益生菌制剂——禁不住想血尿是不是由饮食中的某种东西引起的。也许是山力汤吧——这东西是她最近才添加的。她打开冰箱，研究起了配料表：佛蒙特苹果醋（由有机苹果制成）、葡萄汁、苹果汁、花旗参、黑升麻——不知道是什么——黑胡桃、繁缕、肉桂、丁香、紫锥菊、葫芦巴——又一个问号——姜、八角茴香、姜黄——她在某个地方读到过，说是对关节炎有益。好像没有哪种成分是有害的呀。

她打开笔记本电脑，搁在面前的笔记本支架上，一边吃着结块的燕麦粥，一边在谷歌上搜索“黑升麻”。它是一种草本植物——美洲原住民用它的根入药，治疗一些妇科疾病，这么说来黑升麻对她应该有益无害才对啊。接着，她又在谷歌上搜索“葫芦巴”，了解到它也是一种可以治疗多种疾病的植物——从消化问题到动脉硬化乃至肾脏疾病——对她而言也有益处。她又查了一下“八角茴香”——原来它是一种东方树种结出的星形果实，用于各种药茶，因其具有多种治疗功效而备受推崇——也有益处！最后，她查了查“尿中有血的原因”，发现第一个可能的原因是尿路感染。对！她舒了一口气，心想肯定是这个原因！上次治疗尿路感染时，可能还剩下一些抗生素呢。她起身打开柜子看了看，找到了一瓶三年前的药——真有那么久了吗？她打开药瓶——还剩下六片药片。她看了看说明书，往嘴里扔了一片——

瞧！她自个儿就把问题解决了。

她已经感觉好多了，于是坐下来接着喝燕麦粥。随后，她开始滚动浏览其他一些可能的原因。桑德斯医生向她保证，很可能没什么事。但据网上的说法，有很多种可能性，其中最引人注目、令她心跳加速的就是——膀胱癌。或许她不该服用抗生素。或许她应该耐心等待，因为现在她突然感觉不妙。

她输入"环丙沙星的副作用"……发现副作用很多——其中最常见的是腹泻，然后是很长一串罕见但不能排除的其他不适——从排尿变化到恶心、头晕、黑便……五花八门！她为什么这么蠢？接到桑德斯医生的电话不到十分钟，她就自以为已经把事情解决了，然而很有可能她打乱了所有的安排。她低头看着燕麦粥。一想到要喝完它，她就感到恶心。她又看了看药瓶。上面明确地写着："不可与乳制品同服。"杏仁乳不是乳制品……或者也许是？三年前之所以没吃完这些药片，也许就是因为那时候她的胃承受不住这药的刺激。

她茫然地盯着电脑屏幕。有人告诉她千万别在网上搜索你的病症。甭管这人是谁，他说得真对！

她给医生诊所打去电话，问玛丽桑德斯医生是否认为她可能只是患了尿路感染。玛丽让她别挂断，她去问医生，但她回来后说，他不这么认为，因为还有其他一些指征。雷米点了点头，谢过她，挂断了电话。嗯，这证实了一件事——她不该服用抗生素。她真想不明白，把吃下去的东西再吐出来怎么那么难？

她把剩下的燕麦粥刮进垃圾桶，将她那杯水倒进下水道，刮掉粘在锅底的燕麦片，然后把其余的碗碟刷干净。擦手时，她看到窗户角落里有东西在动，走近一看，原来是一只蜘蛛正在用蛛丝缠裹一只虫子——雷米感觉这种做法委实骇人！她戴上老花镜，努力辨别着虫子的种类——如果是一只恼人的虻，那她就全当没看见……但如果是别的虫子……

“不，不要！”她说着把手伸进网中，吓跑了蜘蛛。她把木乃伊一样的瓢虫放在厨房台面上，轻轻地清理起了粘在它身上的蛛丝。不一会儿，她就将它背上的蛛丝大体清理干净了，但它的腿仍被粘在腹部——这活最棘手了——既要扯掉黏黏的蛛丝，又不能把腿扯断。最后，她终于把蛛丝全部清理干净了，在这个过程中只弄断了一条腿。她轻轻地将瓢虫翻过来，它立刻蹒跚着爬过厨房台面，朝着窗户爬去。她吓坏了，又把它捏了起来。“还没接受上次的教训吗？”她叱道。她捏着瓢虫来到屋外，冲它吹了口气。它朝空中飞去——它自由了！接着她回到屋里，抓住蜘蛛，把它也放到屋外。“外面的虫子随便你抓！”她回到屋内，想起了她的预约，看了看时钟，赶紧上楼洗澡去了。

接下来的三个小时过得好慢。除了血尿问题之外，雷米心里最担忧的是从什么时候开始喝水。她可不想在去诊所的路上停下来找洗手间——对她来说，这是常事。她知道六号公路沿线每个公厕的位置。她最喜欢的洗手间——虽然不是最方便的——是观鸟者综合商店里面靠里的那个——墙上贴着搞笑的鸟类漫画。有一次她在里面看漫画，不知不觉待了很久，波蒂隔着门叫她，问她是不是掉进茅坑里了！最后，就在出门之前，她又去了一次洗手间，喝了一大杯水——至少十六盎司[①]——随后倒了满满一瓶水，准备在路上喝。

一个小时后，她在影像与放射科登了个记，在等候区找了个座位，继续小口喝水。“兰登太太？”一个声音喊道。雷米抬起头，朝那个手拿写字夹板的粗壮女人轻轻挥了挥手。“跟我来。”女人说话带着外

---

① 编者注：1盎司约为30毫升。

国口音，雷米不太确定是哪国口音。不过，雷米一站起来，神经就紧张起来。她厌恶任何超出日常规程的事情，而这次检查偏离她的日常规程足有几光年。“膀胱充满了吗？”技师问道。

“嗯。”雷米答道。

她们走进一个黑暗狭小的房间，那个女人命令她躺下，拉开裤子拉链。雷米照做了，女人在她肚子上挤了些温热的凝胶。她感觉到女人用探头快速扫描她的腹部，雷米深吸了一口气。“B 超检查你的膀胱完全是空的。”她突然说道。

“不可能啊，”雷米慌张地说道，“我的膀胱总是满满的，出门之前我还喝了一大杯水呢。”

技师耸了耸肩，仿佛早就料到她会这么说：“我先检查你的肾脏，侧过身来。”

雷米侧过身，等待着。她的膀胱不可能是空的啊——不可能！

技师完成了拍照（在雷米看来，技师拍的仿佛是一个长满病变肿瘤的不祥的黑暗洞穴），吩咐她去自助餐厅继续喝水。

“这些还不够？”雷米拿起自己的水瓶问道。

技师看着只剩半瓶水的水瓶，轻蔑地摇了摇头。

雷米拉上裤子拉链，走进自助餐厅，花1.5美元买了一瓶凉水——“真会宰人！”她咕哝道——尽可能快地喝了下去。她回到候诊室。技师第二次给她检查时，她身体直发抖。

又拍了一些模糊的照片——看起来仍像是长满肿瘤一样——技师让她清空膀胱再回来。雷米照办了，接着又拍了两张照片，终于完事了。

回家路上，雷米在丹尼斯港的圣代学校[①]停下请自己吃圣代——

---

① 译者注：Sundae School，一家冰激凌店。

这是她应得的。她差点要了常吃的香草味圣代，但最后一刻，她横下心来，要了一个大大的苦杏坚果华夫蛋卷冰激凌。

第二十七章

周四一大早，戴维接电话时，波蒂静静地听着。“你确定它不会飞吗？附近没有其他雏鸟……或者亲鸟？”他边听边点头，“你觉得它受伤了，是吗？”继续点头，“你说你在哪里发现的？嗯嗯……好吧，要是你想把它送过来，我们愿意接收。”波蒂扬起眉毛，继续听他给对方讲怎么来他们家。几个月以来，他俩一直在努力削减家里接收的孤鸟和伤鸟的数量。过去两周，他俩的小鸟舍和栅栏圈起的“收养所”里一只鸟都没有。对于他俩来说，这可是平生第一次。

戴维挂断电话，看到波蒂正注视着他。他微微一笑：“我怎么忍心说不？她非常烦恼。”

“要是不想让人们再打电话过来，唯一的办法是在网站上发个声明，目前暂不接收任何鸟类。”

“你真的想停止帮助鸟类吗？”戴维问道。

“嗯，也不是，可你必须承认，过去两周不承担任何责任也挺好。”

“我不知道。不给我一些小动物让我照顾，我还有点想它们呢。”戴维微笑着说道。

“那是只什么鸟？”

“她不确定——她认为可能是一只披肩鸡或鹌鹑。”

波蒂叹了口气：“受伤了没？”

“她说它在路边扑腾，应该是受伤了，但是没有流血。”

电话再次响起，打断了两人的对话，戴维接起电话："对，我就是。"他点了点头，"你确定亲鸟不在旁边吗？没有别的雏鸟吗？奇怪……亲鸟一般不会抛弃雏鸟啊……当然……你在哪儿？让我想想……马什皮（Mashpee，地名）……"他又开始给对方指路。波蒂一边倒咖啡，一边摇着头。她坐了下来，等着他打完电话。最终挂断电话时，他像个圣诞节早晨的男孩一样，满面微笑，"他认为是一只小横斑林鸮！"

"太棒了！"波蒂说着，摇了摇头。她知道，如果真的是一只失去双亲的横斑林鸮，戴维会有多激动；但她也知道两只幼鸟会给他俩添多少麻烦。

"好像咱们也没什么紧急的事情要做。"戴维倒了一杯咖啡，坐在她对面说道。他看着仍然堆在桌上的一堆生日礼物。"你怎么不用你的新马克杯？"他拿起苏珊·博因顿马克杯问道。

"我会用的。"波蒂微笑着说道。

"你有没有看过这个？"他翻阅着那本《鹌鹑罗伯特》问道。

"多年前看过。你呢？"

"我不记得了。"

"你应该记得啊。"

"或许接下来我会读一读。"

"你该读一读，因为咱们自己的罗伯特可能正在来咱家的路上。"

"可能吧。那应该很有意思。"

波蒂微微一笑。应该很有意思。

二十分钟后，一名年轻女子在房子前面放慢车速，显然是想确定她是否找对了地方，然后把车停在了车道上。贝莉爬起来，吠叫着向主人示警。女人抱着一个纸板箱下了车，戴维和波蒂一起出去迎接。

戴维把盒子放在门廊上，小心翼翼地打开。一只小鸟蜷缩在角落里，身子下面垫着一条沾满鸟屎的毛巾，眨着眼睛瞧着他。“你认为这是什么鸟？”她问道。

戴维微微一笑：“这是一只小披肩鸡，”他说着将它轻轻地捧起来，仔细检查着，“它的翅膀受伤了。”他看到女人一脸担忧，“不过也不是无法治愈，”他保证道，“我相信我们可以帮到它。”

女人叹了口气，微微一笑：“好。我不知道该怎么办。当时我正在上班途中，看到它在路边，我不能丢下它不管。”

波蒂点了点头：“你愿意留个电话吗？我们会和你保持联络的。”

“好，我很乐意。”女士答道。

波蒂进屋拿了一张纸和一支笔，女人写下了名字和电话。她离开后，波蒂看着那张纸笑了笑——她还以为不会再有人给孩子取名叫“玛莎”了呢。

戴维正在鸟舍里照料那只受伤的小披肩鸡，这时一名男子开着一辆 SUV 驶进院子，然后也抱着一个纸板箱下了车。戴维打开纸箱往里瞧了瞧，一只幼小的横斑林鸮冲他眨了眨眼睛，惊恐地拍打着翅膀。戴维微微一笑：“别害怕，姑娘。我们不会伤害你的。”他合上纸箱，让那个男人将名字和电话写在箱子顶上，“她长大些后，我们会把她送到你发现她的地方放生。”

那人点了点头。

“你确定亲鸟没在附近吗？”

“我相当确定，可我也不敢说绝对。”他答道，听起来不像在电话里说得那么肯定了，“我不希望她出现任何意外……”

戴维点了点头：“好吧，我敢肯定她再有一周左右就可以独立了。到时我给你打电话，咱们再见面。”

“听起来不错。谢谢。”男人说着，伸出了手。

戴维和他握了握手。男人急忙转身回到车上。戴维看着他开车离去，摇了摇头。他敢打赌，在他俩收留的鸟中，至少有一半并不是真正的“孤儿”。他确信，多数雏鸟的亲鸟都在附近焦急地看着善意的人类将它们的“宝宝”捧进纸箱，带往未知的地方。他经常想，那些亲鸟得有多么无助和担心啊。他俩没有孩子，他做过的最接近于为人父母的事情就是照顾雏鸟，所以他只能想象，父母把孩子养育成人，然后再放手让孩子去闯该有多么难。

“是横斑林鸮吗？”波蒂从他身后走过来问道。

“是。”他勉强挤出一丝微笑，说道，“不过我敢打赌，她并不是真正的‘孤儿’。”

波蒂点了点头，朝箱子里面看去：“别担心，小姑娘。我们会送你回家的。”

第二十八章

赛勒醒来时听到窗外传来悲切的猫叫声。她懒洋洋地将毯子向下一推，静静地躺在床上听着。“也许是一只猫鸟吧。”她若有所思地说。她听波蒂提起过，猫鸟的叫声和猫叫声几乎一模一样，因此得名。她坐起身来，将双腿搭在新床的一侧。温暖的双脚踩在凉爽的地板上，她环顾四周——自从搬到这里，她每天早上都是如此——简直无法相信自己的好运。她光着脚走到厨房，凝视着窗外。果然，一只猫正蹲坐在一把阿迪朗达克椅上晒太阳。可是，地上是什么？她盯着一坨没有生命的棕色块状物，想确定上面是否有羽毛或毛皮。“你最好别咬死我的鸟！”她警告道，心中祈祷着那不是她几天前的早晨见过的那只雌性锡嘴雀。可是，她打开门一看，发现原来是一只鼹鼠。那只骨瘦如柴的橙色虎纹猫甩着尾巴，睁着灰绿色的眼睛看着她。

“你在这儿做什么，先生？”她问道，但他只是冲她眨了眨眼睛。她走近了一点，害怕吓到他，但他一动没动。她伸出手，他嗅了嗅，随后小心地舔了起来。她用手摸了摸他的耳朵，发现他有只耳朵少了一半。“这是怎么回事？”她轻轻地抚摸着他的头，温柔地问道。他喉咙里呼噜呼噜地响个不停，声音大得就像是马路上行驶的卡车。“你这家伙真友好。”她温柔地说。她摸索着寻找他的颈圈，但却没有摸到。“你饿了吗？”她努力想着还有什么吃的可以给他，问道，“来点牛奶怎么样？”猫咪站了起来，舒展了一下瘦长的身体，跳到地上，轻悄悄地跟在她身后，仿佛已经在这里生活了一辈子。

赛勒扶着门，他跟着她进了屋。她往盘子里倒牛奶时，他蹲坐在地上，耐心地等着。她将盘子放在他面前。他探身向前，礼貌地舔食起来。舔完后，他舔了舔爪子，又把爪子放在耳朵上擦了擦。赛勒咯咯地笑出了声，摇了摇头："你真是个绅士……虽然我很希望你能留下来，可是我敢打赌肯定有个人非常思念你。"

她找来手机，轻点相机图标，口中啧啧发声，引得他抬起头来，接着给他拍了张照片。她看着照片。“或许我们应该制作一些寻猫启事，”她说，接着她皱了皱眉头，“应该叫‘捡猫启事’。”——她将猫咪的关键特征写进电子邮件，发给自己——“然后在附近张贴。”

猫咪轻轻地走进起居室，跳到她新买的软椅上，蜷成一团，闭上了眼睛。“我去忙了。”赛勒说，“你睡吧，别见外，把这里当自己家。”她叹了口气，将水壶灌满水，伸手从橱柜里拿出咖啡罐，量了一些咖啡粉倒进咖啡滤压壶，上面撒上一点肉桂，在等水烧开的空当，找了一张纸。她从抽屉里找出观鸟者综合商店赠送的银色铅笔，草草地列了一张清单；她将“猫粮”写在了最上面。然后，她看着窗外的喂鸟器，心想不知道猫会不会给院里的小鸟造成威胁。“那我只能确保你有足够的食物啦。”

她将开水倒进咖啡，静置了几分钟，让咖啡与水充分接触，然后将压杆一直压到底，倒了一杯。她拿起《圣经》，出了门，来到露台上读当天的经文——当天的功课恰好是《约伯书》中的段落。她读完一遍，然后用手指轻轻地摩挲着书页，又读了一遍……“你且问走兽，走兽必指教你，又问空中的飞鸟，飞鸟必告诉你；或与地说话，地必指教你，海中的鱼也必向你说明。看这一切，谁不知道是耶和华的手做成的呢？凡活物的生命和人类的气息都在他手中。”她抬头望天，思考着这段话向她传达的信息。上帝是不是想让她接纳这只猫？！

她叹了口气，继续看鸟儿在喂鸟器附近飞来飞去，不由得想起了昨夜与乔赛亚的约会。在普罗温斯敦，他俩喝酒，在闹市区闲逛——这历来是一种冒险——随后在阿诺德龙虾蛤蜊酒吧（Arnold's）停下来吃冰激凌。乔赛亚是一位十足的绅士——每次都给她扶门，还坚持一切由他埋单；她真不明白他的妻子为什么要和他离婚。他俩约会了三次，他始终没有谈及他的婚姻，而她已将弗兰克的事和盘托出。她得学会少说话。她总是直言不讳——这是她最大的缺点之一——她经常在身后留下一个烂摊子。为什么她总是脑子里想到什么就说什么，从不考虑可能给她造成的伤害呢？这些年来，她多少次让波蒂放下过去，仿佛那是一个气球，一松手，它就飘走了。她多少次告诉雷米别再忧虑，其实自己比雷米更爱自寻烦恼。这些年来，她多少次问派珀到底为什么不嫁给纳特，姐妹们太了解她了，无论怎样她们都爱她。可是，像乔赛亚这样的人是否愿意忍受她的心直口快和冷嘲热讽呢？算了，她已经六十三岁，早已积习难改。如果她能悟到少说（或者不说）的智慧，她早该悟到了……如果乔赛亚就是命中注定的那个人，那他也会适应的。

她啜了一口咖啡，头脑中列了一下当天想要完成的事情——完成新童书的最终草稿，着手安排几周后即将出版的那本童书的签售活动，读信回信，最重要的是，想一想在不与即将成为前夫的那个人打交道的前提下，如何继续与出版商的合作关系。她手头这本书进展顺利，已经签了合同。如果她可以直接与美术编辑莱斯利合作，那就用不着和弗兰克打交道了。

她听到一声猫叫，赶忙起身开门。那只橙色的猫悠闲自在地走了出来，头也不回地朝着树林跑去。“我以后还能见到你吗？”她喊道，但他似乎没听到。她摇了摇头，收拾起东西，进屋洗澡去了。

她又倒了一杯咖啡，端进浴室，把杯子放在台面上，但她一照镜子，不禁眉头一皱。她脸颊上那道亮粉色条痕是什么？她摸了摸，发现条痕凹凸不平。“啊，不好，”她嘟哝道，“不是吧……”她转过脸，撩起盖在额头上的缕缕银发，发现眼睛附近还有一道条痕。“我不相信！”她说着，摇了摇头。她拧开淋浴器，脱掉衣服，小心翼翼地检查了一遍她棕色的四肢和雪白的躯干——看起来一切正常——十分钟后，她关掉沐浴器，又照了一下镜子，不禁倒吸了一口凉气——身上到处都是红色条痕，又肿又痛——仿佛温水把它们激活了似的。她脑海里响起了父亲的告诫：“三叶之草，千万别动！”他这话是特意说给她听的，因为事实证明她是最容易受毒藤影响的孩子。“全是我在花园里干活惹的祸，”她懊悔地抱怨道，“真是好心没好报！”

第二十九章

派珀用脚将被单蹬开，坐了起来。她最喜欢的旧 T 恤——最上面印着 CELEBRATE FREEDOM（意为“欢庆自由”），底部印着 READ ABANNED BOOK（意为“阅读禁书”），中间则列出了一大堆令人不快的书——从《杀死一只知更鸟》到《了不起的盖茨比》。此刻，身上这件 T 恤已然湿透。“见鬼，到底怎么回事？”她将额头上湿漉漉的头发拢到一边，低声抱怨道。

“怎么了？”纳特睡意朦胧地问道。

“不知道，就是感觉热得要死。”

纳特侧过身子，睁开眼睛看着她：“发烧了？”

“确实有点像发烧的感觉。我真想把衣服脱掉！”

“哦，随便你。”他说，“我不介意。”

“得了吧。”她闷闷不乐地说道。她上了趟卫生间，随后轻手轻脚地下了楼，克洛伊满怀希望地跟在她身后。“你是不是想吃早饭啊，可是现在还太早。”她一本正经地说。她打开门把大金毛放了出去，但金毛接着又返回屋里，期待地摇着尾巴。派珀看了看钟表，发现已经快五点了。她心软了。“好吧，”她说，“可是你一会儿就会饿的。”

她往狗碗里放了些狗食，突然听到远处传来隆隆的雷声。她放下狗食，来到外面，站在门廊上。微风渐起，黎明的天空变成了不祥的灰色。

凉爽的空气吹在她通红的皮肤上，舒服得很。她坐了下来。不一会儿，她听到轻柔的叫声，忙站起来把克洛伊放了出来。“待在这里。”她命令道。大金毛扑通一声躺在了她身旁。派珀很高兴克洛伊不怕暴风雨。薇洛——他们小时养的那条老拉布拉多——被雷声吓坏了，总想藏到床底下。不幸的是，她只有头和肩膀能钻进去，身体后半部分整个露在外面……可她还以为自己藏得很好很安全呢！

派珀身子向后一靠，凝视着黑暗的天空中叶子一圈圈地旋转着，轰隆隆的雷声越来越近，闪电每隔几秒就闪一次。她听到纳特关上了楼上的窗户，不久就看到他透过纱窗往外看。“还热吗？”

“在这里感觉好些了。”她说。

“喝咖啡吗？”

“喝。”她说，“伊莱亚斯醒了吗？”

他摇了摇头：“睡得正香呢。”

派珀点了点头。伊莱亚斯睡觉一直很沉，他从小就这样。只要睡着了，他就像昏迷了一样，无论什么声音——哪怕是烟花、雷暴、闹哄哄的音乐——都吵不醒他！

几分钟后，纳特端着两个马克杯出来了，坐在她身旁。“你感觉热，也许是因为你的特殊时期到了……”他说道。

“我的特殊时期？”她抬起头来看着他——单是他说话的方式就令她心头火起。

“对，你懂的。”他顿了顿，“更年期。”

“你是说绝经期？”她问道，声音中的刺痛感越来越明显。为什么男人就是不愿说“月经”或“绝经期”这类词？其实男人对这些词心知肚明！

“对，就是那个。”纳特呷着咖啡，若无其事地说，“你还没经历过，对吧？肯定是你的更年期到了……”

派珀皱起了眉头。对，她的确还没“经历过”绝经期……对，确实有可能这就是她感觉热得要死的原因——事实上，此时此刻，她能感觉到自己的体温就像放在阳光下的温度计一样迅速上升，可是，谁让他闪烁其词、语焉不详呢？他懂什么？……

纳特感觉到她盯着他，抬起头来。“怎么了？”他天真地问道。

“没什么。”她说。

“嗯，连你的情绪都有点儿……”

她等着他说完，但他似乎找不到合适的词语。“有点儿什么……”

他咽了一下口水：“不像平常那么开朗，我想。”

“是吗？”

“别误会，”他辩解道，“我只是随口那么一说，因为你好像……嗯，热得……心烦……”

她点了点头，表示明白他的意思，但他说她喜怒无常，她仍然无法接受。他刚才真的用过“脾气暴躁”这个词，还是她想多了？

“你都快奔六了，”他壮着胆子说，“你的姐姐们还没到这个年纪就……”他抬起头，看到了她眼中的恨意，意识到了自己的错误，“你知道吗？这事我请你自己好好想清楚。你当然比我更了解你的身体……虽然我确实也很了解，”他不好意思地冲她咧嘴一笑，补充道，“并且也很喜欢……不过我想我得喝咖啡去了，”他说着站了起来，“在屋里等这场暴风雨过去。”

他走了之后，派珀抬头望着天空，心里也不清楚他说得对不对。或许她正处于绝经期。当然她的绝经期早该到了——姐姐们五十刚出头的时候就开始了……她们简直不敢相信她的居然还没到。

突然间，天黑了下来，狂风在房子周围呼啸，把门廊上的一摞沙滩椅吹得动弹起来，嘎嘎作响。她父亲种下的橡树猛烈摇晃着，树叶如旋风一般旋转着，飞进黑暗的虚空。但紧接着，和来时一样迅速，风住了，一片缥缈的光照亮了整个院子。

第三十章

波蒂透过厨房的窗户向外望去，想瞧瞧戴维出没出鸟舍。瞧不见他的踪影，她又给自己斟了一杯。

“你见到我的车钥匙了吗？”他突然在她身后问道。

她吓了一跳，赶紧转过身来：“我还以为你在外面呢。”

“我刚才是在外面，”他在一堆报纸下面翻找着，说道，“我现在进来是为了找钥匙。我想赶在妹妹们到这里之前上路。”

波蒂把酒杯推回咖啡壶后面，继续切腌好的朝鲜蓟，准备做蘸料的时候用。“你大概几点到家？”她故作平静地问道。

“哦，应该早不了。我要让他们以为我打得毫无章法，然后一下子把他们全都击败。不过，诱使他们上当得费些工夫。”

波蒂对丈夫的扑克技巧了如指掌。“嗯，”她低声说道，“我敢肯定他们一定会掉进你设计的陷阱。”

戴维咯咯地笑了起来。

“今天晚上那些雏准备好迎战了吗？”

“应该准备好了。”他心不在焉地答道，边说边朝楼梯走，想上楼去翻翻其他裤子的口袋。

波蒂叹了口气，呷了口酒——她的问题多半是源于自己良心有愧。“我所需要的只是更多内疚。”她将杯子悄悄移到咖啡壶后面，玩世不恭地冷声道。

“你说什么？”戴维手里拿着钥匙回来了，问道。

“我自言自语呢。”

“是因为你是唯一懂你的人吗？”他亲吻着她的脖子后面，打趣道。

“对。我也不容易啊。”

“我知道。”他说着伸出双臂搂住她的腰，“对了，你在做什么？”他看着厨房台面上的食材问道。

“蘸料。”她说，对他意外表现出的温存有点不适应。

“怎么了？”他皱着眉头问道。

“没什么……只是现在有点忙。”

他松开了手。“好吧。那过会儿见。”他说道，听起来很受伤。

“好的。”波蒂说，假装没注意到她的话伤到了他。爷们一点，她冷冷地想，既然办不到，就别开始。至于他俩缺乏床笫之乐这事，她和戴维从来没讨论过。最近他一搂着她，她就气不打一处来，因为他根本没有进一步的动作。这实在成了她的隐痛，她有苦难言，因为这事不是她能控制得了的。“祝你好运，把他们全给蒙骗过去，”她说道，“对了！要是你需要搭车，告诉我一声。”

“说得好听。”他苦笑着说道，“可是我敢肯定，到我需要搭车的时候，估计你也没法开车了，”他冲着咖啡壶点了点头，补充道。他俯下身，在贝莉的头顶上吻了一下：“待会儿见，馅饼。”作为回应，她把尾巴摇得呼呼作响，也吻了他的脸颊。他出门时，回头喊了一声“代我给妹妹们问好”。

“我会的。”她回道，接着叹了口气，心放了下来，终于剩自己一个人了。她从咖啡壶后面拿出酒杯，又抿了一口。她喜欢烘焙和烹饪，尤其是身边放着一杯葡萄酒时。

她将朝鲜蓟与蛋黄酱和帕尔马干酪粉一起刮入碗中，加入一听微辣的剁椒，然后将混合物均匀地摊在馅饼盘中，放入烤箱。她把碗放在水槽里，里面倒满热肥皂水，将所有的炊具都放了进去，又倒了一杯酒，结果把酒瓶倒空了——她提醒自己，一开始酒瓶就不是满的。她将瓶子冲洗干净，放进回收箱，藏在牛奶壶和橙汁瓶下面。紧接着，她从酒窖里又取出两瓶酒，放在厨房台面上。她打开收音机，开始洗碗。

“出去吗？”她用洗碗巾将手擦干，扶住门问道。贝莉挣扎着站起来，跟着波蒂到了屋外，方便去了。波蒂则从房子旁边的一株丁香树上折了几枝漂亮的紫色花朵。她将丁香插进一个旧玻璃水罐里，这个水罐是妈妈留下的。她正要将水罐放在外面的桌子上，突然听到贝莉吠叫着示警。她抬头一看，原来是赛勒开着白色 MINI 开上了车道，副驾驶位上坐着雷米。

“嗨，亲爱的。”赛勒俯身亲吻着贝莉的头顶说，“嗨，亲爱的。”她拥抱波蒂时再次说道，接着递给波蒂一瓶葡萄酒。

波蒂看了看妹妹另一只手中微微摇摆的盘子，皱起了眉头：“没蘸料？！”

“没蘸料。”赛勒微笑着承认道，“我想也许你们这些家伙吃厌了，所以我做了一份烤布里乳酪。”

“嗯，听起来也很美味。”波蒂说道。

“只要放在烤箱里烤一分钟就行了。”

波蒂点了点头，忽然发现妹妹脸上的条痕：“你到底怎么弄的？”

赛勒摇了摇头。“我知道——吓人吧？”她说，轻轻摸了一下脸颊上的皮疹，“现在看上去已经好多了——真该让你看看我先前的样子。幸亏我有以前医生给开的泼尼松。”

“小时候爸爸教我们的那句谚语，难道你忘了吗？”波蒂道，“三叶……”

“我没忘，可是我没看到有什么三叶植物啊。”

“嗯，那就是它们看到了你，亲爱的。”波蒂说。

她转身给了雷米一个拥抱。“蓝莓馅饼？！”她欣赏着雷米手中的馅饼，问道。

雷米点了点头，将馅饼递给姐姐，空出手来伸到后座，拿过她准备的葡萄酒——来波蒂家最好别空着手，这点她们都懂！

“你俩现在都能拼车来了，真好。”波蒂说着，将礼物抱在怀里。

“是挺好，”雷米说，“尤其是因为我搭了一辆很酷的车。”

“难道你不觉得雷米也应该弄辆MINI吗？”赛勒走过来插嘴道。

“是该弄一辆，”波蒂表示赞同，“你是该开一辆酷酷的车。”

雷米叹了口气：“我不知道。我想我很难适应新车——上面的仪表盘那么大，看看就眼晕。开我的车，我连想都不用想，好像我跟老贝丝合体了一样。”

“哈，用用就习惯了。”赛勒向她保证道。

雷米微微一笑，心想或许她确实该换辆新车了。要是能用她这辆旧傲虎置换一辆更富运动感的车型也不错。“不过，我想弄一辆波蒂那样的车。”她看了一眼波蒂的Clubman说。她皱起了眉头：“你的保险杠怎么了？”

“只是一场小事故。”波蒂说，“我估计是在驻步购物连锁超市被人撞的吧。”

“真是倒霉透了。”赛勒走过去仔细看了看，说道，“你打算去修吗？”

“也许吧。这事我们没报车险，所以要是我们找人修，就得自己付钱。”

“奇怪——好像是一个黄色的东西撞的……”

“咱们进屋吧。”波蒂只当没听见，朝屋子走去。正在这时，派珀开着她的古铜色本田元素（Element，本田旗下的一个车型）到了——车后面贴着保险杠贴纸[①]。贝莉又叫起来，雷米和赛勒微微一笑。克洛伊把身子探出窗外，眼看就要摔下来了。派珀一打开车门，她就赶紧跳下车，冲上去问候贝莉，结果差点把贝莉给撞倒。

隔着一个座位，派珀伸手端出了一个盖着的盘子。“希望你们别介意再吃一次意式烤面包片。”她说，“这周我一直很忙，都快没时间洗澡了……我也没去酒类零售店，”她给了波蒂一个拥抱，难为情地说，“抱歉。”她声音慌乱，面色绯红。她转过身来，又去拥抱雷米和赛勒。可是一看到赛勒的脸，她停了下来：“不会吧！你怎么了？”

赛勒微微一笑：“我光着身子在里面打了个滚！”

“哦，真是太遗憾了。”派珀给了她一个拥抱，同情地说道。

“没事儿。我服了泼尼松——效果挺好。连我别处的疼痛都好多了。你怎么了？你的脸和脖子通红——是不是忘了涂防晒霜？”

“不是，我也不知道到底怎么回事。好奇怪——我就是一直热得不行，无缘无故地脸通红。”

波蒂会心一笑：“嗯，到时候了！”

派珀摇了摇头：“我也是这么想的。纳特竟敢说我的特殊时期到了。我都想杀了他！”

赛勒点了点头：“男人就是不愿说‘绝经期’‘月经’这些词。”

“我知道。”派珀轻声笑道，“他甚至说我喜怒无常！”

“他最好小心着点，”波蒂笑着说，“要是他想活下去的话！咱们进屋吧。”她想起厨房台面上还有一杯葡萄酒等着她呢。

五分钟后，她们都在后露台上就座了。“瞧这些丁香！”雷米正

---

① 译者注：贴在汽车保险杠上的小标语，内容幽默。

要把派珀的意式烤面包片放在桌子上，突然惊呼道。

正在开葡萄酒的赛勒抬头看了看："丁香很漂亮，可是我不敢碰绿色的东西啦……无论看起来多么无害。"

她们都笑了，雷米看着她倒了四杯："你吃了泼尼松，还能喝酒吗？"

"我不知道，"赛勒说，"可是我不担心。"她递给她们每人一杯。

波蒂呷了一口，顿感身心放松，仿佛坐进了舒适的旧椅子。"我从不担心，"她心满意足地推测道，"无论你吃什么，喝什么，只要适度就没问题。"

赛勒看着姐姐点了点头，表示赞同。这些年来，她有时候想，波蒂是不是有点轻度酗酒（也不知道有没有这种说法）？这倒不是因为她见过波蒂醉酒——她从来没见过——至少上大学之后没见过。也不是因为她喝酒的量——唉，赛勒自己喝得也不少！而是因为她手里总愿端杯酒……还有，她总是把瓶里的酒看得死死的。但更严重的是，似乎只要手里端着杯酒，她就心满意足——仿佛只要杯酒在手，她就无所不能。这似乎是她的处事方式——她唯一的处事方式。

波蒂感觉到赛勒的双眼注视着她，于是把头一抬："怎么了？"

"没事儿。"赛勒说，满是皮疹的脸更红了，"你的脚踝怎么样了？"

"还有点疼，尤其是晚上，不过已经好多了。"

"戴维打扑克去了？"派珀拿着一块饼干蘸了些朝鲜蓟蘸料，问道。

"他正在努力，"波蒂咯咯笑着说道，"他觉得自己能赢得全部赌注。"

她们都咯咯地笑出声来，知道戴维有一张糟糕的扑克脸——他最不善于掩饰自己的情绪。

"嗯，这蘸料真是太棒了。"派珀说着又伸手拿了一块饼干。

"其实也不难做。我教给你做法。"

"你倒提醒了我！"赛勒说着一跃而起，看布里乳酪去了。

“过了这么多年，这些男人还能聚在一块已经很不错了。”雷米想起以前吉姆多么喜欢和戴维、约翰以及他们圈子里的其他男人一起玩扑克，说道，“桑德斯医生今天晚上去吗？”

“我想去吧。”波蒂说。

雷米点了点头，低头看着她尚未动过的一杯酒在午后的阳光下闪闪发光，犹豫着要不要把最近与约翰谈话的内容告诉姐妹们。

“你决定了吗？到底去不去参加同学聚会？”烤好的布里乳酪外面裹着一层金黄色的馅饼皮，赛勒把它放在桌上，问道。

“天哪！”派珀由衷赞叹道，“我真是个大笨蛋，只会做意式烤面包片，连葡萄酒都没带。”

“别傻了，”波蒂取笑道，“你正值特殊时期……不该对你有任何期待！”

“是啊，你应该住在红帐篷里。”雷米道。她指的是安妮塔·迪亚曼特（Anita Diamant）的书。

“我想你来事的时候就是这么干的。”派珀说。

“我敢打赌，她们绝经期也住红帐篷，”波蒂反驳道，“女人应该住在红帐篷里……并一直喝葡萄酒。光是因为我们对男人的容忍，我们就应该得到持续不断的细心照顾……更何况还有许多额外的东西需要我们承受。”

她们都笑了，连雷米都笑了，尽管她并不是真的赞同。她从不介意忍受吉姆。

“我觉得你一定得去。”派珀道，“什么时候？”

“从今晚算起，还有两星期。”雷米说。

“约翰还想去吗？”波蒂问道。

“嗯——他前几天还问我决定了没有。”

波蒂皱了皱眉头："我记得你几周前刚见过他啊。"她好奇地说。对于他俩再次交谈，她颇感意外。

"的确，"雷米咬了咬嘴唇，犹豫着该告诉她们多少实情——她不想无缘无故地让她们担心，"我接受了一些后续检查。"

她们都看着她，等她继续说。

雷米摇了摇头："没什么大不了的。百分之九十九的情况下没事儿。"

"什么没事儿？"波蒂决心打破砂锅问到底。

雷米叹了口气："只是查出尿里有点血，必须进行腹部超声波检查——结果显示正常。但现在我必须再进行一次检查，以确定泌尿道没有息肉。"

"简直是开玩笑。"赛勒同情地说道，"谁给你做？"

"一位泌尿科医生。"雷米无奈地说道，"我星期一去。"

"要我和你一起去吗？"派珀问道。

"不用，不用，"雷米说，"别傻了。我相信我应付得来。"她微微一笑，尽管她并不期待接下来的检查。

"约翰说是什么原因了吗？"波蒂问道。

"他说肾脏有时会泄漏微量的血细胞——在经常跑步和举重物的人群中，这种情况很常见。"

波蒂点了点头："对，你经常健步，没准儿原因就在这里。"

"也许吧。"雷米表示赞同。她之前没想到这一点，可现在波蒂一说，大概原因就是这个！一瞬间，她仿佛觉得全世界的重量一下子从自己肩上卸下来了。"没什么大不了的。"她又说了一遍，伸手去端自己的酒杯，顺便取了一点布里乳酪饼干。"我的天哪！赛勒，太好吃了。"她边吃边说。

赛勒微微一笑："很高兴你能喜欢。喏，告诉我们你要去参加同学聚会。”

雷米笑了：“好，好，我要去参加同学聚会。”

“太好了！”姐妹们欢呼起来。两条狗之前一直躺在门廊上，满怀希望地等着美食掉到地上，现在也站起身来，快乐地扭动着身子跑来跑去。

第三十一章

派珀脱下跑鞋，看着磨损的鞋底和破烂的网眼，心想真该买双新鞋了。她身上大汗淋漓，把鞋子推到长凳下面，身子向后一靠，看着克洛伊躺在凉爽的瓷砖地面上，舔着她碗里仅剩的一点水。她懒洋洋地站起来给她弄水，立刻察觉袜子全被水湿透了。“这下可好，”她说着摇了摇头，“你别老把碗里的水洒出来。”她责备道。克洛伊把尾巴摇得呼呼作响，以示赞同。

“嘿，妈妈。”伊莱亚斯背着背包走进换衣间，说道。

“嘿，”她说，“走路小心点——地板湿了。”

“嗬，”他盯着克洛伊说，“是不是你干的？”他逗她道。她的尾巴摇得更欢了——是我，就是我。

“你这么早去哪儿了？”派珀问道。

“飞行课。”

“哦，对，”她一下子想了起来，说道，“知道你爸爸在哪儿吗？”

“办事去了。”

“你回家吃饭吗？”

“我不确定。咱们吃什么？”

“意大利面。”

“那我回家吃。”他咧嘴一笑说。

“我就知道这个管用。”

他笑了：“好吧。回头见。”

“回头见。回到地面后给我发短信。”

“我会的。”他说着推开纱门，“爱你。”

“也爱你。”

她目送着他开车离开了。

“干别的去！”她说着将目光移回眼前。她看着挂在厨房墙上的旧塞思·托马斯[①]钟：“先喝咖啡，然后洗澡。”她想煮上一壶咖啡，却惊讶地发现已经煮好了，就等着喝了。她倒了一杯，匆匆上楼洗澡去了。

她把水温调到凉爽，脱掉跑步时穿的衣服，看着镜子中的自己——脸、脖子和“围兜”——由于一直穿泳衣和无袖衫，她脖子下方那一片晒太阳晒多了，永远是黑红色，还有雀斑——跑步颜色更红了。她叹了口气，拉上浴帘，走进淋浴间，凉水瀑布般倾泻在她的头和肩上。她迅速地洗着。冲洗身上的肥皂泡时，她想起曾读到过，凯瑟琳·赫本一年四季都喜欢到寒冷的长岛湾洗冷水澡、游泳。一年四季！而且她活到了九十六岁——刺激身体系统，这个想法很有道理！派珀将手柄向右拧了一点。冰凉的水冲在头上，她笑了起来，接着她鼓足勇气，将手柄一直向右旋到了头。“哇——呜！”她兴奋地尖叫起来。

她听到浴室门开了，不一会儿，纳特掀开浴帘看了过来。“这里到底在举行什么活动？”他打趣道，“怎么没人邀请我参加这个派对？”

“欢迎加入。”派珀笑着说，“只要你能受得了这温度！”

---

① 译者注：Seth Thomas（1785—1859），美国钟表商，创办了塞思·托马斯钟表公司。

纳特伸出一只手放在冰冷的水流下，摇了摇头："哈！"

"胆小鬼！"她嘲弄道。

"我胆子可不小。"说着他脱掉T恤，将短裤和平角裤一股脑儿扔在地上。不一会儿，他就摇晃着湿乎乎的脑袋，把她朝自己这边拽。

"我错了。你非常勇敢。"她笑着说，感觉到他已经兴奋得不能自已了。他吻着她的脖子。她背靠墙壁，他双手顺着她的背部向下滑去。他撩拨着她，他俩都看着对方。

"嗯，"她呢喃道，"从今天开始，我每天都要洗凉水澡。"

"嗯，我也是。"他咧嘴笑着说道。

他们听到脚步声和咔嗒咔嗒上楼梯的爪子声，慌忙闭了口。"我忘了带耳机。"伊莱亚斯喊道。

"哦，"派珀也喊道，努力让自己的声音听起来正常一点，"小心点！"

"我会的。"伊莱亚斯说。

他们听见他噔噔地下了楼梯，纳特微笑着把她拉近了一些。但没过一会儿，他们听到爪子咔嗒咔嗒踩在浴室地板上的声音。不一会儿，一个毛茸茸的脑袋拱开浴帘，望向他们。

派珀笑了："你待在外面，别进来！"

第三十二章

赛勒坐在绘图桌旁，打开灯，意识到她还没有更换荧光灯泡。她搔了搔手指之间尚未消退的皮疹，心想只能暂时先告别纯净的光线了。她快速翻阅着自己的儿童图书的草稿。书稿已经堆了三个星期，期待着她的关注。虽然她心急火燎，希望尽快通过审批，这样她就可以开始画画了——她一拿起画笔感觉就好多了——但现在她的注意力似乎就是集中不起来。此外，她还没考虑过自己的新童书的发布——就剩下几周时间了！事实上，她只安排了一场签售会——独立日周末在查塔姆的一家书店。撰写新书时，她讨厌变换工作方式，去推销另一本书。这两项活动有着天壤之别——要求的心态也截然不同！

那天早上，弗兰克的律师联系了她的律师。她得知他已经着手安排出售他们的房子了——这就是说那房子他也不想要。房地产市场还是“跌跌不休”，他们现在卖房实在可惜——可能损失惨重。她还了解到他们正在起草正式的离婚文件。尽管她尽力逃避，但她的律师还是敦促她参加会面，以确定财产分割的细节。他实际上用了“必须”一词。

她叹了口气，打开笔记本电脑，查阅了电子邮件和新闻——一切都和以前一样令人沮丧——接着点开了她的脸书页面。从波蒂过生日之前那天起，她一直没上，真不知道自己又错过了多少个人的生日。哦，好朋友们都知道她的生活已经天翻地覆，他们会理解的。

当初，脸书风靡一时，朋友们不断地给她发送邀请，她却一直不愿注册。人们不需要了解她的事业，她也不知道该发布些什么。但最后，在出版商的催促下，她为自己的童书设置了一个粉丝页面。出乎意料的是，点赞的粉丝居然很多，这令她惊讶不已。后来，她发现她的粉丝页面不允许她阅读或给别人的帖子点赞，所以她又设置了一个个人页面。最初的六个月里，她都沉迷其中不能自拔了！她什么时候变成了一个这么好管闲事的人？最后，一位朋友告诉她，有一款叫作 Self Control 的软件很适合没有自控能力的人（比如她）。他们可以利用这款软件给自己断网。只需登录软件，设置好断网时间，然后专注工作就可以了。当然，如果觉得留的时间不够，你随时可以返回并修改时间设置。赛勒发现这个软件是完成工作不可或缺的工具，她还发现它帮她逐渐摆脱了对社交媒体网站的依赖——这让她感到非常自豪。

此刻，她浏览着朋友们的帖子，观看有趣的宠物视频，见到荒谬的政治帖子就一扫而过——选战正酣，这不足为奇——她觉得自己是在浪费宝贵的时间，于是赶忙关闭页面，合上笔记本电脑，闭目养神。她害怕去波士顿，又赶上个星期五——交通一定十分拥堵，况且正好轮到她主办“女孩之夜”，她都没时间准备。最重要的是，一想到坐在弗兰克对面，她就双手发抖。她需要服用双倍剂量的百忧解才能坐得住。她睁开眼睛，低头看着依然搁在地板上的那一盒子照片。

一切都在等待——照片在等待，她的书在等待，乔赛亚在等她回电话——现在，她的离婚文件也在等待，但她一件都不想处理。她感觉自己心神不宁，无法正常工作，干不成任何事情。她兴冲冲地搬到了科德角，但现在她感觉自己的热情已消失殆尽。

她走进厨房，又倒了一杯咖啡，找出一把锤子和昨天买的一袋照片挂钩，走进门厅。她打开自己的旧收音机——从她上大学时就开始用的那台——听到凯特·史蒂文斯（Cat Stevens）正用他个性十足的嗓音唱着《麻烦》（*Trouble*）。她微笑着轻声跟唱起来，脑海中浮现出了经典电影《哈洛与慕德》（*Harold and Maude*）中的著名场景——得知慕德的死讯后，哈洛驾驶着他的捷豹——已被他改造成一辆灵车——开上了一条山路，坠下悬崖。观众们以为哈洛因为失去慕德，伤心欲绝自杀了，但没过一会儿，他们惊讶地看到他站在悬崖边缘，弹奏着慕德送给他的班卓琴。因为对慕德的爱，哈洛懂得了“人生可贵，不可浪费”的道理。又因为慕德要求他再去寻找一份爱情，而这正是他要做的。

赛勒叹了口气。她这辈子，有多少次感觉自己特像哈洛？她确信数不胜数，但当她把照片一张张摆在地板上时，她知道慕德是对的。人生可贵，不可浪费，她也要再去寻找一份爱情。只是，或许不必操之过急。事实上，她连离婚文件都还没签——什么时候离完婚还是个未知数——她就开始和乔赛亚约会了。或许正是因为这一件事，再加上最近发生的其他所有事情，她有些心灰意冷。或许离婚这件事比她料想的还要令她烦心。毕竟，和一个人结婚三十年，离婚时怎么可能一点情绪都没有？“啊，麻烦。”她苦笑着低语道。

她凝视着这些照片，考虑着怎样排列最好。最后她决定，最简单的办法是从中间开始，逐渐向外展开。她挑出一张照片——照片上她们看上去都像快四十岁的样子——派珀除外，她一点儿都不显老。照片上，派珀戴着红袜队棒球帽。有趣的是，以前她从来没注意到派珀戴过那顶帽子。凝视着这张照片，她脑海中浮现出的却是另一幅图景——被冲到瑙塞特海滩上的一顶红袜队棒球帽，比这顶要小很多。伊斯顿失踪后，报纸上登出了那张照片。标题令人心碎：

八岁的伊斯特姆男孩仍下落不明——恐凶多吉少

赛勒在妈妈的《圣经》里看到了几份剪报。她悄悄拿出一张藏到了一边。尽管这事已经过去了很多年，照片上的图景却依然历历在目。可悲的是，这条新闻见报两天后，比奇科默旅馆（Beachcomber Inn）的老板在卡洪霍洛海滩（Cahoon Hollow Beach）发现了被冲上岸的一具小男孩的遗体——距他们远足的地方足有八英里[①]远。

找到伊斯顿的遗体既是一件幸事，又是一件坏事。这给了全家人一个了断，给了全家人一具可供埋葬的尸体，但这也确凿无疑地证实了她弟弟的死。她们脾气温和、爱说爱笑的兄弟再也回不来了。他再也不能用他迷人的微笑惹她们发笑，使她们精神振奋了。没有了他，她们的家庭再也不能完好如初了。

---

① 编者注：1英里约为1.6千米。

赛勒找准这面墙的中心，轻轻将挂钩中间的钉子敲了进去，挂上这张照片，后退了一步。她端起咖啡，抿了一口，又拿起一张照片，在旁边钉了个钉子，将第二张照片挂上。她一边挂着照片，一边回想着每张照片在她们人生中的位置。她一边忙活着，一边享受着做成一件事情的成就感。当然，她再次感到——正如她父亲说过的那样——生活顺风顺水。她只要熬过周五就好了——即便需要服用双倍剂量的百忧解！

她挂好最后一张照片，退后一步。这些照片挂在一起，简直是一套非凡的照片集，简直像是个照片展！她天生擅长构图，但挂好最后一张照片后，她发现有个地方显得有些空。她叹了口气——这个问题必须留待以后解决了，因为现在她饿了！

她端起空咖啡杯，把收音机的声音调到在厨房里也能听到，然后穿过门厅，想去看看该拿什么当午餐。她将杯子装满肥皂水，关掉水龙头，听到门厅里飘来弗兰克·西纳特拉（Frank Sinatra）的声音。她倚着厨房台面，脑海中浮现出父母伴着《夏日和风》（*Summer Wind*）在客厅里翩翩起舞的情景。英俊的爸爸把妈妈迷得神魂颠倒，孩子们站在一旁看着，咯咯地笑个不停。连七岁的伊斯顿也有样学样，把五岁的派珀牵到了地毯中央。她怅然若失地微笑着，回忆着，紧接着她摇了摇头。伊斯顿死后，她们再也没见过父母跳舞。刹那间，她意识到为什么总感觉照片墙上有个位置似乎很空。

第三十三章

雷米出了医生诊所，来到明媚的阳光下，眨了眨眼睛，把眼泪逼了回去。一切正常！她身体很健康！

当波蒂提出健步可能是造成她尿中带血的原因时，她感觉放心了不少。但回到家里，她又担心起来。整个周末，不管她念叨多少次，“一切都会好起来……一切都会好起来……一切都会好起来”。她仍然不相信自己。为此她感到十分内疚，因为自己的信仰太容易动摇了。“上帝啊，对不起，我不该不相信你。”她悄声说，“谢谢你让一切安好。”

她心情欢快地朝自己的车走去。她发动汽车，摇下窗户——太热了！——她第一百万次期盼车上的空调能正常运转。夏天又到了，她还没把车送去修理。一想到又要度过一个没有空调的夏天，她就心生恐惧——尤其是因为夏天科德角的交通经常慢得像蜗牛，而自己只能坐在车里，热得喘不过气来。她停在停车场上，轻轻地敲着方向盘，看了看里程表——这辆旧车已经跑了182046英里！她从来没去过远处，里程数怎么会这么多？

最后，汗水顺着脸颊流了下来，她挂上挡，从停车场开了出来。但她没有向左转，朝家的方向开，而是向右转，朝海恩尼斯方向驶去。四十五分钟后，她驶进了科德角宝马汽车专卖店的停车场。她将老斯巴鲁停好，下了车，信步走到并排停放在停车场尽头的一些MINI Cooper旁——确实非常可爱！说起来，最头上深灰色的那辆真的很棒。她继续看着，心中暗想，为什么有些车型的引擎盖上有通风窗，有些却没有呢？波蒂的车和赛勒的车有通风窗吗？她记不起来了。为什么贴着2008的车反而比贴着2003的车便宜？她对汽车一窍不通——更别说买车了——此刻置身于汽车专卖店，她真希望能叫个人和她一起来。波蒂和赛勒懂得该问什么问题，不会被一些卑劣的推销员欺骗。她孤身一人来到这里，自己到底在想什么？为什么她总是这么蠢？

有辆车和波蒂的那辆十分相似，她费力地朝车里面看，努力回想着这个车型的名字。波蒂那辆是浅蓝色的，而这辆是橙色的。

“上午好。”一个声音说道，吓了她一跳。

雷米一转身，见一位白头发的高个子绅士朝她走来。“我只是随便看看。”她说，希望他能走开。

“好啊，”他说道，“看一看也很有意思嘛。”

雷米微微一笑。这个男人的相貌——和声音——让她想起了吉姆。她想，上帝居然会派来一位相貌——和声音——与丈夫相仿的汽车推销员，真是太有趣了。

他伸出一只手：“詹姆斯·伦敦。”

雷米凝视着他，仿佛他有两个脑袋，随后意识到这样不够礼貌，忙伸手和他握了握手。

“怎么了？”他微笑着问道，“你就像见到了鬼一样。”

“我……噢……我的确感觉像见到了鬼！我已故的丈夫名叫吉姆·兰登……要是他没死的话，他上了年纪应该和你一个样子。”

詹姆斯笑了：“我看上去很老吗？”

“哦，不，”雷米慌忙说，“我不是那个意思！你看上去不老……只是……只是吉姆年纪轻轻就去世了……我很难想象他现在的样子。”

詹姆斯点了点头：“我明白……我为你失去亲人感到遗憾。”

“没事儿。已经过去很久了，”雷米局促不安地说，“不过还是谢谢你。”她看向别处，感觉自己又陷入了社交失误模式——这几乎成了她的常态。

雷米一直感觉自己天生不擅社交——最出名的是她常常和别人同时开口说话……聊天时，有时她也能贡献一点儿自己的想法，但接下来的整个晚上——甚至第二天——她会反复回想自己说过的话或当时的措辞，后悔不迭。很久以前，她就决定更好——更保险——的办法是闭口不言。

"好吧，既然您只是随便看看，那我就不打扰您了。不过，不管您有什么疑问，都可以到那道门里找我——那里有空调。"他微笑着擦了擦额头，说道。

雷米点了点头："谢谢。"她看着他走开了，转身接着研究起了2013款香料橙色 MINI Cooper ClubmanS 的配置单。

她想知道这个 S 是什么意思。

第三十四章

波蒂听着羽翼丰满的披肩鸡在纸箱里面扑扇着翅膀，碰得纸箱啪啪直响。他俩站在大池塘（Great Pond）对面树木繁茂的树林中。这里远离卡洪霍洛路（Cahoon Hollow Road），受伤的幼鸟就是在这条蜿蜒曲折的大道旁被发现的。他俩刚刚发现了证据——颗粒状粪便——证明这一带还有其他披肩鸡。"它要是在里面扑扇个不停，它的翅膀还会受伤。"

戴维蹲在地上，打开纸箱，把纸箱轻轻放倒在地。一只有花斑的红棕色鸟儿跌跌撞撞地来到外面，朝他俩眨了眨眼睛，飞走了。它扇动翅膀的声音在寂静的树林里回响。一如既往地，波蒂目送着它，祈祷回归自然的鸟儿不但能活下来，还能茁壮成长。

两人朝他的沃尔沃汽车走去。正走着，戴维问道："想去比奇科默[①]吃蒸沙海螂[②]，顺便喝一杯吗？"

波蒂皱了皱眉头。历史悠久的比奇科默是戴维最爱去的地方之一。

---

① 译者注：Beachcomber，意为"海滩拾荒者"。

② 译者注：一种软壳蛤。

这家餐厅附带酒吧，人气极旺，设在一栋老旧的建筑里。最初，卡洪霍洛救护站就设在这栋建筑里。它始建于1853年，1897年大火后重建，是九个救护站（莫诺莫伊角、查塔姆、奥尔良、瑙塞特、卡洪霍洛、帕米特、Peaked Hill Bars、海兰兹和雷斯角）中唯一一个仍屹立于原址的救护站。

早在十九世纪以前，科德角外角（Outer Cape）一带的危险水域就已经葬送了三千多艘船。自19世纪以来，这九个救护站的工作人员已经拯救了十多万人的生命。戴维读过与此有关的每一本书。当收集了来自著名的维达号[①]（Whydah Galley）的文物和宝藏的维达博物馆在普罗温斯敦开放时，他俩是第一批去参观的。

戴维被这座历史悠久的救护站深深吸引，波蒂却对它深恶痛绝。伊斯顿的尸体被冲上了卡洪霍洛海滩（这件事戴维知道），因此他俩一去比奇科默（他俩不常去），她脑海中总是浮现出人们将弟弟盖着被单的尸体抬上陡坡，放进在旁等候的救护车里的情景，历历如在眼前。

“听你的。”她边说边耸了耸肩，努力摆脱这段记忆。酒和蒸沙海螂，听上去不错——尤其是酒。

他俩把车停在那栋老旧的建筑后面，转到门口，进门一看，发现已经有人在排队了。戴维将他俩的名字告诉了女招待，接过她递过来的蜂鸣器，跟着波蒂绕过 T 恤架来到外面的露台上。

“你喝点什么？”他问道。

“和往常一样。”

戴维走到吧台——实际上是建筑物侧面的一个窗户——点了一杯梅鹿辄和一杯啤酒。在此期间，波蒂看到一个小男孩穿过沙地停车场，

---

① 作者注：维达号是一艘贩奴船，于1717年被海盗塞姆·贝拉米（黑塞姆）俘获，成了黑塞姆的旗舰，后来在韦尔弗利特以南两英里处失事。

朝一个刚从海滩上过来的女人跑去。“瞧，妈妈！”他喊道，“我找到了一颗心形石！”女人蹲下来，他伸出了手，“送你了。”他笑容满面地说。

波蒂听不清女人答了什么，但波蒂看到她面带笑容拥抱着他。

“抱紧他，永远别松开。”她低声说道，热泪刺痛了她的眼睛。

“你刚才说什么？”戴维端着饮品从她身后走了过来，问道。

波蒂眨了眨眼睛，强行把眼泪给憋了回去。“没什么，”她说道，“只是自言自语。”

“又自言自语了？”戴维打趣道，说着递给她一个满满当当的塑料杯。

她点了点头：“嗯。你懂的——因为我是唯一懂我的人。”

“嗯，我懂。”他苦笑着说，“好啦，干杯！”说着他举起杯子。

“干杯。”她点了点头说道。

终于空出一张桌子。这时，波蒂已经喝了两杯。他俩坐下后，她又点了一杯。

“顺便来一份蒸沙海螂。”戴维说道，接着看了看波蒂，“还要别的吗？”

波蒂迅速地扫了一眼菜单：“扇贝？”

“当然可以。”戴维愉快地说。

女服务员点了点头。不一会儿，她就回来了，手里端着波蒂的葡萄酒和小山似的一大堆蒸沙海螂，附带成碗的蛤汤和化开的黄油。

戴维伸手拿了一个沙海螂，撬开蛤壳，拽出蛤肉。接着他撕掉黑膜，把蛤肉在蛤汤里一涮，在温热的黄油里一蘸，放进口中。“嗯——”他用餐巾纸擦了擦嘴唇，咧开嘴笑着说道，“我都记不起上次吃蒸沙海螂是什么时候了。”

“大概是去年夏天。”波蒂呷着葡萄酒沉思道。她放下酒杯，拿起一个沙海螂，试着打开蛤壳，但她的手一滑，沙海螂像颗子弹一样飞到邻桌上去了。她的脸腾的一下红了。“太对不起了。”她说道，想起身去拿，但她刚站起来，就不小心把酒杯碰倒了。戴维迅速扶起酒杯，但为时已晚，红酒还是洒到了他的白色休闲裤上。

“该死！”她低声骂道。这时，邻桌的小女孩把迷途的沙海螂还给了它真正的主人，波蒂重重地一屁股坐在了座位上。“谢谢你，亲爱的。”波蒂和蔼地说道。但小女孩回去后，波蒂嘟囔道：“我真他妈的笨！”

看到这里一片混乱，女服务员很快拿来了一块抹布，擦了擦桌子。“给您换张桌子可以吗？”她问道。

“拜托。”波蒂说。接着她抬起头，看到了戴维脸上的表情。“哦，不用了。”她冷冷地说。

“我什么都没说啊。”

“你不用说，”波蒂叹了口气说道，“你不知道我有多讨厌来这里。”她悻悻地补充道。

戴维皱起了眉头：“你说得对。我不知道。要是你早说的话，咱们就不来了。”

“还用我说吗？”波蒂提高嗓门说道。

“咱们来这里来过好多年了啊。”

“不是我情愿的。”

“老实说，波蒂，我真不知道你是这么想的。我可不会什么读心术。”

“根本用不着什么读心术就能推断出来。我来这里只是因为你喜欢来。”

戴维颓然跌坐在座位上，盯着沙海螂和那篮扇贝。他突然没了胃口。

波蒂摇了摇头：“你怎么可能不知道？”

“我确实不知道。”戴维无奈地叹了口气，摇了摇头说道，“我想我本该知道的。那咱们走吧？”

“不，你吃你的。”

“我不饿。”

波蒂呷了一口酒，然后拿起同一只沙海螂，想再试试能不能弄开它。她还是弄不开，只好把它扔回碗里，展开餐巾纸，拿出塑料餐叉，叉了一个扇贝。

他俩从韦尔弗利特开车回家，一路无话，波蒂感觉大结局似乎终于来了。他俩并不像两人想的那样彼此相知。如果他俩现在还做不到，那他俩永远都做不到了。她叹了口气。这一天终于到了——她对戴维失去了所有耐心。除了姐妹们之外，他是唯一一个她可以容忍十分钟以上的人，但她推测他俩的关系已经完了。她断定，独自生活，没人打扰，她会过得更好。

第三十五章

“你们谁有赛勒的消息？”雷米在姐妹们对面坐下时问道。这天是周五，本该赛勒做东，但她去了波士顿，因此她们换了个地方。虽然与弗兰克及双方律师的会面安排在下午两点钟，但她不知道需要多长时间才能返回，也不知道回家路上交通会有多么拥挤。赛勒曾建议推迟家庭聚会，但雷米提醒妹妹，自己下周五在佛蒙特州——这就是说，要是她们再为雷米推迟一次，那么到第三周她们才能聚会。最后，雷米提议换她做东，赛勒欣然同意。

“我没有。”派珀说着看了看波蒂——波蒂也摇了摇头。派珀耸了耸肩，回过头来对雷米说：

“我简直不敢相信你买了辆新车！感觉好不好？”

雷米舀了一些自己做的蘸料，笑了起来。“哦，推销员人很好，乐于助人，他让我想起了吉姆。”雷米说，“我知道这么说听起来很幼稚，可是我就要去佛蒙特了，而我的斯巴鲁没有空调，我觉得该换了。”

“这一点儿也不像你的风格啊。”波蒂又呷了一口酒说道。

“确实！”派珀说，“我喜欢这种颜色。叫什么来着？”

“香料橙。”

“我想，我们再也不能叫你香草了[①]。”派珀调笑道。

雷米咯咯地笑了：“我想你们不能再叫了。”

“赛勒见过你的新车了吗……或者说她听说了吗？”

“还没。我正盼着她能及时到家，今晚能看看呢。”

“她肯定得从椅子上跌下来。”派珀说。

“桑德斯医生还打算和你一起去佛蒙特吗？”波蒂问道。从年轻时候起，她们一生病就去找约翰·桑德斯医生，可他居然谁都不找，偏偏突然选择和雷米一起去度周末！对她来说，这完全难以置信。

“他打算去。”雷米说，“我到他那里让他看了这辆车——他很喜欢——他说他真的很期待。”

“你们什么时候离开？”

“星期五。”

波蒂点了点头：“那咱们下周不聚了？”

雷米摇了摇头：“赛勒和我换了。”

“下下周就是独立日假期了！”派珀说，“我希望大家都来——人多了热闹。”她看了雷米一眼，雷米皱了皱眉头，仿佛突然想起有

---

① 译者注：在英语中，“vanilla”一词除了有“香草”之意，还有“寻常、无特色、乏味”之意。

件事忘了做。

“我也希望如此。”她说，“我得再问问孩子们，问完再告诉你们。”实际上，她忘了问佩顿、伊丽莎和塞姆来不来科德角参加在派珀家举行的家庭野餐，但因为他们通常会来——而且应该知道提前做好计划——她并不担心。

派珀给波蒂斟了杯酒。“出什么事了，怎么这么闷闷不乐？”她仔细斟酌着词句，问道。要是她稍微换一种方式问同样的问题——怎么了，又闹情绪了？——姐姐很可能会发火。姐姐动不动就发火！

“哦，还是平常那些事。日复一日，同样的破事。”

派珀皱起眉头，瞥了一眼雷米。她们等着波蒂继续说，但她只是又呷了一口酒，向椅子里面坐得更深了一些。

就在这时，她们听到一辆车驶入车道的声音。派珀微微一笑，起身说道：“赛勒回来了。”如果说有谁敢从波蒂那里虎口拔牙，那这个人就是心直口快的赛勒。不一会儿，赛勒一脸困惑地登上台阶。“车道上的 MINI 是谁的？”她边问边瞧，想知道是不是哪个姐妹带了朋友来。

“我的。”雷米说。

“不可能！”赛勒满腹狐疑地说道。

“怎么不可能？”雷米慢腾腾地微笑着说。

“你让老贝丝退休了？！”

“是啊。”雷米道，一阵内疚感涌上心头。老贝丝对她很好，只是它老了，生锈了，总有一天她不得不忍痛割爱。“老贝丝现在不行了，空调已经坏了好多年了。该换了。”

赛勒点了点头，还没从震惊中回过神来：“颜色我没大看清。是香料橙吗？”

雷米点了点头。

"哪年的？"

"2013年。"

"行驶了多少英里？"

"四万八千。"

"棒不棒？"

"当然。"

"是辆带S的？我刚才在暗处，没看清。"

"如果你指的是机械增压，是的。"雷米想起詹姆斯给她解释过通风窗的用途，十分肯定地答道。

"从哪儿买的？"

"海恩尼斯。"

"你自个儿去的？！"

"是啊，我自个儿——为什么人人都认为我自己做不成事？"她问道。

"嗯，只是……"赛勒说，努力寻找着恰当的词句，"只是……"

"只是你从来没这么干过。"波蒂替她说道。

"我干过。"雷米被她们的话刺伤了，气愤地反驳道，"我一辈子自力更生，独自一人支撑着一切。"

波蒂、赛勒和派珀一时语塞。雷米说得没错。她们总觉得她有点像教堂里的老鼠——一贫如洗，但少言寡语的雷米把三个孩子抚养成人，操持着一个可爱的家，支付了所有的账单，成年之后的大部分时间独立生活。

"你说得对，"赛勒说，"你独自一人支撑着一切。我不该那样说。对不起。"

"没关系。"雷米立刻原谅了她，说道，"喏，给我们讲讲你们会面的情况吧。"

赛勒笑了："哦，好吧，我得先喝一杯！"

派珀拿起自己带来的霞多丽，倒了一杯递给她。赛勒拿起一片墨西哥玉米片舀了点蘸料，朝雷米微微一笑："你替我做了蘸料！"

雷米点了点头："我知道我会有机会的。"

赛勒端起酒杯抿了一口，舔了舔嘴唇："嗯，这酒不错。"她说着看了看酒瓶，"是这样，我准时到了那里。当然，弗兰克——他工作脱不开身——迟到了四十五分钟。又是那一套。"她说着摇了摇头，又抿了一口，"总之吧，房子就要上市出售了，我们必须就价格达成一致。我们要的价格比当时买的时候少了十万，可房屋中介还说价格太高！她说，按照我们要的价钱，厨房和浴室应该升级。她说现在都不用花岗石了，橱柜的流行色是白色，而不是深色木纹。"

"哈，"派珀说，"我早知道花岗石会过时。所以我保留了我们古老的福米加塑料贴面。"

波蒂咯咯地笑了："如果非要说哪个厨房需要升级的话，那也是惠特之末的厨房！"

"嘿，"派珀辩解道，"一切我都保持原样，你应该赞赏才对啊。那个厨房里满是回忆——不妨想想在厨房台面上做的所有那些家常饭菜。更不用说在上面做的生日蛋糕和科学项目了。"

"还有做的爱……真正想念的是在厨房台面上做过的所有爱。"赛勒咧嘴笑着，开起了玩笑。

"是在桌子上做的，不是在厨房台面上。"派珀笑着说道，"或许除了那一次……"

"你的话太多了！"波蒂举起手说，"我们不想知道！"

"哦，顺便说一句，"赛勒看着波蒂，突然想起早晨她看到的一幕。波蒂抬起头来。"今天早上洗澡之前，我向窗外望去，看到一只小雀儿在喂鸟器下面拍打着翅膀。起初，或许是因为身上有伤，或许是因为还太小，我也不知道具体原因，反正它飞不起来。不用说，因为姐姐是著名的鸟类学家，总是告诉我，我们不应该干预野生动物的生活——所以我没管它。我想也许小鸟的父母就在附近，就去洗澡了。可是，我走出淋浴间再往窗外看时，小雀儿已经死了……你们永远猜不到是谁谋杀了它。”

“鹰。”派珀猜道。

赛勒摇了摇头。

“红隼。”波蒂说。

她又摇了摇头。

“你那只在附近逛荡的橙色的猫。”雷米说。

赛勒最后一次摇了摇头：“金花鼠！”

雷米吓了一跳：“金花鼠？！”

“对。”

派珀皱起了眉头：“我还以为金花鼠只吃种子呢。”

“是金花鼠杀的吗？”雷米问道，感觉这个说法难以置信。

“我没有亲眼看到整个犯罪过程，”赛勒说，“我也没有对准喂鸟器的监控探头，但我看到金花鼠正在咬那只小鸟，我认为绝对是它杀的。”

“别再说了。”雷米摇着头说道，“太可怕了。”

“天哪，我再也不会以同样的方式看待金花鼠了。”派珀补充道。

“我明白！”赛勒说，“要不是亲眼所见，我自己也不敢相信。我还上网查了查，想看看我是不是碰巧看到了一只发狂的金花鼠，可是网上其他人也见过。因此，即使亲鸟在附近——”赛勒看着波蒂，“——也不代表雏鸟是安全的。”

“当然不是。”波蒂说，“雏鸟最容易受到伤害，但我们也爱莫能助。”

赛勒凝视着姐姐的眼睛，怀疑姐姐有没有意识到自己刚才说了什么。“我们也爱莫能助。”她重复道，但波蒂只是把脸一扭，看向别处，又喝了一小口酒。

“那么，除了卖房以外，还有什么决定是你们俩必须做的？”派珀问道，急于改变话题。

赛勒摇了摇头：“非常简单。他的车归他；我的车归我；家里的东西全部卖掉，收入平分。见面完全是浪费时间。本来这些事情通过电话就能轻松决定。”

“弗兰克有没有对你说什么？”雷米问道。

“他一个劲儿道歉，但我根本不想听。”

波蒂、雷米和派珀听出了赛勒声音中的悲伤，都扬了扬眉毛。

“什么？”赛勒说，“结束了。彻底结束了……我需要平复一下心情。”她感到泪水刺痛了眼睛，但她决不能因为弗兰克而哭泣，尤其是在姐妹们面前。她喝了一小口酒，看着波蒂：“不聊我离婚的事了，无聊透了。你怎么也不像平常那么快活了？”

波蒂咯咯一笑：“快活？真没想到会有人用这个词来形容我。”

“或许不是每个人，”赛勒说，“只有最了解你的人才会这么说。我们都知道，你的快活指数虽然很少达到‘阳光灿烂’的程度，但今晚它显然处于‘阴云密布’的范围内。出什么事了？天堂里也有烦恼？”

“哈，”波蒂说道，声音里满是讽刺，“天堂已经干枯，随风而去了。”

赛勒皱起了眉头：“怎么了？你和戴维闹别扭了？”她感觉难以置信，因为戴维非常随和……他能像圣人一样包容波蒂的喜怒无常。

“没闹别扭。”波蒂说，“当我像高压锅一样热气直冒时，他就赶紧躲到一边。”

“嗯。”赛勒道，“听起来不妙。他一定做了什么让你心烦的事儿。”

波蒂摇了摇头："不是具体哪件事导致的。而是种种小事加在一起……我对他所做的一切都失去了耐心。老实说，我觉得自己一个人生活会更快乐。"

"不，不会的。"雷米反驳道，"戴维是个完美老公，你很幸运能有这样一个老公。一个人生活毫无乐趣可言。晚上冷了，没有人可以依偎。早上没有人陪你读晨报，喝咖啡。害怕的时候，没有人抱着你，告诉你一切都会好起来。你不知道这是种什么感觉，波蒂。你心肠太硬了，竟然说这种话。要是戴维听到你这样说，他一定会伤心死的。"

波蒂耸了耸肩："你说的是你的经历，雷米，我说的是我的经历。结婚并不像人们所说所想的那么好。"

雷米激动得不能自持，眨了眨眼睛，把眼泪憋了回去，起身问道："谁想要大米布丁？"

派珀惊讶地抬起头："你做了大米布丁？"

雷米点了点头。

"你从哪儿弄到的食谱？"

"妈妈的食谱。"

"她的《好主妇》食谱？"

雷米点了点头。

"我一直在到处找那本食谱。"

"在我这里。"

"我简直不敢相信你做了大米布丁——我找那本食谱就是为了这个！纳特渴望……"

"那是好几星期前的事了吧。"赛勒说，"你还没给那个可怜的家伙做大米布丁吗？"

"还没，"派珀难为情地承认道，"我想照妈妈的食谱做。"

"我让你去问雷米了啊。"

“我知道，可我老是忘。”

雷米挤出一丝微笑，同情地说：“我也老是忘事。”

派珀站起身来：“我去给你帮忙。”

她跟着雷米进屋去了。她们身后的纱门刚一关上，赛勒就转向波蒂：“你那么说有点尖刻。”

波蒂叹了口气：“我不是故意说那么尖刻的，可是说老实话，我不需要雷米——或其他任何人——告诉我他们的生活有多么艰难。”

赛勒摇了摇头：“我说，波蒂，我觉得是时候放下过去了。不知道你有没有意识到，伊斯顿的死左右着你的每一天，再这样下去你自己的生活就全毁了。”

“影响我的生活的可不是只有伊斯顿的死，”波蒂恼羞成怒地反驳道，“你好像忘了我经历的那次流产。”

赛勒一时语塞：“我没忘，波蒂。只是生活还在继续……到头来，最重要的是你所体验到的生活以及你如何——”但还没等她说完，纱门又开了，派珀端出了四碗热乎乎的大米布丁，上面浇着凉爽的融化掼奶油。

“它能勾起咱们的回忆。”她微笑着说。

第三十六章

派珀和纳特站在车道上，仰望着空中。派珀举着手机，对准树顶准备录像。他俩等待着。片刻之后，他俩听到了发动机的声音。“他来了。”纳特说。派珀按下“录像”按钮，一秒钟后，一架小型飞机展着翅膀从树顶上空嗡嗡飞过。“他在那儿！”纳特一边说，一边微笑着冲他挥手，尽管他知道伊莱亚斯大概看不见他俩。

飞机从视野中消失了，派珀又按了一下“录像”按钮，低头看着手机。“真是太酷了！”她开始观看视频，突然听到发动机的声音又大了起来，赶紧将手机重新聚焦到房子上空。

“他来了。”纳特说。派珀按下按钮，飞机从屋顶上空嗡嗡飞过，接着飞回了海湾上空。“多么幸运的孩子，”纳特说道，声音里带着一丝羡慕，“我一直想学习飞行。”

“你现在也可以学啊。”派珀说。

“不，”纳特说，“我太老了。”

“不，你不老。”她一边看新录的视频，一边反驳道。

听到她的手机里传出发动机的声音，纳特从她肩膀上方看了过去：“我简直不敢相信他独自一人在那里。”

派珀惊恐地抬起头来：“他独自一人？”

“他没告诉你吗？”纳特道，“他今天独自飞行。”

“不是吧……他没告诉我！”

纳特暗自发笑：“大概他不想让你担心吧。”

派珀知道，自去年夏天以来，伊莱亚斯一直在上飞行课。他和教练一起在空中飞了无数个小时，但得知他一个人驾驶着那架金属装置，飞行在距地球一千英尺的高空，她心里还是有些不安：“他发短信让咱们到外面来，他这短信怎么发的？总不能一边开飞机，一边发短信吧。”

“不知道，”纳特说，“大概是他上飞机之前就把短信编辑好了，快到地方的时候点的‘发送’吧。”

“希望如此。”她将信将疑地说。

纳特搂住她，将她拉进怀中：“在他回家之前，咱们有足够的时间。”他小声道。

“有时间干什么？”派珀皱着眉头问道，虽然她很清楚他的意图。

“你懂的……”

“哦，我不懂。”派珀抱怨道，“不行，他自己一个人在飞机上呢。我正处于戒备状态，没心思想别的事情。”

纳特一脸困惑：“‘戒备’？”

“对，当唯一的孩子随时可能从天上掉下来时，当妈的就会这么做。”

“不会的。”

“也许不会。”派珀道——她感觉自己从来没这么意兴阑珊过，“可是，如果我只是装装样子，敷衍你一下……那肯定也没什么意思。”

“昨天晚上伊莱亚斯可没在飞机上，”纳特步步紧逼，“那时候你也不想做。”

“那是因为他在家里。”派珀说道，仿佛原因显而易见。

“所以呢？”

“所以……他有可能听到。”

“他以前从来没听到过。他睡着后什么都听不到。”

“现在不一样了……他长大了。再说了，咱们还有事儿要做。”她补充道，说着把手放在他的胸膛上，轻轻地将他推开。她突然感觉非常温暖，他的身体令她浑身发热。

“我无所谓。”纳特说道，打了退堂鼓。

“别生气。”她说道——她讨厌“我无所谓”这句话。

“我没生气。”

“不，你生气了。”

“不，我没有。”

派珀摇了摇头，转身朝屋子走去。听到纳特发动卡车的声音，她回头看了看。“我本来打算咱俩在家干点活儿，”她说，“比如除草、刷漆、清理车库。距野餐还有一周半。”

“我到保护区还有事。”他说着把卡车挂上了挡。

“随你便。”她嘟囔道。他开车离开时，她甚至连头都没抬。或许波蒂说得对——或许一个人生活更容易！人行道上一棵巨大的蒲公英长得正旺，她俯下身子，用力去拽。“我记得之前拔过你。”她说着，蹲在温热的石板上，用手指挖了挖泥土，可是她用手一拔，它的地上部分在地面处啪的一声断掉了。

“该死！”她嘟囔着，站起来身体僵硬地朝棚屋走去。她找回了一件长长的叉形金属工具和一个结实的木制蒲式耳容器——两件物品都是她姥姥留下的。她仍然记得姥姥弯腰驼背蹲在自家院子里，费力地挖着蒲公英，一棵又一棵。“这棵是为你挖的，姥姥。”她说着戳开了蒲公英周围的沙地。她又撬又拽又挖，经过激烈的“战斗”，在地里“负隅顽抗”的胡萝卜状的根终于“缴械投降”了。挖出来一看，足足有一英尺长。她立即毫不客气地将它扔进了姥姥的旧蒲式耳容器。

派珀乘胜追击，又去对付下一棵蒲公英，将除草工具戳进地里，撬起沙质土壤，然后再拽。她一边干活，一边回想着姥姥。

姥姥——她妈妈的妈妈——是派珀见过的独立性最强的女人，特别是丈夫去世后。姥姥才五十二岁，姥爷就去世了。那时候他刚抱上小外孙女。两周后，他死于葛雷克氏症[①]。他去世后，姥姥独自一人迎难而上。“这样也好。”家属们都说，相信姥姥会更加安宁，因为姥爷——一个酒鬼——不会再让她那么伤心痛苦了。

---

① 译者注：葛雷克氏症（Lou Gehrig's disease）是运动神经元疾病（Motor Neuron Disease，简称 M.N.D.）的一种，医学上称为肌萎缩性脊髓侧索硬化症（Amyotrophic Lateral Sclerosis，简称 A.L.S.），因其特征性表现是肌肉逐渐萎缩和无力，身体如同被逐渐冻住一样，故俗称“渐冻症”，又因美国著名棒球明星 Lou Gehrig 死于此病，因此被称为“葛雷克氏症”。

不过，姥姥一直按自己的方式生活，因此她对生活的态度并没有太大变化。大萧条时期，纵使丈夫将家里的微薄收入浪费在喝酒上，她也挺了过来。结果，她学会了在几乎一无所有的情况下勉强过活——这是她永远不会忘记的一课。即便后来她有了自己的收入——维持一个人的生活绰绰有余——她依然精打细算。她经常在没吃完的谷物里加上一碗新谷物，掺和在一起吃。结果，像脆米花和玉米片这样两种差别明显的谷物也会混在一块，但她始终坚信混在一起吃味道很棒。她的冰箱总是十分整洁，几乎空空如也——只有生活必需品——冰箱的隔板总是擦得闪闪发亮。为了保鲜，她将面包紧紧地包裹在塑料袋里。她的手提包里总装着一块硬糖。但派珀最为记忆犹新的是，姥姥非常喜欢让外孙女们来家里做客，还有她总是将原材料带在身边，随时准备制作她有名的冰激凌苏打水——姜汁汽水和果汁冰糕。

派珀唯一一次看到姥姥哭是伊斯顿去世后，即便是那时，她也只是默默流泪，一个人黯然神伤。

“为什么上帝要把伊斯顿带到天堂？”有一次她们玩拉米纸牌游戏时，派珀问她。

“哦，我想一定是上帝的少年棒球队缺一名优秀的投手。”姥姥一边研究她的牌，一边说道。派珀坐在她对面，一边考虑着这句话，一边用吸管啜着清爽的奶油色姜汁汽水。最后，她断定姥姥大概是对的——伊斯顿一直是一个超棒的投手。

此刻，派珀擦了擦额头——额头上面满是汗水——发现自己忘记了时间，而且忘了涂防晒霜。听到蟋蟀唧唧地叫了几声，她在短裤上擦了擦手，将手伸进口袋，拿出手机。她收到两条消息——一条是伊莱亚斯发的，告诉她他已经返回地面——他半小时前发的！刚刚收到的这条是纳特发的：**抱歉**。**回家吃午饭**。她站起身来，开始回短信：

我也很抱歉。她看了一眼在阴凉处舒展身体的克洛伊，接着写道：**介意顺道买些姜汁汽水和果汁冰糕吗？**

第三十七章

“很好。”当乔赛亚打开他们刚买的那瓶葡萄酒时，赛勒说道，“我应该说‘恭喜’吗？”她犹犹豫豫地问道。面对一个刚离完婚的人，该说些什么？最终等她摆脱弗兰克后，人们会不会也这样对她说？

“谢谢。”乔赛亚倒了两杯葡萄酒，然后把酒瓶放在女服务员之前拿来的冰桶里，说道，“但你不需要说‘恭喜’。我的一些朋友说‘恭喜’我——因为我终于自由了——可我的心情很复杂。这可不是什么伟大的成就……实际上感觉更像是失败。”

赛勒点了点头，完全理解他的感受。她看着白鲸餐厅通风良好的窗户外面——他们在楼上找了一个很棒的位置——突然感觉想回家。一开始乔赛亚说请她吃饭，她谢绝了。但后来他又给她发短信，说他正好要去特鲁罗领顾客看房，她心软了。可现在呢，她真希望自己坚持原来的答案。与弗兰克见面后，她一直没大有胃口。现在坐在乔赛亚对面，她感觉自己更不饿了。我这是怎么了？这是与一个好男人的一次简单约会——我为什么不能好好享受呢？

“你呆呆地想什么呢？”乔赛亚握着她的手问道。

“哈！”赛勒摇了摇头，把手撤了回来，说道，“你现在就问我那个。”

乔赛亚好奇地扬起眉毛：“怎么这么说？”

赛勒叹了口气：“你离婚从头到尾花了多长时间？”

“哦，我也没计算过。”他边说边回想着，“我想，一切从去年秋天开始土崩瓦解——从我开始怀疑她与别人鬼混时起……后来，感恩节那天在她兄弟家里我与她当面对质——从我这方面讲，时机选择得很不恰当。”他摇着头笑了笑，回忆着那场演变成激烈争吵的讨论，“吃饭前她坐在沙发上，喝着葡萄酒。大家都在聊天，她却一直看着手机微笑。因为我们熟识的人都在那里，我心里纳闷，到底和谁聊天能让她乐成那样。”

“我完全懂你的意思，”赛勒道，“他们仿佛沉浸在自己的小世界里，还以为没人注意到他们傻里傻气的笑容呢。”她摇了摇头，“弗兰克也这么干过。这种做法太侮辱人了——他们坐在那里，通过手机偷偷摸摸地与别人幽会，还以为咱们不知道！”

乔赛亚点了点头：“整个手机事件太侮辱人了——所以我当着大家的面爆发了。这次争吵差点把所有人的假期都给毁了！总之，圣诞节前我们两个提交离婚申请，现在已经是6月底了，这么说来总共花了——”他掐指一算，“——将近七个月时间。”

赛勒摇了摇头：“这么说来，我们两个刚刚申请离婚，如果到圣诞节前能完事，就算是幸运的了。况且，这很大程度上取决于多久能卖掉房子。接下来的几个月，我想都不敢想。我只想尽早结束这一切。”

正说着，一位女服务员走上楼来，喊了一声“乔赛亚”。他挥了挥手，她将他俩订的饭菜送了过来。“还需要别的吗？”她问道。两人看了看托盘，摇了摇头，说了声“谢谢”。

乔赛亚立刻咬了一大口自己的白鲸汉堡。“对不起，”他轻声说，“我快饿死了！”而赛勒只吃了一点点烤扇贝和虾。“饭菜真的很棒，”她满含歉意地说，“只是我不大饿。”

乔赛亚擦了擦嘴，盯着她的扇贝。“吃吧。”她将篮子朝他那边推了推，说道。

他将一大块金棕色的扇贝塞进嘴里："嗯……比做爱还爽。"他笑道。

赛勒眉毛一扬："真的吗？！"

乔赛亚的脸颊腾的一下红了。"只是开个玩笑。"他不好意思地笑着说。

赛勒低下头。

"怎么了？"他问道，"我真的只是开个玩笑……"

"我知道，"她说，"和你刚才的话无关。"她抬起头，仔细探寻着他的眼睛，"而且与你无关——我认为你很棒，乔赛亚。只是……"

他皱起眉头，等着她继续说。

赛勒深吸了一口气："只是，尽管我很喜欢你，我认为我还没准备好开始下一段感情。"

他缓缓地点了点头："我老早就有种感觉，知道你可能会这么说，"他柔声道，"我记得我当时的感受——既茫然又困惑又悲伤。"

赛勒点了点头："我真的很抱歉，乔赛亚。也许过段时间，等这一切都过去之后……我会准备好，但现在……"

"你不必解释。"他微笑着说道。

赛勒点了点头，抿了一口酒。

"再来一杯？"

"你说呢？"她苦笑着说道。

乔赛亚把酒瓶从冰桶里拿出，又给她倒了一杯。赛勒将她的盘子朝他那边推了推："这些海鲜你吃吧，别浪费了……"

"这事别担心，"他笑呵呵地说道，"尤其是因为它们比做爱更爽……最近的将来，我可享受不到那个。"

赛勒笑了："我也一样。"

第三十八章

雷米手里端着一杯绿茶走到门廊上——最近她看到书上说，绿茶抗氧化、防衰老、营养丰富，是饮料界的摇滚巨星——胳膊下夹着一本书——《来自大海的礼物》(*Gift from the Sea*)。她决心把自己疲惫不堪的旧大脑重新集中到阅读上，但她刚坐下，爱迪生就从拐角处拐了出来，轻轻地穿过门廊，跳到了她的大腿上。

"你坐在这儿，我怎么看书？"她抚摸着他柔软的皮毛问道，但他假装没听到，自顾自地把身子一蜷，打起呼噜来。雷米摇了摇头，抿了一口茶，将那本小书搁在他身上。她打到夹书签的地方，微微一笑——这是她最喜欢的一个章节——作者将可爱的玉螺比喻成一个小岛，继而思考人类的孤独。作者认为，每个人都像是共同海洋中的一个岛屿，因此从本质上讲，每个人都孤独无伴。这一章赞美孤独……每当她读到这里，她心里就感觉不那么孤单了。

她痛下决心，开始阅读，但第二页还没读完一半，思绪又飘飘悠悠，担忧起即将到来的周末来。她仰望着阳光斑驳的树叶在微风中跳舞，努力平息内心的焦虑，却毫无效果。她真希望自己没有答应去参加聚会……更糟糕的是，她还没跟约翰说——她到底在想什么？

她闭上眼睛，长叹了一口气。为了确定要穿的衣服，她昨天找了整整一天。她甚至去查塔姆逛了逛服装店。最后，她选定了一件蓝白两色的亚麻布太阳裙。试穿时，女售货员说看上去非常棒——但这是她的工作，她的话显然不太可信。接下来，她在鞋沙龙（Shoe Salon）

买到了相配的鞋子——但她仍然不太确定这种场合穿这件衣服是否合适……甚至不敢确定她穿上是否好看。她摇了摇头——我可以相信一个汽车销售员，但我不相信服装店的这位女店员。

回到家后，这套衣服她已经试穿了三次。每次她都要对着镜子从各个角度翻来覆去地研究自己的形象，然后小心翼翼地把它脱下来，挂回衣架上，套上衣罩，最后挂起来，心想不知道还能不能给退回去。哎，要是她能摆脱这些烦心事，老老实实待在家里该多好！她宁愿躲在岩石下过周末，也不愿一路驱车到佛蒙特去见她并不怎么在乎的那些人！然后是约翰——他俩在车里共处五个半小时，都不知道究竟该谈些什么，更何况一个至少包括六顿饭的完整周末。或许她应该直接给他打电话，告诉他自己身体不适。她可以向他保证，不是什么需要看医生的大病——她只是状态不好，没精打采。她埋怨起自己来，为什么她偏偏无意中邀请了自己的医生去参加她的大学同学聚会？她问他时，她真的只是想开个玩笑——她根本没料到他会同意。后来才发现他喜欢佛蒙特！

如果她最终真的去了会怎样？她的同学会问些什么问题？她该怎么回答呢？对，她和约翰是老朋友；对，他单身；不，他一直没结婚；对，他是一位医生；不，他俩从来没约会过；对，他仪表堂堂；不，她没有被他吸引……真的没有吗？上帝啊，帮帮她！她被他吸引了吗？！

雷米抬头望着阳光透过树木枝叶间的缝隙，筛洒出斑驳光点，当即决定她不去了。她拿起手机，想拨打赛勒的号码，接着停了下来，心想她是不是应该告诉派珀，而不是赛勒。哪个妹妹数落她数落得少一点？波蒂大概毫不介意，虽然她似乎对这桩风流韵事——呸！呸！不该用这个词！——感到好奇，而且她大概还在暗暗期待她放弃呢。她茫然地盯着手机，犹豫着，痛恨自己的优柔寡断。这时，手机突然响了起来，吓了她一跳。

“你好？……哦，嗨，桑德斯医生！好，”她笑着说，“我想我应该叫你约翰。要是我称你为桑德斯医生，我的同学一定会觉得奇怪。”她顿了顿，认真听着，“哦，我想咱们应该早一点出发，途中找个地方停下来吃午饭。我想大概两点左右开始登记，然后是招待会和鸡尾酒时间，咱们应该留出办理酒店入住手续的时间。”她犹豫了一下，接着深吸了一口气，“你确定你还想去吗？”她点了点头，“好的。嗯，我也非常期待……听起来不错。那好，期待八点左右在这里见到你。”她微笑着，但挂断电话后，她突然“啊”了一声，吓了爱迪生一跳——他惊恐地抬起头，随即从她大腿上跳了下来，忙不迭地跑到房子的拐角处，躲了起来。“宅在家里的日子到此为止！”

第三十九章

戴维回到屋里时，波蒂正面无表情地注视着厨房窗外。“你确定你不想去吗？”他问道。

“对。”她冷冷地答道。

“我还以为你想看到她重获自由呢……我想咱们可以去马什皮你喜欢的那家法国餐馆。餐馆叫什么名字来着？”

“布勒[1]。”

“对，布勒——他们那里有你一直赞不绝口的扇贝。”

波蒂无动于衷地摇了摇头：“不去了，谢谢。”

---

① 译者注：Bleu，法语，意为“蓝色”，此处音译为“布勒”。

他耸了耸肩："那需要我给你捎点什么当晚餐吗？"

"不用。"

"那你打算做点什么吃呢？"

"不知道。"

他叹了口气："好吧。那回头见。"

"回头见。"

波蒂听到他开车离开了，感觉肩膀一下子放松下来。真是漫长的一周——和别人生闷气很耗费精力。通常情况下，她本来很喜欢目送横斑林鸮幼鸟飞向自由……她本来很喜欢去心仪的法国餐厅。扇贝配上美味的枫糖葡萄柚浆汁，极其美味——单是想一想，就令她口水直流——他们本来还可以点一瓶康德乐酒庄（Château de Candale）的葡萄酒。这本该是一个非常美好的夜晚……要不是之前戴维毁了一切的话。

她闷闷不乐地注视着窗外。对于刚刚过去的几周，她似乎就是无法释怀——戴维对比奇科默（Beachcomber）不够敏感；他暗示她酒喝得太多；他习惯于清点回收桶里的酒瓶；对于缺乏床笫之乐这事，他懒得想办法改善。这一切都令她无法忍受。她受够了自己的婚姻……以及与婚姻有关的一切……比如决定晚餐做什么饭。她可不想在他的监视下了此残生！

她打开一瓶葡萄酒，倒了一杯。"走吧，贝，"她说，"咱们上外面去。"黑色的老拉布拉多站起身来，跟着波蒂来到外面，无力地倒在了夕阳余晖中。

波蒂把酒瓶搁在桌子上，舒舒服服地坐在她心爱的椅子上，喝了一大口。她身子往椅背上一靠，注视着一对红衣凤头鸟飞来飞去，又抿了一口。过了这么多年，原以为戴维会明白。他年年给我们拍那些该死的照片……他甚至没意识到少了个人。照片再也完整不了了，上面总有个空位置……一张本应和我们一起变老的面庞。她又抿了一口，发现酒杯快空了，于是重新斟满，努力想象着伊斯顿现在的模样。她伤心地想着，他一定英俊帅气，长着一双炯炯有神的蓝眼睛……大概他也有了银发……和我们大伙一样。她又抿了一口酒，端详着酒瓶里剩下的酒，拿不准酒杯里能否盛得下。她缓缓地倒着，直到杯里的酒眼看就要溢出来了，然后举起酒瓶，口对口喝了个精光。她身体向前一靠，吸了一口杯里的酒，以免洒到桌上，接着瞥了一眼手机上的时间，努力回想着戴维离开的具体时间。她努力计算着他开车到马什皮，将横斑林鸮放生，然后开车回家大约需要多长时间，她感觉脑子似乎有点迷糊。她站起身来，微微摇晃着身子，拿着空酒瓶进了屋。她小心翼翼地将酒瓶冲洗干净，拿到外面的车库里，轻手轻脚地塞到橙汁瓶和牛奶壶下面。随后她回到屋里，又拿了一瓶酒，集中精神，手脑并用，将瓶塞钻旋了进去。

她一边往外拔软木塞，一边想，这样做真是天衣无缝。戴维永远别想知道。

她拿着酒瓶和笔记本电脑来到外面，舒舒服服地坐进椅子里，感觉自己能量满满……又有点飘飘然……分不清到底是哪种感觉。赛勒曾告诫过她，喝酒的时候别上脸书，但她早已将赛勒的叮嘱抛诸脑后。她点开自己的脸书主页，滚动浏览起了好友们发的帖子，突然感觉非常喜欢自己的“好友们”，几乎每个帖子她都点赞。看了大学熟人（虽然已经好多年没联系过了）女儿的订婚照片，她回了句“祝福她！”又读到一个温馨的故事，讲的是两条老狗失踪了五天，人们才找到它们，发现原来其中一只狗掉到了一口浅井里，另一只狗则一直守护在自己的朋友旁边，不离不弃。好感人的一个故事！她连忙分享了一下，评论道：“狗比人类更忠诚！”

她转动杯里的勃艮第葡萄酒，欣赏着它反射的阳光。她迷醉于光波流转中，又一次转起酒杯来——这一次更加用力——一些红酒从杯口晃了出来，溅到了她的白色休闲裤上。“糟透了！”她嘟囔着，用手擦了擦酒渍，又喝了一口。

她回头看了看自己的笔记本电脑，发现屏幕边缘看上去有点模糊发黑。她敲着键盘上把屏幕调亮的键，但屏幕已经设置到最亮了。“到底怎么了？”她嘟囔道，“最好别让我再把这破玩意儿送回苹果修理了。”她盯着屏幕，突然想起一件她一直想查的事情，在搜索框中输入了“伟哥副作用”。她敲了一下回车键，屏幕上一下子出现了无数与伟哥有关的网站。她点开最上面的一个网址，上面说可能导致许多症状——从膀胱疼痛到胸部疼痛。“天哪，”她嘟哝道，“那究竟为什么还有那么多男人用它呢？这家公司必须将所有这些副作用都列出来，以免被别人抓住自家的小辫子。”她叹了口气，“随它去吧。无论如何人们都会去吃——老年人的性生活真是个价值百万美元的大产业。”

可戴维就不吃——他什么药都不吃，甚至连维生素都不吃——当然她能理解——她也不喜欢吃药。但她总会想，每个月……甚至每两个月，他可以吃一次，哪怕只是为了给他们的爱情生活增添点趣味。她摇了摇头。在他们的婚姻生活中，有一段时间，她喜欢一个人静一静。但现在，在这件事上她没得选，这令她感到失宠、被冷落、缺乏魅力。戴维晚上依然会摸她的手，他依然会拥抱她……可这本来就不是一码事。

波蒂把笔记本电脑放在桌子上，将杯中酒一饮而尽，又重新倒了一杯。“我无所谓，”她咕哝道，“活着真没劲，还不如死了好，对吧，贝？”老拉布拉多听到主人叫她的名字，站起身来，走过去把头靠在波蒂的大腿上，满眼忧虑地凝视着她。“别担心，甜心，”波蒂抚摸着她的头说道，“妈妈没事。没什么大不了。”轻轻地抚摸着贝莉口鼻周围的白毛，看着贝莉浑浊的眼睛，波蒂突然意识到自己的爱犬老了，心里一震。“真不知没了你我怎么办。”她眼泪盈眶，醉意朦胧地低语道。她俯下身子，把脸贴在贝莉的脑袋上：“答应我，你永远不会离开我。”

贝莉犹犹豫豫地甩了甩尾巴，不安地舔着波蒂咸咸的脸颊。“我也爱你。”她低声道，擦了擦眼睛，突然发现自己流鼻涕了，“我去拿纸巾。”她说着就想站起来，结果一个趔趄向前倒去。她一把抓住桌子，想稳住身子，结果撞到了桌子。她惊恐地看着桌上的酒杯来回摇晃。最后，她眼看着酒杯缓缓地倒了，杯中物洒到了笔记本电脑上。“该死！”她冲口而出，伸出手想扶住杯子。但不知怎的，她的手似乎有了自己的大脑。就在此刻，波蒂刚才突然一发脾气，再加上动作怪异，贝莉吓了一跳，急忙站了起来，结果又撞到了桌子，酒瓶飞了出去，酒杯掉到地板上摔得粉碎，珍贵的葡萄酒洒了一地。“天哪！”波蒂大喊道，吓得可怜的贝莉夹着尾巴蹿到门廊外边去了。

波蒂站直身子，努力将注意力集中在这一片狼藉上。随后她闭上眼睛，努力不让身体摇晃。她紧紧抓住椅背，稳住身子，然后慢慢地朝房子走去。过了一会儿，她拿着簸箕和毛巾回来了。她蹲在地上，捡起酒瓶，冲着阳光看了看，发现还剩下一些。她擦了擦瓶子的外面，把酒瓶放到一边，开始捡拾地上锋利的酒杯碎片。可是，碎玻璃有上百块——全都泡在那汪葡萄酒里。她一时无法决定怎么把碎玻璃收拾干净才是最佳方式——是拿扫帚从酒里把碎玻璃扫出来，还是先用毛巾把地上的葡萄酒擦干？她坐在门廊上，思来想去，随后跪在地上，开始用毛巾擦拭地上那摊葡萄酒。然而，毛巾很快吸满了红色液体，变得沉重起来。她把毛巾折了折，继续擦，这时一块玻璃割破了她的手掌。她疼得哭了起来，想站起来，但她似乎就是找不到平衡，只得在木地板上爬行。爬到门口后，她再次试着站起来。这次她终于站起来了，但走在厨房里，她一直紧紧抓着厨房台面，不然就会摔倒。

她冲洗了一下伤口，确保手掌上没有留下玻璃，随后贴上了创可贴。接着，她想起自己需要一个垃圾袋，伸手从水槽下面拿出一个。她回到屋外，先把地上的葡萄酒擦干，然后将沾满玻璃的毛巾扔进了垃圾袋。她把剩下的碎玻璃放在毛巾上面，朝下一看，发现白色休闲裤的膝盖现在被染成了绛紫色和灰色——且不说裤子上溅得到处都是勃艮第葡萄酒。她解开裤子纽扣——不知怎的，连纽扣都变得那么紧——笨拙地脱了下来（在这个过程中差点摔倒），随即把裤子也扔进了垃圾袋。

现在，怎么处理这个垃圾袋呢？她听到马路上传来一辆小汽车刹车的声音，猛地清醒过来，慌忙捡起酒瓶，把里面剩下的液体倒在栏杆上，将瓶子扔进垃圾袋，抓起笔记本电脑，匆匆地进了屋子。她呼哧呼哧地爬到楼上，将垃圾袋和笔记本电脑塞到壁橱里面靠后的位置，然后穿上一条旧短裤，这次又差点摔倒。然后，她眨眨眼睛，瞥了一眼镜子里面红耳赤的自己。听到门廊上传来脚步声，她用手紧紧抓着楼梯栏杆，下了楼，但一走进厨房，她立刻感觉哪里有点不对劲。戴维会发现吗？她落下了什么？

“怎么了？”她问道，心脏怦怦直跳。

他疑惑地看了她一眼：“贝莉上哪儿去了？”

她咽了一下口水，心脏跳得更快了：“她刚才就在外面……”

第四十章

赛勒钻进派珀的本田元素，从她塞在座位和控制台之间的资料夹中又拿出几张传单。她看着传单中间的照片——这是贝莉的一张旧照片。照片上，她还不是一脸白毛，而且她戴着毡制的圣诞鹿角。这不是她最好的照片，但这是她唯一的照片。“去那边贴一些？”她指着盐池（Salt Pond）游客中心的停车场问道。

“当然。”派珀道。她一拐弯，上了瑙塞特路，接着立即右转进了停车场：“你应该把你的自行车带来，这样咱们可以在自行车道旁也贴一些。”

“确实。”赛勒表示赞同，“今天下午干怎么样？”

派珀点了点头。她俩下了车，见到柱子就贴一张寻狗启事。甚至在一些汽车的挡风玻璃上，她俩也放了一些。接着，她俩钻进车里，继续开着车到处转，仔细地盯着每个院子、每条车道，一看到电话线杆就停下来，让赛勒下去贴上一张传单。“就剩下一张了，”她瞧了一眼文件夹里面，说道，“回家骑自行车时，我再多打印一些。”

“多多益善。”派珀说。

赛勒点了点头，从口袋里拿出手机。她拨打波蒂的手机号，却没人接，于是她试着拨打波蒂家里的电话。最后，她试着拨打戴维的手机，但也只是响，没人接。

“她说了，要是他俩找着了贝莉，她会打电话告诉咱们的。”派珀看着赛勒说道。

“我知道，可是传单上写的是他俩的号码，要是他俩不接电话，我们怎么知道有没有人打电话？”

“你应该把咱们的号码印在传单上。”

“印下一批传单时我改一改。”

“好主意。你怎么不给纳特打电话，问问他和伊莱亚斯是否还需要传单。”

赛勒拨了纳特的号码，她这边还没听到电话铃响，他就接了起来。派珀听着赛勒跟他说话。根据姐姐说的话，她了解到他和伊莱亚斯在奥尔良闹市区把传单贴得到处都是，他们还需要传单，他们没有看到贝莉的任何踪迹。最后，她听到姐姐安排一小时后带着从Box Lunch[①]买的三明治在波蒂家会合。

赛勒打完电话，看了看时间："这需要一个多小时。"她叹了口气道。

派珀把车停在伊斯特姆小型超级市场（Eastham Superette）门前。"把最后一张贴在那里，然后咱俩就不用坐你的车了——我和你一起去。反正我已经把自行车放在了后面。"

赛勒从车里钻出来，把传单贴在超市里显眼的位置，又出了超市。"收银员说她今天早上在小学附近看到一条黑色的拉布拉多。"

"咱们刚才就在那里。"

"你说咱们是不是该回去再看看？或许她正在路上。"

派珀遇到红灯停了下来，手指不耐烦地敲着，点了点头。"快点！这么久了，这灯怎么还不变？"她抱怨道。

红灯终于变成了绿灯，她向左一转，又上了六号公路，驶过游客中心后立即右转，朝小学驶去。她放慢车速，开到了空无一人的学校停车场上。她俩下了车，在楼后面和操场周围转了一圈，仍然没发现贝莉的踪迹。派珀摇了摇头："见鬼，她究竟上哪儿去了？"

"不知道，"赛勒道，"不过咱们最好继续赶路，否则一小时内就赶不回波蒂家了。"

她俩开车慢慢穿过附近街区，寻找着，呼唤着，最后终于又上了六号公路。

"波蒂有没有说过为什么贝莉会离家出走？"派珀问道，"像她

---

① 译者注：一家提供盒饭、三明治等快餐的公司。

这样的老狗——我真不明白她怎么会迷路。”

“我懂你的意思，”赛勒摇着头说道，“你觉得她应该知道回家的路，而波蒂根本没说实话。她说，她正坐在门廊上，碰翻了一杯水——杯子碎了，吓到了贝莉——她清理完之后，才发现贝莉不在院子里。”

派珀皱了皱眉头：“波蒂在喝一杯水？”

赛勒笑了笑：“我明白你的意思。”

“戴维去哪儿了？”

“他去马什皮放生一只猫头鹰……”

“波蒂没去？”

“没去，她说她不想去。”

“这一切都透着一股怪劲。除非有什么事真的吓着她了，否则贝莉不会离开家。”

“确实很奇怪。”赛勒表示赞同，“我和波蒂说话时，她情绪绝对不对劲。她说，要是贝莉出了什么事，她永远不会原谅自己。”

“我的天哪！要是咱们找不到她，你能想象到后果吗？”

赛勒点了点头：“继续祈祷吧！”

“我一直在祈祷！”派珀说。

无意间，她俩都开始沿着路边搜寻，祈祷别让她们看到一块黑色的毛皮。

一个小时后，她俩驶入波蒂的车道，发现纳特和伊莱亚斯在院子里走来走去，喊着贝莉的名字，那只大黑拉布拉多却没从树丛里一路小跑，摇着尾巴，出来迎接。院子显得十分寂寥。赛勒和派珀跨上台阶来到门廊上，将三明治、卷饼和饮料放在桌面上摆好。“来吃吧！”派珀喊道。赛勒试着又给波蒂打了一次电话，这次她接起了电话。

“你在哪儿？”赛勒问道，然后点了点头，“我们带着午餐回到你家了。你能在这里停一下吗？……我知道你不饿，可你也该吃点东西，然后咱们继续找……好吧，哦，戴维大概也饿了吧……”

她皱着眉头，看着手机：“她挂断了。”

“随便吃点。”派珀边说边打开包装，将三明治放在纸盘上。突然，桌上一张餐巾纸被吹了下来，伸手去捡时，她感到手指被某种尖锐的东西割到了。她痛苦而又惊讶地喊了起来，低头一看，手指上鲜血直冒。她用纸巾裹住伤口，紧紧攥住那根手指，同时低头看了一眼木地板。“别走这里，”她警告道，“地上全是玻璃……而且上面的污渍看起来不像是水。”她用手指着说道。

“也许是以前留下的。”赛勒猜道。

“也是啊，”派珀道，“我需要一个创可贴。”她走到门口，拧了拧门把手，“天哪，她把房门锁上了！早知如此，咱们还不如在惠特之末会合。”

“我有个创可贴。”纳特说着翻了翻钱包，找出了一个创可贴。

派珀怀疑地看着已经褪色的包装纸：“卫生吗？”

“怎么不卫生？”他问道，“一直在我钱包里。”

“确实。”

“你要不要？”他问道。

“我要。”她伸出手指，说道。

纳特将创可贴裹在了她流血的手指上：“看来你可能需要缝针……”

“我没时间缝针。”她说着拿了一瓶冰茶，拧开瓶盖。

“有恺撒沙拉卷吗？”伊莱亚斯来到门廊上问道。

“有。”赛勒微笑着说道，“不过你得先给最喜欢的姨妈一个拥抱，然后才能给你。”

“嗨，赛尔姨妈。”伊莱亚斯说着伸出双臂抱住她。他个子比她高出一大截，“雷米姨妈在哪儿？”

“她正在前往佛蒙特州参加同学聚会的路上。”

“哦？”他一脸困惑地说道。

“她不知道贝莉的事儿。我们担心告诉她，她就不去了。”

他点了点头，赛勒伸直手臂抱着他。“自打我上次见到你，你好像又长了六英寸！”

他腼腆地笑了笑。

“飞得怎么样？”她把三明治卷递给他，问道。

“不错。”

“学业？”

“不错。”

“你生命中的女人？”

他咬了一口三明治卷，笑了。“很好。”他边嚼边说。

“差不多和你老爸一样健谈。”她调笑道。

“嘿！”纳特拿着一把扫帚，跨上台阶说道，“关我什么事？”

“我只是开个玩笑。”赛勒说着，扯开咖啡，喝了一口。

派珀看着纳特用扫帚把玻璃扫了起来：“棚屋里有簸箕吗？”

“没有，不过卡车里应该有块硬纸板。”

派珀去看了看，拿着一块薄薄的纸板和一个纸袋回来了。她将纸板递给他，打开纸袋：“我看碎的好像是个酒杯，”她说道，“碎片非常碎。”

纳特沉默不语。他从不妄加评判，但他还是眉毛一扬，双唇紧闭——这些动作本身就表明了他的观点。他的面部表情总能胜过千言万语。

派珀叹了口气，完全明白他在想什么——对于昨晚的事情，波蒂并没有将实情和盘托出。

他们吃完午餐，将所有垃圾扔进袋子。纳特从派珀的本田汽车后面取出他们的自行车，赛勒则把新传单分好。

“咱们用什么装这些传单呢？”她问道。

“我有个背包，”伊莱亚斯主动说道，“不过里面全是东西。”

“你介意把它清空吗？”派珀问道。

伊莱亚斯转到卡车的副驾驶侧，将他所有的飞行装备（耳机、航空地图）和他的 iPad 从背包里拿了出来。

“抱歉。”派珀的目光越过他的肩膀看着座位上的一堆东西，说道。

“没什么大不了的。”他说着将空背包递给了她。

她将一半传单递给他，将另一半传单、钉枪和胶带塞进背包，背上背包，从纳特手中接过自行车：“好，那咱们俩骑车去海岸警卫队海滩，因为今天早上一个女人在小学附近看到了一条黑色的拉布拉多，这是目前我们仅有的线索。”

纳特点了点头：“我们俩想再去一次斯卡克特（Skaket）。只是我很难相信她能穿过六号公路。”

她俩挥了挥手，骑着自行车出发了。天越来越暗了，风也越来越大了。“我敢打赌咱们一定会被雨淋到。”派珀喊道。

“我敢打赌你说得对。”赛勒回道。

一个小时后，派珀在海岸警卫队海滩的女洗手间外张贴传单，赛勒则在上洗手间。“我真不该喝咖啡。”她出来时一边在短裤上擦手，一边说道。

她俩走在木板路上，派珀咯咯地笑着说道：“我明白你的意思。咖啡总是从我体内直接穿过——甚至连血液循环都懒得进。”

赛勒也笑了，很高兴自己不是唯一一个有这个问题的人。

她俩停在信息板旁。救生员定期更新信息板，包括水温、涨潮退潮时间，以及离岸流预警和鲨鱼预警。“要是我把海报贴在这里，你觉得救生员会介意吗？”赛勒沉思道。

“大胆去做吧，”派珀说着将手伸进伊莱亚斯的背包，“他们最多也就是把它揭了。”

赛勒用胶带把传单贴在板上。传单被风吹得哗哗作响。

“你最好再钉一下。”

赛勒把四个角都钉了一下：“大概还会被风吹走。”

她俩站在那里，看着贝莉的照片。贝莉耳朵朝后，眼里满是焦虑。“她不喜欢戴鹿角。”派珀道。

“嗯。可她还是等我拍完照片才把鹿角弄下来。”

派珀叹了口气：“她可真够可爱。希望咱们能找到她。”

她俩走到海边，站在那里望着海浪。一颗光滑发亮的黑色脑袋每隔一会儿就从黑暗的水中露出，好奇地凝视她俩几分钟，随后又消失在海浪之下。

“咱们小的时候，我记得没那么多海豹啊。”

“我也记得没那么多。”

她俩听到狗叫声，两人的心为之一颤。她俩望着海滩，看到一个小男孩捡起一个网球，一条黑色的大拉布拉多在沙滩上蹦蹦跳跳，等着他扔球。男孩身体向后一仰，将球尽可能扔向远处，紧接着，拉布拉多跟在后面冲了出去。

“那条狗精力太旺盛了，不可能是贝莉。”派珀道，声音中透着失望。

她俩都感觉到雨点落在手臂上，赛勒在风中瑟瑟发抖：“我想，咱们还是回去吧。”

“好。”派珀同意了。

第四十一章

“这地方太美了。”约翰把车停进丁香旅馆（Lilac Inn）的停车场时，雷米说道。本周早些时候，雷米打电话给米德尔伯里旅馆（Middlebury Inn），想预订两个房间，但由于她犹豫的时间太长了，旅馆一个空房间都没有了——更别说两个了。她挂了电话，打电话给约翰，希望他能同意取消这次行程。可他向她保证，他知道附近的布兰登（Brandon）有个地方。

他俩从雷米的车上下来——她很乐意让约翰开她的车——他把两人的行李取出来，放在地上。雷米已经习惯了亲力亲为，伸手就去提她的包，但约翰赶在前面，先把它提了起来。“我拿着吧，小姐。”他微笑着说。他的微笑令她的心为之一动。

“好吧，如果你愿意的话。”她打趣道。

“我愿意。”

驱车前往佛蒙特的旅程非常愉快。雷米之前担心他俩没什么可谈的，但她很快把担心抛到了九霄云外——他俩无话不谈，从他俩钟爱的科德角当地工匠一直聊到他俩对读书的共同爱好。他们还发现他俩都是红袜队的球迷——雷米承认她看球真的只是因为吉姆喜欢红袜队。

约翰兴致盎然地听雷米讲着孩子们（佩顿、伊丽莎和塞姆）的最新消息。雷米发现自己原来也可以开开心心地聊个不停，而约翰听了她的孙辈的逸闻趣事和滑稽搞笑的举动，也笑得合不拢嘴。不止一次，她一开始就说：“你大概对这事不感兴趣……”但约翰总是向她保证他很感兴趣。

他俩在新罕布什尔州的汉诺威（Hanover）停下来吃午饭。他俩吃着沙拉，喝着汤，约翰时不时地讲一件他在达特茅斯学院上学时的趣事逗她开心。

“你就在这里上学，而吉姆和我在明德学院，现在想来如此……令人难以置信。”雷米道。

“这个世界太小了。”约翰微笑着表示赞同。

在剩下的旅程中，他俩没再说话，各自沉浸在自己的思绪中，但沉默却不尴尬——感觉就像是两位老友之间那种轻松惬意的沉默。

他俩沿着正面的台阶拾级而上，走进了旅馆优雅的大厅。一条黑色的大拉布拉多立刻迎了上来。雷米觉得那条犬很像贝莉。旅馆老板引着他们来到各自的房间，一路上给他们介绍了当地的所有景点，但约翰解释说，他俩纯粹是为参加大学同学聚会而来。

“同学聚会很有意思。”旅馆老板说，“不过，你们要是厌倦了，其实还有许多其他事情可做。远道而来却不到一些景点看看实乃一大憾事。如果你们喜欢徒步，罗伯特·弗罗斯特小径是佛蒙特州最不为人知的秘密之一。”

“很久以前我就走过罗伯特·弗罗斯特小径。”雷米脑中浮现出和吉姆一起徒步的情景，说道。

店主分别打开两个房间的门锁后就离开了，只剩下他俩在走廊里说话。

“听起来你倒愿意去远足。”约翰调笑道。

“既然咱们来了，我还真想试着做些其他事情。”雷米承认道，“同学会上你一个人都不认识，我担心你会感觉无聊……我呢……嗯……”她微微一笑，“我历来不擅社交——我总是在错误的时间说错误的话——因此我在同学会上待的时间越短，我出的洋相就越少。”

“你哪出过什么洋相啊，”约翰皱着眉头说道，“我怎么不记得你在错误的时间说过错误的话……其实，你从来没说错过话。我觉得你的故事很棒很有趣，我觉得你没有意识到你的性格多么温和亲切。”

“嗯。”雷米盯着他说，“你一定是在说别人吧。”

“我不是在说别人，我期待挽着你出现在招待会上。”——他看了看手表——“一小时后。”

雷米惶恐地扬起眉毛：“一小时后？”她感觉心脏怦怦直跳，“我得好好准备一下！”

约翰注视着她转身匆匆走进她的房间，房门在她身后咔嗒一声关上了。不一会儿，她又出来了，腼腆地微笑着：“一小时后在这里见？”

约翰笑着点了点头。

第四十二章

波蒂站在厨房窗户旁，看着雨水顺着玻璃流下。她仿佛看见贝莉在漆黑的外面某个地方，又湿又怕又饿。

“哦，请让我再次见到她。”她低声祈祷着，泪水盈眶，“哦，主啊，请保她平安。请让她找到回家的路。只要能让她回到家里，我愿意付出任何代价。”要是再也见不到她心爱的狗狗，她感觉自己的心一定会碎掉。她陷入了深深的自责。她责怪自己愚蠢……自私……毫无自制力。她到底是怎么了？要是她和戴维一起去，或者待在家里，表现得正常一点——做做晚餐，或者带贝莉去散步——就不会发生这事。现在，只要能让她再带自己的狗来一次长途漫步，她愿意付出一切。她们会缓缓而行，她再也不会不耐烦地催促她……她会让贝莉停下来，将静谧小路旁能够闻到的每一种沁人心脾的气味都嗅个够。

“嘿，”戴维走进厨房，柔声道，“想吃点晚饭吗？来盘炒鸡蛋，怎么样？”

波蒂擦了擦眼睛，摇了摇头。

“要不来杯茶？”

她又摇了摇头。“不……不了，谢谢。”她低声道。

戴维搂着她。“咱们会找到她的，”他柔声道，“我敢确定她很好——她现在大概正蜷缩在某户人家温暖的厨房里呢。”

波蒂摇了摇头：“要是有人发现她，他们早就打电话来了——她戴着颈圈……上面有芯片。他们能找到我们的号码，打电话告诉我们她没事。”

戴维一时语塞。波蒂说得对——要是善良、有爱心的人发现了贝莉，他们早就打电话来了。他们应该知道她的主人非常想念她，他们应该希望她的主人知道她是安全的。

波蒂看着空空如也的狗窝和未动过的狗碗。“我只是想再见到她，”她哭道，“我只是想把她抱在怀里，告诉她一切都好。我一想到再也找不到她……再也不能用双手抚摸她的脑袋，再也不能凝视她温柔的双眼……我就受不了。”

戴维热泪盈眶，将她拥入怀中。波蒂说得对——一想到再也看不到贝莉用她那双蕴含着世上所有的爱的温柔的棕色眼睛仰望着他，他就受不了。“咱们会找到她的。”他轻声道。

第四十三章

那只湿乎乎的橙色虎纹猫跟着她俩进了赛勒的厨房，派珀蹲在他身旁。“他叫什么？”她惊讶地问道。猫咪把头搁在派珀的手上，心满意足地闭上了眼睛。

“我不知道他叫什么，但他经常来这里转转，仿佛这里是他的家。我还一直想为他制作传单呢。我甚至给他拍了照，但我还没抽出时间去打印传单。他的家人大概担心得要命吧。”

“他没戴颈圈，也许他根本就没有家呢。”

赛勒摇了摇头：“我认为他有家。”

“他也认为他有家，”派珀风趣地说，“他的家就在这里，对不对，亲爱的？”猫咪伸展四肢躺在地板上，嗓子里大声咕噜着，仿佛很享受她俩对他的关注。

“别太安逸了。”赛勒告诫道。她拿过她们中途从阿诺德龙虾蛤蜊酒吧（Arnold's）买来的外卖晚餐，打开包装。她从其中一个龙虾卷里拽出一小块龙虾，蹲下身子，递给他——他好奇地闻了闻，接着一口把它吞了下去。“我猜你肯定饿了。”她说着起身又给他拿了一块。

“你还喂他龙虾，你真心打算让他离开吗？！顺便说一句，他告诉我他喜欢蘸了黄油的龙虾。”

赛勒咯咯地笑着，站了起来：“来杯葡萄酒？”

“不，我最好别喝了。”派珀道，“刚才等着取外卖晚餐时，迈克把咱俩的酒杯斟得满满当当，现在我都有点不胜酒力了。”

赛勒从冰箱里拿出一瓶酒，给自己倒了一杯。“要冰茶吗？”她看了看冰箱里，问道。

“不，喝了那个我就别想睡觉啦。”

“水？”

“你盼着我半夜起床，是不是？”

“我的天哪，你毛病真不少。”赛勒调笑道，“别担心，”她笑着补充道，“所有这些毛病，我都有。”

派珀正往龙虾上倒融化的黄油，她笑了：“就像妈妈过去常说的那样，‘变老并不好玩’。”

“绝对如此。”赛勒表示赞同。她抿了一口酒。“你觉得雷米现在玩得怎么样？”她问道。

“我敢确定她玩得很好。”派珀咬了一口龙虾卷，说道，“我很高兴她去了。我一直以为她会变卦，你呢？”

赛勒点了点头：“我本来以为她周四肯定打电话，告诉我她改变主意了。”

“嗯，我很高兴她没打。她走出家门做些有趣的事对她有好处……我很高兴约翰也去了。整件事真是太有趣了！”

“非常有趣！”赛勒表示赞同，俯下身子，把她的最后一口龙虾给了猫，“真是开天辟地头一遭！”

派珀摇了摇头：“我也感觉闻所未闻！”

赛勒又抿了一口酒：“喂！”她说道，示意派珀跟她来，“我想让你看样东西。”

派珀和猫咪跟着她进了工作室，赛勒打开桌上的灯。“嗒——嗒！”她指着那些照片，喊道。

“哇！”派珀双臂交叉抱在胸前，感叹着，“哇！哇！哇！”她退后一步，欣赏着整面照片墙，然后走上前去，仔细端详每一张照片，“这些照片挂在一起实在是太酷了……瞧瞧咱们的变化——就像把你的一生都展示在了你面前一样。”她指着戴维拍的第一张照片，“瞧！那时候咱们多么年轻！”她微笑着说道，“你还记得我们第一次见到他时，戴维有多么年轻英俊吗？他和波蒂什么时候开始约会的？我非常喜欢他。”她顿了顿，“有趣的是，任何一张照片里都没他……但看到这些照片就会想起他拍照时的样子。”

赛勒点了点头：“你说得对。我之前从没想过这一点，但在每张照片中，咱们都看着他。”她微微一笑，“他过去……现在还是……那么英俊帅气。通过相机镜头，他拍下了咱们大伙变老的过程。”

派珀仔细端详着每一张照片。“看这张，”她指着一张照片说道。照片上她们看起来都三十多岁，“看来波蒂也会微笑啊。”

赛勒点了点头：“她最后一次流产之前，的确如此。那时候她大概怀孕八个星期了。”

“对，”派珀说，回想起姐姐和戴维失去第四个孩子后悲痛欲绝的样子。她伤心地摇了摇头，“希望他们能找到贝莉。我一个劲儿地想，暗夜里她待在外面冒着雨——她一定又饿又怕……”

派珀话音未落，赛勒的口袋里突然响起了《情雾迷蒙你的眼》这首曲子。她拿出手机，看着屏幕，皱起了眉头：“我不认识这个号码。我连203这个区号都不知道是哪儿的……”她摇了摇头，想把手机放回口袋。

“你干什么？”派珀问道，“赶紧接起来！”

“哦，对！”赛勒突然想起有些传单上印着自己的号码，忙说道，“你好？”

派珀在一旁听着姐姐接电话，心怦怦直跳。“真的吗？！她还好吗？在哪儿？噢，我的天哪，谢谢你。”她轻声道，宽慰的泪水顺着脸颊流下。派珀睁大眼睛继续听着，热泪盈眶。“她一瘸一拐的？……她还好吗？”赛勒点了点头，“哦，谢天谢地，您的两个儿子正在外面跑步。”她又点了点头，“我们在特鲁罗……不，她不是从特鲁罗来的，不过我们……我们马上过去。您的地址是？”她伸手拿了一支笔，草草地将地址写在一张纸上，“布里奇路五号。我知道那个地方。对，我们二十分钟内赶到。非常感谢！”她挂断电话，一时间又哭又笑。

“她在哪儿？”派珀问道，心怦怦直跳。

“就在奥尔良。”赛勒说，“一家在布里奇路附近租房的人家发现了她。那个男的说他的两个儿子出去跑步，看到她在路边一瘸一拐地走。他们刚好看到一根电线杆上张贴的传单，简直不敢相信竟然就是这条狗。”

“我也不敢相信！”派珀跟着赛勒回到厨房，感叹道。她低头看了看蜷缩在客厅新椅子上的猫：“我看你的新伙计打算在这儿过夜。”

赛勒看了一眼。“好吧，”她对他说，“但这只是因为外面下雨了。”

“别担心，”派珀一边抚摸着他的耳朵，一边悄声说道，“我相信只要你愿意，她肯定让你留下来。”

赛勒一脸狐疑地看着妹妹：“你跟他说的什么？”

“哦，什么都没说。”派珀一边关门，一边笑道。

第四十四章

雷米最后又看了一眼镜子中的自己。她穿着蓝白两色的亚麻连衣裙，配上她在查塔姆买的鞋子——她终于摘下了吊牌。她无奈地叹了口气：“唉，我已经尽力了。”说着，她拿起钱包，打开门。

约翰——他方才敲了一下门——抬起头看着她，满脸微笑："哇！真漂亮！"

雷米眉毛一扬："你说得太夸张了，我不相信。"

"你应该相信我，因为你真的很漂亮。"

"谢谢。"她说道，耳旁响起了母亲的劝告："一定要优雅地接受恭维。"他向她伸出一条手臂，她顺势挽住，轻轻地向他靠了靠。他陪着她走下楼梯，穿过大厅。

"你俩真般配，"店主说道，"你的老同学肯定会惊掉下巴。"他咧嘴笑着补充道，"玩得开心！"

"谢谢。"雷米说。一提起她的同学，她就感觉心跳加速。

半小时后，约翰将车停在吉福德酒店（Gifford Hall）附近，转到车对面，将她扶下车。"咱们到了。"她仰望着宏伟的石砌建筑，紧张地低声说。

"是啊，咱们到了。"约翰微笑着说，"夜色真美。我听说家乡正在下雨。"

"是吗？"雷米眉头一皱，想象着科德角的雨——突然显得那么遥远。她想象着湿乎乎的六号公路，到处是一汪汪的水；想象着飞驰的汽车上来回摆动的雨刮器；想象着家里石阶上和花园里的雨。突然间，她非常想念那一切。"咱们回家吧。"她拽住约翰，说道。

"回家？"他惊讶地看着她，问道。

"对，我突然想家了……反正这些人没有一个是我真正想见的。"

"咱们进去喝一杯。"约翰鼓励道，"之后，如果你还想离开，咱们就走。"

雷米点了点头，抓住他的手臂寻求支持——精神和情感上的支持——走了进去。

“雷米·兰登！”房间里面一个女人挥着手喊道。她像鹰一样朝他俩猛扑过来，给了雷米一个拥抱，在她的两颊上各轻轻地亲了一下：“到哪里我都能认出你！你一点儿也没变！”

雷米微笑着，努力回忆着女人的名字，这时看到了她的胸牌。“宝拉·佩克，”她说，“你也一点儿都没变。”

“太不可思议了，”宝拉狡黠地说，“咱们的孩子都长大了，咱们的年龄却没变！”

雷米礼貌地笑了笑，表示赞同。

“你挽着的这个帅家伙是谁？”

“哦，抱歉。”雷米慌忙说道，“这是约翰·桑德斯。”

宝拉伸出手，表示欢迎。“我看，你是个医生。”她夸张地说。

雷米眉头一皱。她是怎么知道的？

约翰点了点头，轻轻地碰了一下他的徽章——雷米之前没注意到——和她握了握手。“对……对，我是。很高兴见到你。”

“哦，相信我，应该是我的荣幸才对。”宝拉痴痴地说。

约翰礼貌地笑了笑。

“对了，”宝拉转向雷米说道，“我们很高兴你能来。你那次来过之后，我们再也没见过你……你知道，吉姆去世后……我们都在想还能不能再见到你！”

雷米不知道为什么宝拉老是用“我们”这个词——她是代表她和她丈夫说话，还是代表全班同学说话？“嗯，我这不是来了嘛。”她尴尬地说道。

宝拉点了点头，冲吧台方向努了努嘴。“真正的派对在那边进行……胸牌桌在那边，”她一边用手指着，一边说，“不过我认为你不需要胸牌，因为谁都能认出你来！”她又给了雷米一个吻，傲然朝吧台方向走去。

“哇，”约翰笑道，“我还以为没人会这么说话了呢。”

雷米摇了摇头：“嗯，现在我才想起自己为什么不想来。”

“好啦，在你真正决定之前，咱们先喝一杯。你想喝什么穿肠毒物①？”

她笑了笑——有约翰在，整件事情有趣多了。老实说，她确信，要是她自己一个人来，她根本走不到这一步。“来杯白葡萄酒就好。”

“霞多丽还是黑比诺？”

“黑比诺。”

约翰找酒吧招待要了两杯黑比诺，不一会儿就回来了，将其中一杯递给她。“干杯！”他柔声说道。

“干杯。”她微笑着说道，与他碰了碰杯。

雷米环顾房间，看到宝拉和一群人站在一起，冲他俩的方向点头，但她并不介意。他们爱怎么说怎么说。她是新英格兰一所古老学院的校友，自视甚高。她以优异的成绩毕业，嫁给了一个出色的男人。丈夫去世后，她一个人坚强度日。她将三个孩子养大成人，培养成了栋梁之材。她自己也通过读书和继续学习，与时俱进。而今，多年以后，她故地重游，还带来了一位认为她性格温婉的老朋友。她再也不会惧怕老同学斜视自己——他们也只是一些友善好奇的老人罢了——和她自己一样。

① 译者注：此处为幽默说法，指酒。

第四十五章

波蒂躺在床上，泪水打湿了枕头。这时，突然听到楼下有人敲厨房门。她坐起身来听着——戴维正在厨房里。他放下报纸，正想起身去开门，敲门的人却没等开门，直接闯进来了！“哈啰……”一个声音喊道，“家里有人吗？”不一会儿，她听到下面一阵骚动，其中还有爪子踩在木地板上的咔嗒声，接着是众人的欢呼声。

“戴维？”她喊道，起身穿上睡袍，“戴维？谁来了？”

“你自己下来看看谁来了！”

波蒂一边系着睡袍纽扣，一边匆匆走下楼梯。她看到两位妹妹穿着雨衣站在厨房里……紧接着看到贝莉站在她俩中间。贝莉一瘸一拐地扑进她的怀抱，使劲摇着尾巴。泪水顺着波蒂的脸颊滚滚而下。她身上的毛湿乎乎的，爪子上全是泥，但波蒂不在乎。她自顾自地把脸贴在贝莉的脖子上，抽泣起来：“唉，贝莉，你去哪儿了？我很想很想你。”

派珀、赛勒和戴维都在一旁看着波蒂抱着她心爱的贝莉。终于，她松开了手。贝莉急忙回到戴维那里，然后又回到她身边，仿佛在说：“你们，哦，你们去哪儿了？我一直在到处找你们！”

波蒂站起来擦了擦眼睛：“你们在哪儿找到她的？”

赛勒笑了笑：“来自康涅狄格州的一家人在布里奇路租房住。家里的两个男孩出去跑步时，看到一张传单，随后看到贝莉在路旁一瘸一拐地走着。他们喊了喊她的名字，她就来到了他们身边。她的爪子流着血，所以哥哥守在她旁边，弟弟跑回家开车。”

“也不知道她的爪子是怎么受伤的。”

“我想，她的一个爪垫被划伤了——不算严重。”

“唉，可怜的家伙。”波蒂说着蹲下来检查她的爪垫。

“他们把她带回家后，她的状态怎么样？他们说过吗？”

赛勒点了点头：“她喝了整整一碗水，狼吞虎咽地吞下了他们给她的食物，随后蜷缩在门口，立刻睡着了。”

“她一定是累坏了。”戴维说着蹲在她身旁，“你这次可冒险了，对吧，老妞儿？我敢打赌你很高兴能回到家里。”他柔声补充道。贝莉舔了舔他的下巴，把尾巴摇得呼呼作响。

波蒂给了两个妹妹每人一个拥抱：“这次纳特、伊莱亚斯和你俩全力相助，我感激不尽。你们抽出工作时间，制作传单，到处张贴，还花了整整一天的时间去寻找。要是没有你们，我们永远也找不到贝莉。”

“嗨，别这么说，”赛勒道，“她还在奥尔良这里——我想你会找到她的。”

“你们对那家人表示感谢了吗？”戴维问道。

“当然，”派珀说，“他们说他们很高兴能帮上忙。”

“咱们应该给他们赏金。”波蒂说。

“我想，如果说刚才他们还没走的话，那今天一大早他们肯定走了。他们的车里装得满满当当。他们正往车上装自行车呢。”

“那咱们只好祝福他们了。”戴维说。

“很多很多祝福！”波蒂说着又蹲下给了贝莉一个拥抱。

第四十六章

“做大米布丁的秘诀是适时放糖，然后在鸡蛋里加入少许温牛奶，再把鸡蛋加到米粥里，否则会结块。”派珀一边搅动，一边大声读着做法，“希望能好吃。”她瞥了一眼钟表，喃喃低语道，“因为这太耗时了。”十分钟后，纳特走进厨房时，她还在搅动。“晚饭吃什么？”他问道，目光越过她的肩膀看了过去。

“不知道，我一直忙着制作甜点呢。”

“那是我心心念念的美食吗？！”纳特眉毛一扬，问道。

“这取决于你心心念念的是什么。”派珀说道。

“咱们晚饭就吃那个不行吗？”

“那样你会错过其他几个主要食物群。”

“那比萨呢？比萨是否涵盖了其他食物群？”

“不完全是。”

“为什么不是？”他愤愤不平地问道，“比萨里面的番茄属于蔬菜类，香肠属于肉类，奶酪属于乳制品类，饼皮属于谷物类——对我来说营养很均衡啊。”他打开冰箱，拿出一瓶啤酒，“咱们可以再喝点啤酒，正好能为膳食金字塔的塔基再增加一些谷物。”

“对你来说，啤酒属于谷物类？”

“对啊——里面含有燕麦和大麦嘛。”他说，仿佛这再明显不过了，“再说说你正在做的东西——大米是谷物，牛奶是乳制品……要是你加上葡萄干，那就是水果。还不如我说的比萨加啤酒营养均衡。”

她摇了摇头：“咱们小时候学的食物金字塔已经被完全颠覆了，你知道吗？”

“是吗？”纳特皱起了眉头，“唉，可怜我这么些年一直努力确保饮食中含有丰富的谷物。”

“对，可你仍然瘦得像铁轨一样。”她带着一丝嫉妒说道。

“那是因为我新陈代谢好。”

“我知道。”派珀说，“伊莱亚斯的新陈代谢也这样。”

“说到伊莱亚斯……咱们的儿子上哪儿去了？”纳特说着伸出胳膊抱住她。

“他和小伙伴们露营去了。”

“哦，对！我忘了。你怎么知道和他一起露营的只有男孩？”

“因为他就是那么说的。”派珀说着从他怀里挣脱出来。

“你上哪儿去？”他问道，听上去很受伤。

“我得加上糖。”她说着伸手去拿量杯，“你能继续搅拌吗？”

纳特拿起勺子继续搅拌。派珀量了三分之一杯糖，将糖倒入热牛奶和米饭中。“继续搅拌。”她说。

“我非常乐意搅拌你的糖。”他笑嘻嘻地打趣道。

“得了吧。”她看着自己的笔记本电脑，翻了个白眼说道。她将一些热牛奶和大米的混合物舀进搅打好的蛋液中，混合好后倒回米粥中。

纳特瞥了一眼她的笔记本电脑：“我还以为你要照你妈妈的食谱做大米布丁呢。”

“本来想来着，可我总是忘记找雷米借，现在她出门了，我就想试试这个方子——下面已经有三千多条评论了。”

“这还算多吗？”

“这个数字多到荒谬。”她说着关了火，加上一茶匙香草精、一汤匙黄油和四分之一杯无核葡萄干。

纳特退后一步，在一旁看着她忙活："好了，既然只有咱们两个，点份比萨怎么样？"

"可以啊，"派珀道，"下周末就是独立日假期了，咱们真该动手准备了。"

"是下周末？"

"对，"派珀抬起头来说道，"怎么了？"

"水族馆打来电话，说我们救助的雌性蠵龟已经好多了，大概下周末就可以放生了。"

"不会吧，正赶上假期……"

"哦，放生时间咱们自己定，不过到那时咱们得把她接回来。他们说一切就绪之后就给咱们打电话。"

派珀点了点头："那咱们更该把家里打扫干净了——不然下周没有你帮忙，我只能自己干了。"她舀了一勺大米布丁送到他面前，他尝了一点："嗯，好吃，就是有点烫。"

派珀把勺里剩下的送进嘴里，点了点头："确实烫！"

"我就说嘛，"他说，"你怎么不相信我？"

"我相信你，"她说着啜了一口啤酒，"我只是不确定你对'烫'的定义跟我是否一致……我觉得舌头都给烫伤了。"

"我看看，"他说道，示意她伸出舌头，"嗯，是有些红。哦，顺便问一句，"他皱着眉头说，"我一直想问问你，那本性爱手册放我书桌上是干吗用的？"

"它原来在食谱架上。"

"我都不知道咱们有这本书。"

"不，你知道。"

"不，我不知道。"

“难道你忘了那次咱俩喝了整整一瓶布恩农场[①]，我给你看过这本书……你还想试试……”

纳特面露喜色，笑了起来。“我想起来了，”他啜了口啤酒说道，“咱们干吗不去看看还能不能找到那一页？”

“那比萨呢？我还以为你饿了呢。”

“我确实饿了……”他一边小声说着，一边将他的啤酒递给她，将她拥入怀中。

“我真的有很多事儿要做。”她小声抗议道。

“那些事儿待会再说，”他低声说，“我会帮你的。”

“哦，当真？”她啜了一口啤酒，将信将疑地说。

“我会的……我保证。”

他领着她走向楼梯。经过楼梯端柱时，她一伸手抓住了它：“我真的觉得咱们应该马上开始。”

“我已经开始了。”纳特笑嘻嘻地说。

“我不是那个意思。”

“伊莱亚斯不在家，咱们应该好好利用这个机会。”

“要是他忘了什么东西，回家来拿怎么办？”

“他什么都没忘。”

“克洛伊在哪儿？”

“在沙发上睡着了。”

派珀意识到她再也找不到任何借口，不情愿地松开了楼梯端柱。“你也知道，”他领她上楼时，她说道，“我一躺下，就得睡着。”

“不，你不会。”他说着从他的书桌上拿过那本书。

“会，我会的。”她躺在床上，假装打呼噜。

---

① 译者注：Boone’s Farm，一个苹果酒品牌。

纳特坐在她身旁，开始翻动书页："在哪一页？你还记得吗？"

"不记得了，亲爱的，事情好像已经过了四十年。"她睡意朦胧地说道。

"嗯，"纳特说，"看看这一页……"

还不如把书留在食谱架上呢，派珀心想。她翻了个身，看着那一页。"有意思吗？"她一边微笑着说，一边用手轻轻地抚摸他的大腿，"有什么不对吗？"

"没什么不对。"纳特说，假装仔细研究这一页。

"能让你做爱，你应该感到高兴。"她说着，手继续沿他的大腿向上滑动。

"我很高兴啊。"他努力忍住笑，说道。

"好啦，要是你不快点，我就睡着了。"

纳特把书一合，扔到了地板上，笑着翻到了她的上面。

第四十七章

赛勒抿了一口咖啡，知道——因为已经过了晚上八点——她可能会后悔，但她真的需要完成一些工作。上大学时，她很依赖咖啡。"那真是美好的往昔。"她微笑着自言自语道。那时候，挑灯夜战有如家常便饭。她和室友们经常熬夜，整晚整晚地画画，沉浸在自己的世界里。她已经很久没有沉浸在画画中，乃至忘记时间了。

她拿起画笔，在光滑均匀的颜料中蘸了蘸，感到双肩开始放松。她看着之前轻轻勾勒到石膏画板上的草图，开始涂色。这正是她最近缺少的。她随即感到上个月积聚的压力从体内散去。她把收音机调到一个古典音乐频道，搅动颜料，一丝不苟地调配着颜色。当《帕赫尔贝尔的卡农》动听的音符响起时，她停下来抿了口咖啡——生活美好如斯，她微笑着想。突然，手机响了，她看了看钟表。周六晚上，已过八点——谁会在这时候打电话呢？也许是梅里，她满怀希望地想，但一看手机屏幕，她的希望破灭了。她犹豫了一下，随后按下了“接听”按钮。她说了声“喂？”然后听着弗兰克说话。“我的签售会星期六在查塔姆的步道尽头[①]举行……嗯，一切都好……你呢？”她点了点头，拿画笔蘸上红色和蓝色颜料，心不在焉地涂抹着，注视着形成的图案。“没，不过我正忙着这事。我很快就完成了。”她顿了顿，“缅因州？可是独立日假期他们总是来这里……不，我不会太忙。我想梅里会带着孩子去参加签售会……她总是这么做。”她摇了摇头，“随你便，弗兰克……说实话，我认为对你来说没什么东西是神圣的。”她挂断电话，关掉手机。随后她低头看着沾上了紫色颜料的调色板，叹了口气——工作到此为止。她一手拿着黏糊糊的画笔，一手端着咖啡杯进了厨房，将咖啡倒掉，把画笔洗干净并晾上，然后回到工作室。她将收音机调回海洋104.7频道，把声音调到在厨房里也能听到。

她听到后门廊上有猫叫声，忙打开门。橙色虎纹猫带着凉爽的夏日微风，悠悠然走进屋里。“你好，先生，”她说，“饿了吗？”她打开橱柜问道，“我现在没有龙虾……不过我有金枪鱼。”她打开一罐，把金枪鱼舀到碗里，“我保证这个星期一定再买些猫粮。”她说着把碗放在他面前，在纸上草草写下“猫粮”二字。

她打开冰箱，拿出一块剩下的比萨，给自己倒了一杯葡萄酒。她打开烤箱，将比萨放入，然后走进起居室。她连灯都没开，一屁股坐

① 译者注：Where the Sidewalk Ends，由前文可知，这是一家书店的名字。

在新椅子上，身子靠在枕头上，抿了一口酒。她简直不敢相信弗兰克会邀请他们的子女去缅因州过独立日假期。他知道他们一直来科德角——这是传统！派珀每年都办一次盛大的野餐，他们都乐意帮忙。这是唯一一个全家团聚的假期，只是因为没有邀请他——这点他开始鬼混前就应该考虑到——并不是说没邀请孩子们……孩子们都知道——至少他们应该知道！她简直不敢相信他们接受了他的邀请。

难道他们不知道她会多么失望吗？与众位姻亲分享自己的子女已经很令她不爽了，现在可好，她还得与弗兰克分享他们。天可怜见——她再也见不到他们了！她仿佛突然被大卡车撞了一下，一下子体味到了离婚妈妈的悲哀——一涉及孩子，就没有简单二字。虽然他们已经成年，但弗兰克仍是他们的父亲，他们仍想与他共度时光。生活就是这么不公平！

她又抿了一口酒，听着《金粉女人》（*Gold Dust Woman*）这首歌里史蒂薇·妮克丝（Stevie Nicks）令人难忘的声音，泪水盈眶。她知道这首歌是关于吸毒的，但在那一刻，歌词似乎是为她而写的。“我简直不敢相信。”她摇着头低语道。她擦了擦眼睛，但泪水自顾自地顺着脸颊向下流……悲痛伤感的泪水，为她破碎的家庭而流，为她生命中破碎的一切而流。她原本以为自己很坚强，独自搬到这里。她曾告诉自己没什么大不了，但现在，她意识到——这是她三十年人生岁月，它真的很重要，因为……除此之外，她还有什么呢？

她感到有东西蹭她的腿，下一刻，无名无姓、无家可归的橙色公猫轻轻地跳到了她的大腿上，依偎在她身上，用柔软的皮毛蹭着她湿漉漉的脸颊。“你好，先生，”她柔声道，“照我说，你真的需要一个名字。”这时，收音机里传出歌曲的最后一句——“叫我微风。”她微微一笑。

“就叫你微风先生吧！你意下如何？”她问道。猫咪蜷缩在她的大腿上，头钻到她的手底下，大声咕噜起来。“嘿，你有名字了，”她抿了一口酒说道，“微风先生。”

第四十八章

雷米站在夕阳下，读着《秘密端坐》(*The Secret Sits*)——罗伯特·弗罗斯特小径旁贴着几首诗，这是其中一首。

“你认为他想表达什么含义？”约翰挽住雷米的手，问道。

雷米感受到了他皮肤的温暖，感觉自己心跳加速。“我想，”她努力集中起注意力，说道，“他的意思是我们人类整天忙得团团转，却徒劳无益，还以为自己什么都懂……如果我们放慢节奏，充分反思和内省，那我们就能更好地理解自己和世界。”

约翰点了点头：“他在说我们应该放慢节奏，放下成见，顺其自然。”

“对。”雷米表示赞同，鼓起勇气直视着他。

约翰凝视着她的眼睛：“你认为咱们应不应该按他说的做？”

“嗯？”她低声问道，一颗心几乎要从胸膛中跳出。

“你懂的，放下成见……顺其自然？”

她咽了一下口水：“你认为咱们应该那样做吗？”

“我认为应该。”他微笑着说道。那笑容把她的心都偷走了。

“如果你这么认为……”她温柔地说。

“你这么认为吗？”他又问了一遍。

她点了点头。他双手捧着她的脸，温柔地吻了她一下。

雷米觉得自己的大脑就像刚刚奔出大门，重获自由的骏马一样。

天哪，天哪……天哪！

约翰身子向后一靠，又一次凝视着她的眼睛。“你感觉如何？”他问道。

她微微一笑：“天哪！”

“我也有同感。”他说道。他的眼睛光彩四溢……接着他把她拉进怀中，又吻了她一次。“我觉得我爱上你了，雷米·兰登。”他轻声说道。

“我觉得我也爱上你了，约翰·桑德斯。”她一边柔声说着，一边将她这辈子当作救生索一样紧握不放的所有回忆轻轻推开了。

“我知道我不是吉姆……”他温柔地说，仿佛读懂了她的心思。

“我不想要你成为吉姆。”她轻声说道。

“咱们只要顺其自然就好……”

她点了点头，他牵着她的手。“这条小路有多长？”他问道。

“要多长有多长。”她微笑着答道。

“你说得太对了。”他轻声一笑，说道。

他俩跨过溪流，走过草地，穿过树林，时不时停下来读读沿途张贴的弗罗斯特的诗歌，并就其意义探讨一番。

“我一直认为《雪夜林边小驻》是诗人对自杀的思索，”约翰说，“弗罗斯特所用的‘安睡’一词实际是指‘死亡’。”

“我也听过这种说法，”雷米说，“但我认为这种解释过于悲观。我认为诗人只是不疾不徐地在寂静的树林里欣赏着美丽的雪景，最后才突然回到现实世界，意识到自己的责任。”

“或许吧……那他为什么要重复最后一句，‘……还要赶多少路才能安睡’？”

“‘还要赶多少路’只是说他的人生之路还很长。”

“那‘安睡’怎么讲？”

雷米微微一笑，说道："在他上床睡觉之前，傻瓜。"她拒绝相信自己最钟爱的诗人在这首优美的诗歌中隐含任何不祥之意。

"永远的乐天派。"约翰开起了玩笑。

"我尽量乐观。"雷米微笑着说，"即使不是时时受到压迫，生活也已足够艰难。"

"你的温厚善良怎么没感染你的姐姐呢？"

雷米微微一笑，立刻明白了他说的是谁。"我不知道，"她苦笑着说，"波蒂一生经历了许多伤痛和失望。"

"你也是啊……"

"我想，我们各有各的应对方式。我的确没了丈夫，但幸运的是我有三个优秀的孩子。"

"波蒂这辈子也很幸运，她有一个优秀的丈夫。"

"波蒂最想要的是孩子，而且对于伊斯顿的事，她一直无法释怀。往事一直萦绕在她心头。"

"真遗憾。"约翰说，"人生苦短——每个人只有一次珍贵、美妙的生命……"

"我完全同意。"雷米说道。他俩又回到了小径起点。

他们回到她的车旁。"接下来干什么？"

"嗯……时候不早了。你饿了吗？"

"我有点饿……我有点想吃比萨。"

雷米笑了："确实，比萨听上去不错。"

"你还想回去参加聚会吗？"

雷米摇了摇头："不，我已经受够了。我很确定，这是我最后一次参加同学聚会。"

"为什么呢？"约翰拧了一下车钥匙，问道。

“哦，和同学见面很有意思，但毕业后这些年，我的生活和老同学的生活——实在不一样。”她在脑海中搜索着恰当的词汇，“并不是说他们不重要。只是他们与我现在的生活无关。聚会就像穿越时光回到过去，短暂地回顾一下过去，可我认为，与其一遍又一遍地把你的故事讲给问起的人听，还不如大家轮流到讲台上简要介绍一下自己过去的生活——那样就简单多了。”

“我可以想象到你站在讲台上的样子。”约翰调笑道。

雷米笑了 :“哈！对，这就是我不去的理由之一！”

第四十九章

波蒂的车一开进来，贝莉就扭着屁股一瘸一拐地朝汽车走去。波蒂抬起头，想看看戴维是否在门廊上。昨天晚上，他俩商定外面一定要有人陪着贝莉——不能再放任自流。波蒂打开门，老狗把前爪搁在她膝上，舔了舔她的脸颊。“你好，馅饼。”波蒂低声说。由于激动，她的嗓音仍然哽咽。贝莉又吻了她一次，然后嗅了嗅空气中的味道，意识到车里有她最喜欢的食物。

波蒂微笑着将她朝自己这边拉了拉。“你闻到什么了？”她低声问道，贝莉的尾巴摇得更欢了。波蒂轻轻地将她的前爪放回地面，接着从车里钻出来，从后备厢里取出几个购物袋。

“需要帮忙吗？”戴维喊道。

“想吃比萨吗？”她说着朝房子艰难地走去。

“你说你要去商场，”他俩相遇时，戴维看着那么多袋子，打趣道，“可你没说要把商场搬回家啊。”

“得了吧。”波蒂一边说，一边微笑着走进屋子，直接上了楼梯。

下午早些时候，戴维宣布他要去图书馆，波蒂提醒他带好房门钥匙，因为她可能会去商场。他提醒她今天是周六——因为他知道夏天的周六她讨厌去任何地方，更不用说一直开到海恩尼斯了——但她告诉他，她只是想随便转转。

他刚开车离开，她就急匆匆地来到楼上，将垃圾袋和笔记本电脑从壁橱靠里的地方拿出来，将它们扔进车里。她让贝莉出去方便了一下，又把她叫回屋里，给她一些吃的，锁上了房门。在去商场的路上，她停下车，把装着休闲裤、浸满葡萄酒的毛巾、酒瓶和碎玻璃的垃圾袋扔进驻步购物连锁超市后面的大垃圾桶，随后打开自己的笔记本电脑。键盘上溅满了红酒——现在大部分已经干了——但她用手指轻轻敲了几下触摸板，电脑什么反应都没有。她关上笔记本电脑，摇了摇头。开车去商场的路上，她努力想着该如何解释又买了一台新电脑。

现在回到家里，上了楼，她很快就把自己从Chico's[1]买的白色休闲裤上的标签剪了下来——这家店她以前从来没去过，但当她咨询橱窗里的休闲裤时，店员递给她一件两码的[2]……她差点晕倒。穿在身上，她感觉自己都可以在里面游泳了。两码的裤子都太大？以前可从来没遇到过这种情况——甚至在她十几岁的时候！她当场拿定主意——她买了条一码半的——Chico's将是她最喜欢的服装品牌。她迫不及待地想把这家店推荐给雷米。她还认定，其他服装品牌——特别是里昂比恩（L.L.Bean）——他家的十六码牛仔裤她穿上都紧——真该向Chico's好好学习一下，重新设计一下自家服装的尺码。这样

① 译者注：美国成衣女装品牌，创立于1983年，如今已是美国成熟女性市场最知名的品牌之一。

② 编者注：1码约为0.9米。

对他们的业务有百利而无一害。

她把裤子和两件新衬衫挂在壁橱里，然后从第二个袋子里拿出了装着新笔记本电脑的盒子。打开电脑时，她心里暗想不知道戴维是否会察觉。她别无选择——她打开旧笔记本电脑，拿给坐在柜台后面的技术支持人员看，他摇了摇头。他接通电脑的电源，敲了敲键盘，证明电脑已经没反应了。她无奈地点了点头，告诉他电脑她不想要了。他喊来一名销售员。半小时后，她用现金买下了一台新笔记本电脑，无缝返回了网络世界……她把笔记本电脑搁在床头柜旁——旧笔记本也经常放在这里——将包装盒塞进壁橱靠里的位置。她环顾房间，关上灯，来到楼下。

"葡萄酒？"戴维问道，递给她一杯。

她摇了摇头："不要了，谢谢。"

他扬起眉毛，注视着她拧开水龙头，接了一杯凉水："你没事吧？"

"我只是觉得葡萄酒是导致我最近经常头疼的罪魁祸首。"她故作冷静地说。她深知，最难做到的就是如何想方设法把事情掩饰过去。"我还觉得，我的脸肿也与喝酒有关。"她补充道。然而，她没有提到自己的鼻子。刚才她惊恐地发现鼻子有点发紫。

戴维点了点头，将酒杯放在桌子上靠近她的位置："意大利辣香肠还是奶酪？"

"请来点奶酪。"她微笑着说。

他切了一块比萨放在盘子上，搁在她面前，然后给自己切了一块。"躺下，贝。"他温柔地说，老拉布拉多噔的一声躺在了他俩中间的地板上。

"她太搞笑了。"波蒂咬了一口比萨，朝着老狗的方向点了点头，说道。

"是啊，"戴维表示赞同，"我想她一定是真的脱水了——今天我已经给她倒了三大碗水了。”

“她大概还饿呢。”

“大概是——拉布拉多老是饿。要是你不把狗粮袋子扎上，她能全给你吃光喽！”

波蒂笑了，知道他说的是事实。她喝了一口水，内心感到出奇的平静——仿佛有人给了她一剂抑制酒瘾的良药。她又喝了一口，惊讶于水的清爽可口。

戴维清了清嗓子，她抬起头，以为他会说他知道她现在不喝酒的真正原因，但他却宣布：“我想给你一个小惊喜。”

波蒂刚咬了一口比萨，正想往下咽，但喉咙好像哽住了，就是咽不下去。“什么？”她声音低沉沙哑地问道。

他将手伸进口袋，拿出一小瓶药片，放在桌上：“约翰让我试试这个。”

波蒂看着药瓶皱起了眉头，戴维又清了清嗓子：“这是西力士[①]。”

“这是……哦！”波蒂说。

“我已经吃了有一会儿了，不过似乎总找不到恰当的时机。”

波蒂咬着嘴唇，不知道该说些什么：“对不起。对不起，让你似乎总找不到恰当的时机。刚才我脑子里乱糟糟的。”

“波蒂，我知道咱俩已经很久没……亲热了，”他尴尬地说，“都是我的错……不过我想知道你想不想试一下。”

“当然，”她说，努力为他出人意料的邀请鼓起一些热情……既然将来与丈夫亲热的机会非常多，现在她的欲望——正如她对酒精的渴望一样——反而大大减弱了，“你想什么时候试试？”

---

① 译者注：又名犀利士，壮阳药。

“今天晚上。”戴维微笑着说。

“今天晚上？”她重复道，尽量掩饰着声音中的慌乱，“你确定？这个周末咱们经历了那么多激动人心的事儿，你难道一点都不累吗？”

“哦，再来点激动人心的事儿，我觉得我也能承受得住。”他微笑着说道。

“那好吧，你应该提前多长时间服用？”

“我已经服过了。”

“你服过了？然后呢？”她狐疑地问道。

“嗯，我的理解是，药不会自动生效。肯定需要一些感官刺激。”

“哦。”波蒂说，感觉自己的脸红了。她看向别处，掰下一块比萨饼皮，拿给贝莉，贝莉礼貌地接了过去。

“再来一块？”戴维问道。

“不要了，谢谢。”波蒂说着喝完了杯中水。

“他们说高脂肪食物可能会减缓药物吸收。”他说着拿起自己的第二块比萨咬了一口，“我很抱歉——可是我太饿了。”

波蒂微笑着，看着窗外的夕阳照亮了整个院子，不知道为什么——结婚将近四十五年后——和丈夫谈论性爱仍然感觉如此尴尬。她起身把自己的盘子收拾起来。清洗水槽里的几件餐具时，她感觉到戴维从她身后走了过来。他伸手绕过她的腰，将她的盘子放在水槽里，然后用双臂抱住了她。“我很想你，”他温柔地低声说，“而且我很怀念和你做爱的感觉。”

波蒂关掉水龙头，转过身来面对着他。“我也很想你。”她温柔地说道。她感觉到他紧紧地顶着她，微微一笑：“我认为它开始起作用了。”

“我也这么认为。”他像个小学生一样咧开嘴笑道。他俯身想给她一个温柔的吻，但他俩的嘴唇刚碰在一起，他又撤了回去，皱着眉头。

“怎么了？”她问道。

“我不知道……只是突然有种奇怪的感觉。”他说着用拳头紧紧抵住胸口。

看着他疼得龇牙咧嘴，波蒂睁大了眼睛：“戴维，你还好吗？”她惊恐地问道。

“我不……不知道。”他脸色苍白，结结巴巴地说，“我感觉很不好。”

“你感觉需要去医院吗？”

他看着她，努力集中注意力：“我不知道……或许……”

“好，”她说着伸手去抓他的胳膊，努力克制着内心的慌乱，“你能走到车那边吗？”

戴维倚着厨房台面，手捂着胸口，紧接着一脸痛苦地倒下了。

“戴维！”波蒂哭喊道。她跪在他身旁，贝莉站了起来，轻轻地碰了碰他的手。看到他没反应，大拉布拉多紧靠着他躺下，将头搁在他胸膛上。“啊，戴维！”波蒂又哭喊道，“你可别撇下我一个人啊。”她用手机拨号时，心脏狂跳不止，手抖得厉害，手指怎么都滑不开屏幕。她把手机扔在厨房台面上，用座机拨打了911，然后等待对方接听。等待的时间长得似乎无穷无尽。

她终于听到一个遥远的声音：“911。您遇到了什么紧急情况？”

“我丈夫突发心脏病，”她哭喊道，“请立即派人来。”她给了对方地址和戴维的年龄，随后听到电话那头沉着镇静地问她懂不懂心肺复苏术。

她摇了摇头：“不懂……不太懂——我是说，我从来没用过。”

“喏，你现在就要用到了，”对方冷静而又清晰地说道，“先把电话打到免提模式。”

“请派人来，”波蒂一边恳求，一边找免提键，“我真的不会做啊。”

“你能行。救护车已经出发了。”

波蒂蹲在戴维身旁，专注地听着调度员镇定的声音，眼泪顺着脸颊流淌下来。“使你丈夫头部后仰，确保他的气道畅通，然后迅速给他做两次人工呼吸。”

波蒂轻轻地将戴维的头向后仰，使劲看了看他的嘴里。“天哪，”她叫道，“我觉得很畅通。”

“迅速给他做两次人工呼吸。”

波蒂身体前倾，把嘴贴在她刚刚吻过的嘴唇上，向外呼气，心里突生疑窦：呼出的气体——二氧化碳——能起什么作用？“好了。”她说道。

“现在找到他胸骨下面的V字区，用手掌根按压他的胸部三十次。”

“贝，把你的头挪一挪。”她抽噎着，轻轻地将贝莉的头从他胸前推开。她找到胸骨，按压了三十次，一边按一边祈祷自己千万别帮倒忙。“好了。”她气喘吁吁地说，擦了擦脸上的汗水和泪水。

“再给他做两次人工呼吸。”

波蒂身体前倾，给戴维做了两次人工呼吸。抬起头时，她听到远处传来救护车的警报声。“哎呀，快点，”她叫道，“请快点！”

“女士，你还在听我说话吗？”

“在。”波蒂叫道。

“按压他的胸部三十次。”

波蒂伏在丈夫身上，泪水顺着她的脸颊滚滚而下，又按压了他的胸部三十次。

突然，敲门声大作。“进来！进来！”她喊道。两名急救医生冲了进来，接着进行急救，一边忙活一边向她提了一大堆问题，但让她心脏停止跳动的一个问题是：“他有没有服过什么新药？”

“没有……我的意思是，有。”

“服的什么？”急救医生抬起头问道。

“西力士？”

“你知道是什么时候吃的吗？”

“大约一小时前？”

“他服过治疗心绞痛的药吗？”

“没有。”波蒂说，顿时对自己感到满腔厌恶。这难道不也是她的错吗？难道不是因为察觉到她对于两人不能行夫妻之事心生不满，戴维才突发心脏病吗？

五分钟后，波蒂看着两名急救医生将戴维直得吓人的身体装进救护车车厢。一名急救医生爬上车守在担架旁，另一名医生关上车厢门。“夫人，您能自己开车去医院吗，还是有人送您去医院？”

波蒂一下子被问蒙了，随即意识到只剩下她一个人了。“有，我妹妹……”她说道。

“你确定？”

“确定，你们走吧！”

他点了点头，爬上驾驶座，开着救护车离开了。

波蒂听着令人难忘的警报声，看着闪烁的车灯照亮天空。“噢，主啊，我祈祷时，你让我失望了那么多次，但现在我愿意再相信你一次。请不要带走戴维……请不要带走我的丈夫！”

她急忙跑回屋里，发现贝莉蜷缩在戴维刚才躺过的地方，可怜的拉布拉多眼睛里满是悲伤。“唉，贝，”她说着，坐在她身旁，“一切都会好起来的。”她含着热泪低声说。她抱着老狗的脑袋搁在自己的大腿上。“过去几天我们经历了那么多，不过一切都会好起来的。”这些安慰的话既是说给她温柔的老狗听的，更是说给她自己听的。

第五十章

约翰和雷米坐在旅馆的前廊上，看着萤火虫在黑暗中眨着眼睛。雷米怅然若失地微笑着。“我还是个小女孩的时候，我们姐弟几个都喜欢捉了萤火虫放进瓶子里，然后拿瓶子当灯笼用。”

“好用吗？”

“不大好用，”她说道，“因为它们老是‘眨眼睛’。”

约翰咯咯地笑出声来，努力想象着雷米小时候的样子。

“伊斯顿去世的那天晚上，我们就在捉萤火虫。那是他生日前一天的晚上，我妈妈正忙着做准备——制作生日蛋糕、包装生日礼物——但后来赛勒的瓶子摔碎了，她就抢了派珀的瓶子。这一切都历历在目，就像昨天才发生的一样。”

“悲剧性或创伤性事件发生后就是这样——我们要么选择遗忘，要么清晰地记住。”

她摇了摇头：“我认为我们都清晰地记得这件事——至少我是这样——但我们从未谈起过。”

约翰点了点头：“或许这就是波蒂难以走出心理阴影的原因。或许你们应该谈谈这件事。”

一只萤火虫落在雷米的裤子上，停在那里，一闪一闪地发着光。“你说得很对。”雷米说道。

“之后发生了什么？”

“赛勒——当时应该是十一岁左右——抢了派珀的瓶子，派珀——应该是六岁左右——直接找‘老板’告状去了。可‘老板’呢，我刚才说过，正在厨房里忙碌着。”她顿了顿，“总之，随时准备为自己辩护的赛勒跟着派珀进去了。伊斯顿一定是之前就在厨房里。听到派珀告状，他立刻从冰箱里找了个瓶子……不过里面盛满了自制的泡菜。”

“啊呀，不好，”约翰摇着头说道，“我大致能猜出事情发展的方向。”

雷米点了点头：“这时，我妈已经让赛勒把波蒂和我也叫了进去，她想提醒我们她有很多事要做。我们大伙正准备回到外面，这时，我们的爸爸带着为伊斯顿的生日准备的冰激凌回来了。”

“你记得真清楚！”

“的确，因为后来我们再也没吃过黑树莓味的冰激凌。”

“啊，不是吧……”

她点了点头：“总之，伊斯顿还抱着那罐泡菜，问他能不能把泡菜放到别的东西里面。他拧开盖子，手伸进去捞了一根，还问我们要不要来一根……当然，赛勒和派珀同时都想把手伸进瓶子里。这时，瓶子从他怀里滑落，黏稠的泡菜汁和泡菜洒了一地。”

约翰摇了摇头：“要不是结局如此悲惨，这本该是你们记忆中的一件趣事。”

“的确，”雷米点了点头说，“这本该是现在最令我们忍俊不禁的回忆之一。”

“这么看来，我想，就是这时候，你妈妈让你爸爸带你们出门。”

“对，他把我们带到瑙塞特灯塔，去海滩上远足。不过，天越来越黑了，所以爸爸要求伊斯顿抓住波蒂的手。伊斯顿说不用，但波蒂说，她会帮他找到最好的心形石……”

“心形石？”约翰满脸疑惑地问道。

“你懂的，就是光滑的心脏形状的石头。”

“我以前从来没听到过这个说法。”

雷米点了点头：“我们喜欢寻找心形石，伊斯顿下定决心要找到一颗，因为他闯祸了，他想给妈妈一颗心形石作为补偿。”她看着萤火虫在黑暗中飞舞，陷入了沉思，“我从来没跟任何人谈起过这件事，”她轻声说，“除了吉姆，连跟他谈的时候，我也是说到这里就打住了。”

约翰点了点头，握住了她的手。“我很高兴你跟我说，”他柔声道，“要是后来的事你不想说，那也没关系。”

雷米的眼睛湿润了：“后来的事我确实想告诉你，只是这的确有点……难。”

约翰伸开胳膊搂住她的肩膀，轻轻地吻了一下她的头顶。“没关系。”他轻声道。他正要把她再拉近一些，突然老式电话的声音打破了寂静。约翰松开一只胳膊，将手伸进口袋。“我的电话。”他充满歉意地说。他瞥了一眼屏幕。“是波蒂。”他惊讶地说。

“她有你的手机号？”

“她有——她希望有急事的时候能联系到我……”他皱起眉头，心想是不是出了什么事。他手指在屏幕上一滑，接起电话：“你好？”

他说话的时候雷米在一旁听着。“嗨，波蒂，怎么了？……啊，不会吧！他还好吗？”雷米坐起来，观察着他的脸色，身子朝他靠了靠，想听听姐姐说的什么。“是戴维。”约翰小声说，“西力士？我不知道啊……可能性不大……哎呀，波蒂，要是我在那边，我会马上赶过去，可我还在佛蒙特。不过，我会给乔希打电话，让他马上去医院……乔希——哈特医生——我的新同事……对，他业务很好……当然可以，她就在这里……”他将手机递给雷米。

“戴维还好吗？……好，请给我们回电话……我们尽快赶到。”她点了点头说道，“好，我们正在祈祷，我们马上启程……爱你。”雷米把手机还给了他。“她心乱得很。我告诉她我们马上回家。”

“这是自然，”约翰看了看表说，“可现在是九点钟，即使咱们马上启程，到那里也得凌晨两三点钟了。”

“我知道，可要是戴维……”她甚至不忍心说出口。

“你说得对，”他说着站起身来，“我打电话给乔希，一会儿你准备好之后敲我的门就行。”

雷米点了点头：“我很抱歉。”

“没什么好抱歉的。戴维是我最长久的朋友。”

第五十一章

纳特和派珀驶入车道时，波蒂正在门廊上等候。“谢谢你们能来，”她眼泪汪汪地说道，“很抱歉，最近给你们添了这么多麻烦。”

“别说傻话了，波蒂，”派珀说，“到底怎么回事？！”

“我们正在吃比萨，他突然胸部疼痛，我问他想不想去医院，可还没等我们出门，他就倒下了。”

“我没听说戴维有心脏问题啊。”纳特说。

“我也没听说过。他的血压一直正常——和我不一样——而且他胆固醇也没高过。”

“他一直感觉良好？”

“就我所知是这样。贝莉失踪后，他确实很忧心，但我们俩都……”

“他服过什么药物吗？”

“你听起来就像是急救医生。”波蒂说着摇了摇头，看着窗外，泪水模糊了她的视线。她向约翰提到过西力士，但他说他认为不太可能造成伤害……但不知何故，她依然坚信一定和它有关系。戴维的身体很健康，这是发病前后唯一不同的东西。

“我给赛勒打过电话，可是她没接电话。”波蒂岔开话题说道。

“我给她发短信。”派珀拿出手机说。

“我还给约翰打了电话。”

“在佛蒙特？！”

“我忘了他俩在佛蒙特。”

“他怎么说的？”

“他们说马上回来。”

派珀摇了摇头——这一次雷米好不容易鼓起勇气出去玩，偏偏出了这事，真是遗憾。

“我或许真不该给他打电话，可我确实是忘了。”波蒂懊悔地说。

“不，不，”派珀向她保证，“你做得很对。”

“但愿如此。我只是想应该告诉约翰一声，他肯定想过来——他一直是戴维的医生……而且是戴维永远的朋友。”

第五十二章

她们匆匆穿过急诊室的一重重门时，派珀伸出一只胳膊挽着波蒂，波蒂接受了。“戴维·斯诺？”波蒂心情激动，声音哽咽地说道。

接待员抬起头看了过来：“对不起……什么名字？”

“戴维·斯诺。”派珀放慢语速，更加清晰地说了一遍。

接待员看了看电脑屏幕：“嗯……斯诺……找到了。他刚进去——心跳骤停，对吧？”她抬起头来等待确认，波蒂点了点头。“医生正在对他进行检查。如果你们愿意在等候室等候的话，”她朝她们身后指了指说，“会有人出来和你们谈的。”

“这么说，他还……活着？”波蒂欣慰而又怀疑地问道。

接待员点了点头，微微一笑：“对，他还活着。”

“感谢上帝。”波蒂说着，身子重重地倚在派珀身上。

派珀引着波蒂来到等候室，片刻之后，纳特停好车进来了，坐在她们旁边。“有什么消息吗？”他问道。

“他们正在做检查。”派珀说。

纳特点了点头，捏了捏她的手：“我打电话给伊莱亚斯，但是他的手机直接转到了语音信箱，他一定是为了省电关机了。”

“很有可能。”派珀低声说。她看着波蒂从手袋里拿出一张纸巾，轻轻地擦了擦眼睛，这是她有生以来第一次从陌生人的视角看姐姐。通常情况下，波蒂冷静优雅，但今晚她看起来就像个老太太——憔悴疲惫，好像被生活打败了……仿佛再多承担一点点心痛她就会垮掉。派珀伸出一只胳膊搂住姐姐，吻了吻她的头顶：“他会好起来的。”

波蒂点了点头，挤出一丝无力的微笑，随后望向窗外。窗外一片黑暗。一切都是她的错。再一次，她的自私和倨傲给他们带来了悲剧。想一想，她曾认定自己受够了婚姻……受够了戴维。现在，只要能让他回来，她愿意付出任何代价。这就好比重新发牌，她痛苦地想，她唯一能做的就是等待和祈祷。

赛勒探头探脑地出现在等候室门口时，已经快十一点了：“我的天哪。我一直给你打电话！你怎么不接？”

派珀从口袋里拿出手机看了看：“因为这里没有信号。”她说着站起来给了姐姐一个拥抱。

赛勒环顾四周：“戴维没事吧？波蒂在哪儿？”

“她刚去了洗手间。他还活着——我们只知道这些——还没有新消息。他们正在做检查，不过已经过去好几个小时了。我们现在正期待着新消息，但这里一直很忙——我觉得每隔十分钟就来一辆救护车！”

“纳特也来了吗？”

“他来了，不过我们都没吃晚饭，他刚刚出去买吃的了。”

“我要早知道就好了。我可以给你们带些吃的。”

“没关系。他一会儿就把吃的买回来了。”

她再次环顾四周：“这里有咖啡吗？”

派珀看着姐姐，皱了皱眉头：“你一直在喝酒？”

“怎么？”她小声问，“你闻到了？”

“嗯，当然……你身上酒味大得跟个酒庄似的。”

“该死！”赛勒咕哝道，“你有薄荷糖吗？”

“没有，我从家里来的时候只带了手机。你为什么一个人喝闷酒？被波蒂传染了？”

“我总是一个人喝酒，只是今晚比平常喝得多了一点，因为我和弗兰克通话了。”

“你跟弗兰克通话了？”

“嗯。真是个错误。”

“怎么了？出什么事了？”

“他邀请孩子们去缅因州度周末了。”

“这周末？”

“不，下周末。”

“独立日假期？！”

“嗯……我简直不敢相信他们居然同意了。他们明明知道咱们总是在你家聚会啊。”

“你给梅里打电话了吗？”

“还没，不过我会打的。我一想到今后必须把所有假期都分出一半，就烦得不行。”

波蒂上完洗手间回来了。赛勒转身给了她一个拥抱，她皱起了眉头：“你一直在喝酒？”

“嗯，所以我需要一杯咖啡。”

“这里有一台科瑞格（Keurig）咖啡机。”波蒂指着小案台上的一台咖啡机和一些杯子说道。

“完美。”赛勒说着随即转过身，凝视着姐姐的脸，“你撑得住吗？”

“我尽量撑着，不过我希望能尽快收到新消息。”她正说着，大厅里一阵骚动，两名急救医生推着担架床冲了过去，上面躺着一个小男孩。“七岁。男。近乎溺死。”其中一名急救医生喊道。

“天哪，不要。”波蒂屏住呼吸，小声说道。

赛勒捏了捏她的手，以示安慰。“他会好的。”她说，但波蒂似乎没听到。“波蒂，看着我。”她说。波蒂这才转过脸来，不再看刚刚疾驰而过的担架床。“那个男孩会好起来的。”赛勒朝着已经关闭的一重重门点着头，轻声重复道。

波蒂凝视着妹妹的眼睛：“你怎么知道的？”

“因为他们说的是近乎溺死。”

波蒂点了点头。虽然身体还在颤抖，但她还是坐了下来，思绪又回到了戴维身上。

半夜时分，一位年轻医生走进等候室，环顾四周，目光停留在波蒂身上：“斯诺太太？”他问道。

“嗯，怎么了？”波蒂说道，心脏突然狂跳不止。

“我是哈特医生。”他走过去向她伸出手说道。

“对于医生来说，这个名字真不赖。”波蒂站起来握着他的手说道。

他微微一笑：“拼法不一样，但对我来说还算好用。”[①]

波蒂盯着这位年轻英俊的医生光滑的脸颊：“看来你连胡子都还没长全呢，你怎么当上的医生？”她突然感觉有人用手捅她的肋部。她扫了一眼派珀：“干什么？你看他够老吗？”

“戴维怎么样？”派珀问道，“我是派珀——他的小姨子。”她伸出手说道，“这是赛勒——他的另一个小姨子。”

哈特医生分别与她俩握了握手，接着转过脸来看着波蒂：“你丈夫因心肌梗死引起严重的冠状动脉事件……通俗点讲，就是说他心脏病发作，是因为他的一条心脏动脉阻塞，导致血液无法顺畅回流到心脏。”

“他不会有事吧？”波蒂焦急地问道。

“现在正在给他做术前准备工作，一会儿外科医生会来解释清除动脉堵塞及植入支架的过程。这是一种非常常见的手术，我想你丈夫一定能安然度过。他对什么物质过敏，你知道吗？”

波蒂摇了摇头：“我记得没有。”

他点了点头，记在了他的表格上。

“服用过什么药物？”

“没有，”波蒂犹犹豫豫地说道，“不过，他今晚早些时候确实服用过一种以前从来没吃过的东西。”

医生抬起头来：“服的什么？”

“西力士。”波蒂小声说道，希望别人都别听见，但派珀立刻扬起眉毛，目光越过波蒂的头看着赛勒。

医生点了点头，记在表格上。

---

① 译者注：在这段对话中，二人拿哈特医生（Dr.Hart）的姓氏做了一个小小的文字游戏。在英语中，Hart 与 heart（心脏）同音，只是拼法不同。

“你认为与它有关吗？”波蒂吞吞吐吐地问道。

“很难说。西力士的确会增加血液流量，因此可能会使心脏血流增加。但有时血管堵塞极难察觉，可能潜伏很多年都诊断不出来，所以现在由于血液流量增加，血栓得以确诊——虽然可怕——实际上却是一种福分。尤其是因为有你在他身边。”他抬起头来，“是你给他做的心肺复苏吧？”

她点了点头：“我努力了。”

“你做得很好，”他微笑着说，“你很有可能救了他的命。”

第五十三章

凌晨四点，雷米和约翰匆匆走进急诊室，发现派珀、纳特和赛勒都在打盹儿。波蒂正看着等候室里的电视上播放的《卡萨布兰卡》。看到他们，她起身给了他俩一人一个拥抱：“对不起，我毁了你们的周末。”

“别说傻话。”雷米道。

“他刚做完手术，”波蒂忙将最新情况“通报”给他们，“我之所以没给你们回电话，是因为这里没信号。”

他们的说话声把派珀和赛勒给吵醒了。她们睡意朦胧地微笑着，也站起来拥抱了他俩，但纳特仿佛睡得不省人事了。

“聚会感觉如何？”赛勒问道。

雷米看了约翰一眼，微微一笑：“很开心。”

“就这些？！‘很开心’？”赛勒调笑道，“就告诉我们这些？”

“还是先说眼下吧。”雷米说。

“那好，我进去瞧瞧戴维怎么样了，”约翰看着波蒂说道，“顺便看看能不能让你进去。”

“谢谢，”波蒂说道，“谢谢你赶回来。”

他伸开胳膊搂住她的肩膀，微微一笑：“愿为你赴汤蹈火。”

她们都坐回椅子上等待。雷米转脸看着波蒂：“怎么回事？当时戴维在做什么？”

“他正在吃比萨，”波蒂说，“突然感觉胸口疼。”

“波蒂给他做了心肺复苏。”赛勒自豪地说。

“真的？！我永远都做不了心肺复苏，”雷米摇着头说，“我一定会惊慌失措，只知道坐在那里哭。”

“我差不多就是这个样子，”波蒂说，“不过急救调度员给了我全程指导。”

“医生说她很有可能救了他的命。”赛勒补充道。

雷米微笑着给了姐姐一个拥抱：“你真了不起，波蒂。”

波蒂笑了笑：“只是我这次照别人说的做了……就这一次。”

她们都笑了，随即大家的目光都转向了雷米。“对了，”赛勒继续追问，“和你料想的一样糟糕吗？”

“完全不同，”雷米说道，“我们过得很开心。”

“聚会感觉如何？”派珀问道。

“到头来，我们只去参加了一项活动——周五的招待酒会。星期四还有别的活动——我没收到消息，所以不知道。但事实证明，参加一项活动就足够了。”

“那你们昨天干的什么？”波蒂问道。

“我们在旅馆吃了早餐——很美妙——他们有一条狗，让我想起了贝莉。”她这么一说，赛勒和派珀对视了一眼，但没有说什么，“然后，我们去一家自酿酒吧吃了午餐，又去了一家酒庄，随后沿着罗伯特·弗罗斯特小径远足。”

“晚饭你们吃的什么？”

“我们出去吃的比萨……因为约翰渴望吃比萨，”她冲着派珀微微一笑，补充道，“昨晚，”她继续说，转脸看着波蒂，“你打电话时，我们正坐在门廊上说话。”

“听起来你们玩得很开心啊，”赛勒说，“尤其是酒庄和自酿酒吧。”

“对了，我们这里也有一些激动人心的事。”派珀看着波蒂说道。

“你是说，除了戴维的事，还有别的？”雷米问道。

派珀点了点头：“周四晚上，贝莉‘离家出走’，不见了，周五我们花了一整天的时间张贴传单，到处找她。直到周五晚上我们才找到她。”

“不是吧！可怜的家伙！”雷米说道，接着她皱起了眉头，“打住！她星期四‘离家出走’，怎么没人告诉我呢？那时候我还在家啊。”

“因为我们认为和你一说，你就不去了。”赛勒说。

“我会去的。”

“不，你不会。”纳特睁开一只眼睛，低声说道。

派珀用胳膊肘推了他一下：“这么长时间你一直在听吗？！”

“你真以为一个人能睡过这一切吗？”他问道，随后冲雷米咧嘴一笑，“嗨，雷米。”

“嗨，纳特。”

就在这时，约翰出来了，示意波蒂跟他过去。波蒂和他并排走在大厅里，她的心怦怦直跳。站在重症监护室门口，看到丈夫身上管子和监测仪纵横交错，她屏住了呼吸。“哦，亲爱的主啊，”她泪流满面地低声祈祷，“请您眷顾他。”

“他会没事的，”约翰向她保证，“但他可能一时半会儿醒不过来。他需要休息。”他捏了捏她的肩膀，“我想让你们单独待一会儿。”

波蒂点了点头，泪流满面地走到戴维的床边，坐了下来。她注视着他的心跳在显示器上有规律地上下波动，每隔几分钟就听到仪器检查他的血压和脉搏时发出的哔哔声。“哦，戴维，”她轻声道，“很抱歉，我是这样一个老泼妇。我都不记得上次对你——或者其他人——笑脸相迎是什么时候了。”她摇了摇头，“我真不知道我这是怎么了。有那么多事情值得我感恩，我却对所有人都那么刻薄，那么褊狭……特别是对你。”

她伸出手来握住他的一只手——那只她如此熟悉和喜爱的结实的手——那只如微风般温柔地握住雏鸟的手；那只慈爱地抚摸着贝莉的脑袋的手；那只善于修修补补的手……那只擅长揉背捏肩的手。“唉，戴维，要是你有个三长两短，我真不知道该怎么办。”她说道，泪水模糊了她的双眼，“出了这事我非常抱歉，即使我们以后再也不能做爱了，我也不在乎。我只需要你在我身边。我们共同经历了那么多，你总是那么坚强，当我感觉坚持不住的时候，你总会在我身边支持我。”她把那只手放在自己的嘴唇上，随后贴在自己的脸颊上，“求求你赶快好起来，这样你就可以回家了……因为如果你不回家，”她心情激动，声音哽咽地低声说道，“贝莉会伤心死的……我也是。”

第三部

能力和威仪是她的衣服；
她想到日后的景况就喜笑。

——《箴言》31：25

1964年7月3日

在通往海滩的陡峭木质台阶的底部，他们踢掉运动鞋和凉鞋，扔成一堆。“和在家里一个样子。”惠特尼摇了摇头说道。

“我要为妈妈找一块心形石。”赛勒宣布。

“我也要找。”派珀跟着说。

“我算第三个。”伊斯顿咧开嘴笑着说，“我把泡菜罐给摔了，我想将功折罪。”

听着他们的声音回响在雷鸣般的海浪声之上，惠特尼向海滩望去。人们还在水边散步、掷飞盘、捕鱼；一小群人甚至围坐在篝火旁。天渐渐黑了下来。

“爸爸，有时间咱们也生堆篝火，可以吗？”伊斯顿问道。

“好啊，这个好玩。”雷米跟着说。

“有时间再说。”惠特尼回答道。

“咱们也可以做饼干夹心甜点[①]吗？”派珀问道。

他点了点头，打开手电筒。“好了，我说一下规矩：所有人都给我离水远点。”他命令道，用手电筒挨个照了照孩子们的脸，以确定他们都听懂了。他们都点了点头，但当他们朝海浪声走去时，惠特尼牵着派珀的手，心头掠过一丝奇怪的阴影：“伊斯特，我要求你拉着波蒂的手。”

---

① 译者注：饼干夹心甜点（s’more）是北美十分流行的一种快手甜点，用两块全麦饼干夹上烤焦变脆的棉花糖，再加上巧克力做成。

“哎呀，爸爸，”他抗议道，“我不需要让人牵着。”

“不，你需要。”

“那我怎么拿我的手电筒和小桶？”

“波蒂替你拿着桶。”

伊斯顿抱怨道：“我不是小孩子了。”

“我知道你不小了。”惠特尼说。

“别担心，”波蒂安慰弟弟，“咱俩一起努力，争取找到最好的心形石。”

“好啊。”伊斯顿喜笑颜开地说。他把桶递给姐姐，打开手电筒，抓住姐姐的手。这支小小的队伍在水边行进，手里的手电筒摇来晃去，就像是黑暗中闪烁的萤火虫。

他们默默地走着。周围只有风声、海浪声，还有光滑的石头和贝壳落入小桶时发出的轻微的咔嗒声。二十分钟后，惠特尼回头看了看。篝火变成了一团摇曳闪烁的金光，灯塔仿佛离他们有几英里远。“该回去了。”他大声喊道。

“不回。”赛勒抗议道。

“我还没找到心形石。”伊斯顿抱怨道。

“再等五分钟。”雷米恳求道。

“得了，爸爸，再走一会儿嘛。”派珀拽着他的手恳求道。

惠特尼心软了：“好吧。再走五分钟，然后咱们往回走。咱们还得一路走回去……而且快要涨潮了。”

派珀拉着父亲停了下来，弯腰捡起一块已经磨成心形的灰色小石头。“快看这个！”她喊道，“完美！”

“我瞧瞧。”伊斯顿说着拿手电筒照在她的手掌上。他点了点头，在附近的沙滩上仔细搜寻起来，希望能再找到一块。

家人都拿着手电筒走远了，波蒂说道："走吧，伊斯特。"

"等一下。"伊斯顿说着甩开姐姐的手。他走近水面。手电筒的光照在潮水刚冲上来的一排石头上，一股轻柔的波浪在他的脚踝周围打转，冰冷潮湿的沙子包裹着他的脚。

"爸爸让远离水面。"波蒂叱道。

"没事儿。"他说着又拿手电筒去照另一排石头。

"快点，伊斯特。天黑了，你太靠近海浪了。"

"等会儿，"他说道，看到一块水绿色石头在清澈的水面下闪闪发光。"我找到了！"他喊道，但等他弯腰去捡时，石头被潮水卷走了。

"伊斯顿，咱们走吧。"波蒂命令道。

"等一下。我必须把它找回来。"他说着俯下身子，在打旋的水中仔细寻找。

波蒂正要走开，突然听到雷鸣般的巨响，赶忙转过身来。一股巨浪从黑暗中呼啸着冲了过来。"伊斯顿，小心！"她喊道。

伊斯顿抬起头，但见一堵水墙朝他翻滚而来。他想站起来，但还没等他站直，那股恶浪已经扑到面前，把他卷到了下面。

"伊斯顿！"波蒂大声叫喊着冲进海浪，双臂伸进泛着泡沫的冷水中，发疯似的四处张望，疯狂地四处搜寻着……搜寻着……祈求他重新出现……但到处都没有他的任何踪迹。她感到沙子在脚下旋转游走，一股强劲的回头浪裹着她的双腿，拼命将她拉向大海。

"伊斯顿，你在哪儿？"她一次又一次地尖叫着，恐惧如同冰冷的手指一样紧紧攫住了她的心。"爸——爸！"她望着黑黢黢的海滩哭喊着，但风声和海浪声淹没了她的呼喊声。

"上帝啊，帮帮我！"她恳求道，眼泪顺着脸颊滚滚而下。

第五十四章

派珀搬着折梯爬了两段楼梯，累得气喘吁吁，终于把梯子搬到了阁楼上。派珀爬上折梯，伸手从固定在椽子上的灯座里拧下灯泡。“我的天哪！我这身体比我想象的还要差！”她拧着新灯泡，发现手臂举过头顶令她感觉更喘不过气。“咱们得再出去跑步。”她告诉克洛伊。之前克洛伊跟着她爬上楼梯，此刻正在乱糟糟、满是灰尘的阁楼里嗅来嗅去。她从梯子上爬下来，拉了一下灯绳，新灯泡一闪亮了起来。“于是就有了光！”派珀微笑着说道。

她把坏灯泡放在门旁的桌子上，穿过迷宫般的箱子，走到母亲的嫁妆箱前。她掀开箱盖，熟悉的柏木香味立刻弥漫开来。她小心翼翼地移开那个盛串珠的托盘，拿出那摞用褪色的红丝带捆扎的信件，搬出那摞毛衣，最后拿出那本旧相册。打开相册，最上面就是他们五个在瑙塞特灯塔前紧紧相拥的照片。她看了一会儿，然后将它放在父亲的西班牙教会式椅子上。她合上相册，正想把它放回去，突然，塞在那摞毛衣中间的一顶蓝白两色的棒球帽引起了她的注意。她把它拿了出来，用手指轻抚着缝在前面、已经褪色的红色字母 B。

“妈妈？你在上面吗？”

在她脑后，派珀听到伊莱亚斯上了楼梯。“嘿，”他站在门口说道，“你知道那个啥在哪儿吗？……啧啧！上面玩意儿可真多啊。”他小心翼翼地穿过箱子之间的缝隙走了过来。“妈妈？”他轻声道，“怎么上上面来了？”他从她身后走了过来，目光越过她的肩膀看了过去，“嘿，这顶帽子好酷啊。谁的？”

派珀咽了一下口水：“伊斯顿的。”

伊莱亚斯眉头一皱：“你弟弟的？他是红袜队球迷？”

她抿着嘴点了点头：“对。他热爱棒球……那天晚上他戴着它……”

“他去世的那天晚上？”伊莱亚斯问道。

派珀又点了点头，关于很久以前的那个晚上的记忆蜂拥而来，犹如昨日重现……当时，她站在沙滩上，浑身颤抖，哭天抢地，茫然无措。父亲和妹妹则极度痛苦地尖叫着。

“你知道帽子在这里吗？”

派珀摇了摇头，强忍住眼泪。

伊莱亚斯拿起她放在椅子上的旧照片，仔细端详着：“这是你吗？”

“对，是我。”

“看你那时候多可爱。”他打趣道，想把她逗笑。

她笑了笑，拭去了眼泪。

“这是伊斯顿吗？”他问道。

“是。你小的时候，我总觉得你长得像他。”

伊莱亚斯点了点头。“这张照片拍得真好。我喜欢赛勒姨妈伸着手指，在雷米姨妈脑袋后面比画兔子耳朵——这是她的招牌动作。”他笑着说。

“她的招牌动作，”派珀轻声笑着赞同道，“非常有赛勒风。”

“你打算怎么处理这顶帽子？”

“把它放回去。”她说着把它塞回妈妈的嫁妆箱。

伊莱亚斯看着她将毛衣、信件和串珠托盘堆在上面，摇了摇头说道：“我们心理学教授会说这是真正‘埋葬’一段记忆的经典案例。”

“我不是在埋葬记忆，”派珀辩解道，“我只是现在没时间。这周末有很多客人要来。”

“你倒提醒我了——我上来是想问问，你知道修剪器在哪儿吗？”

“应该在棚屋里，也有可能在车库里。问过你爸爸了吗？”

“他没在家——他一定是跑到保护区去了。”

“是吗？他难道不知道我这里需要帮忙吗？更何况你们明天要去波士顿。”

“他说马上就回来。”伊莱亚斯说着拿起仍然搁在箱子上的那本相册。他慢慢地翻看着：“这些是姥姥和姥爷的照片吗？”

派珀的目光越过他的胳膊看了一眼，点了点头。

“你怎么从来没让我看过他们的照片？”

“我不知道……因为我不愿来这里。”

“我还以为我的身高是爸爸遗传给我的，看来姥爷也很高嘛。”

“六英尺二（约1.89米）。”派珀点了点头说道。

“他们在哪儿结的婚？”他仔细端详着漂亮的旧婚纱照，问道。

“在波士顿。”

伊莱亚斯若有所思地看着她：“妈妈……你和爸爸怎么一直没结婚？”

派珀微微一笑：“我一直在想你究竟会不会问起这个问题。”

“我一直很疑惑——父母彼此相爱、共同生活却一直不结婚，真的有点奇怪。我所有的朋友都以为你们结婚了。”

“那你怎么不告诉他们，我们没结婚？”

“他们从来没问过。”

“他们从来没问过……而你又不主动说，是因为你不想让他们知道。”

“或许吧。”他耸了耸肩说。

派珀点了点头：“是这样，我的宝贝，生活很复杂……男女关系也很复杂——我相信这点你已经能理解了。你爸爸确实向我求过婚……实际上求了好几次，可我还没准备好。承诺全心全意忠于一个人，我觉得这个想法有点可怕，因为……万一中间出了什么事呢？万一我失去他怎么办？”

“不过，我怀了你之后，事情有了变化——我觉得我已经准备好了。我对你充满了爱……而他是你的一部分。我感觉到你在我体内一天天长大，感觉到我对你们俩的爱与日俱增，这时我认为我已经准备好冒险一试了，可是你爸爸再也没求过婚——我猜他一定是厌倦了被拒绝。”

“那你怎么不去问他？”

“这个问题问得好，”她微笑着说，“不过我也不知道为什么。要不咱们去看看能不能找到修剪器？”

伊莱亚斯点了点头，手里仍然拿着那本相册：“我把它拿到楼下，再多看几眼，可以吗？”

“当然可以。”她说着把那张黑白照片也夹在腋下，一起带到楼下。

第五十五章

赛勒呷了一口咖啡，在搜索框里输入了“all”这个单词。可还没等她输完，谷歌已经为她提供了好几个备选项。“谷歌，你真是比我自己还了解我。”她一边喃喃自语，一边点开她最喜欢的食谱网站[①]。她

---

① 译者注：由前文可知，她要搜索的是 Allrecipes.com。

输入“夏日沙拉”，轻敲回车键，接着滚动浏览起了一系列食谱，想找个有趣的做一做。当然，她一定要做自己最拿手的分层蘸酱，以及传统油拌沙拉（她总是配上一碗枫糖调味酱，大家都喜欢吃）。她瞥了一眼正在旁边一把椅子上晒太阳的微风先生：“你觉得哪个好，微风，土豆还是意面？”他漠不关心地眨了眨眼，她微微一笑，“没关系。能跟你说说话而不是整天自言自语，我已经很开心了。”

从眼角的余光中，她注意到有东西在动。抬头一看，她发现一只金花鼠正一动不动地蹲坐在她新买的鸟澡盆边上。这个鸟澡盆是她在花园里干完除草和修剪的活之后买的。“嗯，你又在酝酿什么险恶计划，先生？”她不放心地盯着他问道，“或许是另一起谋杀案？尝过鲜血的味道之后，你就念念不忘，对吗？”她观察了金花鼠一会儿，突然发现一只哀鸽在阳光下舒展着身子。她怒目圆睁。“天哪，别这样！”她站起来喊道，吓得金花鼠仓皇逃窜，哀鸽也飞了起来，翅膀发出哨声，警告其他鸟——快逃！快逃！一时间，百鸟展翅，争相飞离。

微风先生也坐了起来，想看看为什么这么热闹。她盯着他。“别动坏心眼。”她警告道。

她低头看着屏幕，继续滚动浏览。“我想做意面，”她一边喃喃自语，一边缩小搜索范围，“因为我很确定波蒂会做土豆沙拉。”正说着，手机里响起了五黑宝合唱团（Platters）的歌声，她低头看了看手机屏幕，“说曹操，曹操到。”她说着接起了电话：“嘿，波蒂，”她答道，“戴维怎么样？”她边听边点头，“那好，他最好凡事看开些，否则他肯定还得进医院。嗯嗯……顺便问一下，独立日你是做妈妈的土豆沙拉吗？”她又点了点头，“我只是问一问，因为我知道你现在忙得不可开交。要是你没有时间，我很乐意代劳……到时候他能来吗？……好，太好了……我很高兴……你一定把贝莉也带来……好，到时候再和你聊。”她停顿了片刻，认真听着，随后惊讶地扬起眉毛，“我也爱你。”她说道。结束通话后，她努力回想着以前是否听过波蒂对哪个人说过“我爱你”。“也许对贝莉或克洛伊说过。”她微笑着说道。

她继续搜索，终于找到一种老式的通心粉沙拉，看起来像——听起来也像——妈妈过去做过的沙拉。她抿了一口咖啡，拿起一支铅笔，匆匆写下周末所需的食材。十分钟后——之前上了一趟洗手间——她穿上了人字拖。“一会儿就回来。”她喊道，心里非常感激有“人”——虽然只有微风先生——听她说话。刚要出门，她决定再去一趟洗手间，以防万一。“这次我真走了！”她喊道。

开上六号公路时，赛勒听到了警报器的尖啸声，看了看后视镜，却没发现一辆救护车。科德角的警报声总是这么多——夏天，没有一天听不到这种令人难忘的声音。她把收音机声音关小，听到警报声越来越大，又看了看后视镜。这一次，她看到了闪烁的信号灯。她把车靠边停下。从普罗温斯敦来的救护车飞驰而过之后，她才上路继续行驶，像往常一样为车上需要帮助的那位——无论他是谁——低声祈祷。

她把收音机音量调回正常，车厢里回荡着《别让太阳照到你哭泣》这首歌个性十足的前奏。她摇了摇头，伸手去够旋钮，想把收音机关掉，但又停了下来。已经很久没听这首歌忧郁的歌词了——确切地说，已经五十二年没听了——她十一岁那年夏天，这首歌风头正盛。那年夏天，收音机里不断地播放着这首歌，这令她内心更加痛苦……因为她唯一能做的就是哭。

她听着歌词，凝视着车窗外，任回忆填满思绪。她回到了多年前的一个夏夜，回到了父亲的木制仪表板的乡绅牌旅行车里，晚风吹进敞开的车窗，她和兄弟姐妹们声嘶力竭地随着 Gerry&the Pacemakers 一起歌唱……虽然四姐妹唱歌老走调，伊斯顿却拥有天使般的嗓音——他的声音和他的形象很相称，她伤感地想。

她望着车窗外，回忆起后来的事情——他们一边沿着海滩走着，一边寻找心形石，父亲回头一看，发现波蒂和伊斯顿没有跟上来。“咱们必须回去了。”他说着抱起派珀就跑。“雷米，”他喊道，“抓住赛勒的手！”他们尽可能快地跑着。她跌倒了两次，擦伤了膝盖。他们找到波蒂，父亲将她从沙滩上拽起来，摇晃着她，大喊：“伊斯顿上哪儿去了？你为什么松开他的手？”她仿佛还能听出他声音中的恐惧，还能看到波蒂泪流满面地朝黑暗中汹涌的波涛示意，然后雷米把两个妹妹从水中拽回来，捏了捏她们的手……派珀大声喊道：“哎哟，雷米，你弄疼我了。伊斯顿上哪儿去了？”

此刻，赛勒紧咬着嘴唇，发现自己已是泪眼蒙眬，几乎看不到前面的路。她把车停在路边，关掉了收音机。直至今日，这事仍然令她难以接受……

第五十六章

星期五一大早，纳特和伊莱亚斯将一应用具装进保护区的卡车，驱车前往波士顿将他们救出的蠵龟接回来。人们对她进行了抗生素治疗，给她营养丰富的食物，虽然她的壳上永远留有疤痕，但裸露的伤口已经愈合了。派珀和他俩一起去了保护区，为他俩送行。随后，她完成了一些已经拖了很久的报告，接着前往驻步购物连锁超市采购周末所需的食品。她正在熟食区仔细察看已经切好的熟肉，等着叫她的号码，忽然听到身后有个熟悉的声音喊道：“嘿，妞儿！真没想到会在这里遇见你！”她抬起头，看到赛勒从烘焙区端出了一杯星巴克热咖啡。

派珀感激地接了过来，给了姐姐一个拥抱：“我的天哪，你真是及时雨！我本来想买杯咖啡，可我进店的时候，排队的人太多了。”

“显然你没看到我排在长队中，”赛勒打趣道，“可是你进来的时候我看到了，一副睡眼惺忪的样子！”

派珀笑了：“我睡眼惺忪！纳特和伊莱亚斯凌晨四点出发去接海龟，是我帮他们把运输海龟的卡车准备好的。”

“哪天放生？”

“我不确定。你听天气预报了吗？”

“听了，貌似不太好。”

派珀点了点头：“我听到的也是这样。不过，我认为周日下午天会放晴，周一应该是个好天气……所以也许是周一清晨。你过来不？”

“我想去……”

“哦，顺便说一句，出版日快乐……说得有点迟了！那本书反响如何？”

“谢谢。我一时半会儿也不知道。”

“你什么时候在查塔姆签售？”

“星期六，两点到三点半——要是下雨的话就好了，那样人们就会去商场而不是海滩。”

“明天就是周六了，你要知道。”

赛勒眉头一皱，意识到妹妹说得对：“不知道为什么，我一直以为今天是星期四。”

“对了，我打算明天三点钟左右过来，你想去查塔姆斯夸尔[①]喝

① 译者注：Chatham Squire，查塔姆当地一家有名的家庭餐馆，是游客造访科德角时必去之地。

一杯吗？”

赛勒微微一笑：“那太好了！”

派珀凝视着姐姐的脸：“我要不知道的话，还以为你一直在哭鼻子呢。”

赛勒轻声一笑，伸手摸了摸眼睛下面：“怎么了？睫毛膏把我的脸弄花了，我看上去像只浣熊，对吗？”

“还真有点像，”派珀说着递给她一张纸巾，“你刚才怎么哭了？”

“刚才我听了 Gerry@the Pacemakers 那首老歌……”

“哦。”派珀说着点了点头，表示理解。

“对了，”赛勒换了个话题，“星期天我打算带上我的分层蘸酱、油拌沙拉和通心粉沙拉。你还需要别的吗？”

“你确定你有时间做这么些吗？别忘了，你接下来会很忙。”

“我确定。这些都很好做。还要别的吗？”

派珀皱了皱眉头：“我想不需要了。纳特和伊莱亚斯准备玉米，我准备汉堡和热狗，波蒂要做土豆沙拉和开胃小菜，雷米打算做甜点。”

“她做什么甜点？”赛勒问道。

“我不知道——她说要给我们一个惊喜。”

“嗯，”赛勒说，“那好吧，不过我相信肯定很好吃。”

派珀点了点头：“对了！猜猜还有什么？”

“什么？”

“她想把约翰请来，问我可不可以。”

“不是吧！”

派珀点了点头。

“哇……”赛勒说着扬起了眉毛，“我觉得她肯定隐瞒了什么。”

“我觉得你说得很对。”派珀说道。她俩都笑了。

“最后一次呼叫——五十六号！”熟食柜台后面一个声音第三次喊道。

派珀低头看了看她的号码：“哎呀，是我，”她说着挥了挥手，让他知道她在那里，“谢谢你的咖啡，”她说着又给了姐姐一个拥抱，“你真好！”

“别客气。”

“明天在查塔姆见……要是在这家商店里不能再次碰见你的话！”

“好！非常期待！”

她俩分头行动，各自看着手里的购物单采购，结果在冰激凌柜台前再次相遇了。“给伊莱亚斯买的。”派珀咧嘴笑着说道。

“对，我也是。”赛勒笑着说道。

第五十七章

天气预报非常准确，周六这天太阳只是拂晓时分在水天相接处露了一下脸。乌云从西边滚滚而来，同时滚滚而来的还有从大陆穿桥而过、前来度周末小长假的一辆辆小汽车组成的长龙。

雷米看向厨房窗外，估量着下雨之前这段时间够不够她散个步，随后她打开电视，收看天气预报。不妙！一条雨线正横扫康涅狄格州全境，不过貌似没有几个钟头的时间到不了科德角，因此她应该有时间。她甚至可能有时间去市场。

她系好运动鞋的鞋带，上了一下洗手间，然后去关电视。但她刚要伸手去拿遥控器，电视上突然发出警报声，一条紧急警告在屏幕下方滚动播出，警告居民即将到来的暴风雨可能带来飓风级大风、倾盆大雨和高尔夫球大小的冰雹！她关掉电视，心想该把新车放到车库里。她可不想让新车被高尔夫球大小的冰雹砸坏！

她打开后门，爱迪生赶紧进了屋。“外面有那么糟糕吗？”她问道，但他已经消失在了楼上。天气预报员预告，暴风雨将带来凉爽的天气。她希望如此。过去几天，天气一直湿热难耐……对于6月来说，过于炎热了……但就在关门的一刹那，她突然意识到现在已经是7月了。6月怎么一晃就过去了？！

上个星期真像旋风一样乱作一团，令人难以招架。她帮着波蒂把戴维接回家并且安顿好，还帮忙遛贝莉，让波蒂守在戴维身边。刚刚过去的四个晚上，她有两个晚上和约翰共进晚餐；昨天又一起出去吃早餐。在她的印象中，她从来没这么忙碌过。她认定，只有以前孩子们都在家的时候，她才这么忙碌过。这一下子提醒了她——佩顿和她的家人今天晚上就迎着风冒着雨赶到了！她不知道该不该让佩顿等到明天上午再来。伊丽莎、塞姆和他们的家人明天上午到。她一直希望找机会和大女儿单独聊几个小时，但也没必要为此让女儿一家以身犯险啊。她加快步伐，脑中飞快地思考着自己还没做的所有事情，结果差点被一条根绊倒。“时间上肯定来不及了。”她喃喃自语道。

她终于赶到了家里。就在这时，大大的雨点从天而降，打在她裸露的胳膊上。她匆匆走进屋里，又上了一次洗手间，抓起钱包和钥匙，直奔市场。她很高兴找到了一个靠前的位置，把夹克往头上一蒙，匆匆赶到里面，抓了自己需要的两样东西：一品脱搅打奶油和半加仑[1]黑树莓冰激凌。但经过卖咖啡和茶的柜台时，她决定请自己吃一个热乎

---

① 编者注：1加仑约为3.785升。

乎的巧克力羊角面包，喝一杯格雷伯爵茶——这两样最适合这种天气！

她开着车回到家里，把车停进车库，提着东西，刚推开换衣间的门，瓢泼大雨就倾泻而下。“好险啊！”她说着将冰激凌放进冰箱，望着外面的瓢泼大雨，海湾上到处白茫茫一片。她听着风在房子周围呼啸，随后听到一阵响亮的哐啷声，知道是门廊上的家具被吹倒了。厨房里的灯闪烁起来，她焦急地抬起头。“千万别停电，”她伸手端起茶杯说道，“我还有个蛋糕要烤呢！”

第五十八章

派珀感觉自己像只袋獾一样在屋里忙活着——收拾报纸，擦窗户，拖地板，擦拭厨房台面，清理冰箱（腾出空间准备盛放野餐用的大量食物），用吸尘器清扫角落里积攒了好几周的一缕缕金色的狗毛。自始至终，克洛伊愉快地叼着新佐伊，摇着尾巴跟着她转来转去。根据过去的经验，她知道打扫卫生意味着家里要来客人了！

派珀在屋里忙活，纳特和伊莱亚斯则在外面干活——修剪草坪，除去花坛和菜园里的杂草，最后将已经在车道上放了一个月的一大堆护根物撒开，铺在地上。派珀来到外面，想看看他俩的进展，却发现天色青灰。还没布置野餐桌椅呢，她闷闷不乐地想。这时，一阵风将叶子卷起，飘飘忽忽飞向空中。“你们俩最好赶紧进屋。”她喊道。

她打开冰箱，取出昨天买的冷切肉，打开一袋未开封的夹心面包卷。克洛伊非常讲究策略地蹲在她脚下，注视着她的一举一动。

“你真傻，知道吗？”她说着掰了一块奶酪给她。克洛伊礼貌地接了过去。紧接着，天空划过一道闪电，接着雷声大作，震得屋内电灯闪烁。派珀又朝外面望去，看到纳特和伊莱亚斯争先恐后地把工具放回原处。就在大雨倾盆而下之际，他俩跌跌撞撞地笑着进了门。“雷雨天气不能拿着金属工具跑来跑去，难道你俩不知道吗？”

“嗯，我们知道。”伊莱亚斯说着把手伸到她背后拿了一块奶酪，然后给克洛伊掰了一小块。

“我刚给她一块。”派珀嗔道。

“哦，好吧，”他亲吻着金毛的头顶，说道，“那她有两块了！”

克洛伊舔了舔他的脸颊，把尾巴摇得呼呼作响。“我想她说的是，她想要块火腿。”他说着又想把手伸到妈妈背后，但这次派珀拍了他的手一下。“嘿！”他笑着说道，“抱歉，克洛……我尽力了。”

派普递给他一个盘子，看着他伸手拿了一大袋未开封的科德角牌华夫薯片。“这是为明天准备的。”

伊莱亚斯看起来很受伤：“是吗？”

“吃吧，”她翻了个白眼说道，“不过别给吃光了。”

隆隆的雷声从天空滚过，接着他们听到屋顶上噼啪作响。他们都站起来朝外面看。“下雹子了。”纳特惊讶地说。

“天哪！好大的冰雹！”伊莱亚斯推开门，捡起几粒“结冰的水”，放在掌心里。他们正看着，突然听到一声响亮的炸裂声，接着是木头被劈裂的声音。派珀望向外面，看到有棵橡树上一根又长又重的树枝戳在地上。她来到外面的门廊上，想仔细看看损坏情况。风从这些老橡树剩余的枝条间急速吹过，猛烈地摇晃着它们。她的心怦怦直跳。“请别让任何一棵老树倒下。”她低声道。紧接着，她仿佛听到小时候父亲令人宽慰的声音告诉她，每个孩子出生时他就种下一棵树；他们长大了，树根也在地下盘根错节，经得起任何风暴。“它们永远不会倒下。”他曾说过。

派珀仿佛看见地下深处，这些老树的根像有生命的须蔓一样，紧紧缠绕在一起，相互交织，共同成长……越扎越深……越长越壮……能够抵御生命中的任何疾风暴雨。

派珀微微一笑，随后低头看了看自己湿漉漉的衣服，叹了口气。她回到里面，瞥了一眼时钟——已经两点了！这一天时间怎么一晃就过去了？！她连澡都还没冲呢，而她必须在一小时内赶到查塔姆！“我必须走了。”她说着把冷切肉重新包好，放回冰箱。

“你去哪儿？”纳特惊讶地问道。

“赛勒的签售会。”

“这种天气你开车去查塔姆？”

“对。我和她说了我要去，完事之后我们去斯夸尔（Squire）。”

“我觉得咱们还有事儿要做。”

“该我干的事儿我都干完了。”她说。

“嗬，”伊莱亚斯嘴里嚼着夹心面包说道，“你怎么没邀请我们呢？”

“我还以为你们不想去呢，再说，你们还得去保护区给‘老夫人’做检查。”

“对啊！”纳特说，“谢谢提醒。”他看着伊莱亚斯：“想一起去吗？”

“我很乐意，”伊莱亚斯说，“谢谢你的邀请。”

“嗬，你们两个啊，”派珀擦着厨房台面上的食物残渣，笑道，“老实说，我真以为你们不想参加儿童图书签售会，再说，我很可能会和赛勒一起去吃点东西——”

“还要喝点酒。”纳特说着冲伊莱亚斯眨了眨眼。

派珀摇了摇头：“哼，总之，你俩计划着回家途中停下来吃点比萨什么的吧。”

“当然，”纳特冲伊莱亚斯点了点头，坏笑着说，“一开始她告诉咱们要参加签售会，现在又告诉咱们要出去吃饭喝酒。”

“而且她没邀请咱们。”伊莱亚斯补充道。

“我可没说要去喝酒。”派珀反驳道。

“我不信奎恩姐妹聚在一块能不喝酒。”纳特调笑道。

“嘀，我们能，现在我要上楼洗澡去了。”

“妈妈，雷雨天气不能洗澡，难道你不知道吗？”

“那我也得赌一把。”派珀说，“顺便说一句，你俩待在一块，可真没少花工夫联合起来对付我啊。”她盯着伊莱亚斯，“这么看来，我最好早点把你打发回学校。”

“不，我们没有，”他俩齐声说道，“我们有吗，克洛？”纳特摩挲着金毛的耳朵，补充道。克洛伊高兴地摇着尾巴，表示赞同。

第五十九章

周日清晨，空气清新凉爽。波蒂一边倒咖啡，一边考虑着明天的事情。她和戴维预计两点左右到派珀家。她还要做土豆沙拉——这不会费太多时间，不过她还想做点别的……只不过她还没想好做什么。

她将一杯咖啡放在戴维面前，他正在看报纸。“想吃炒鸡蛋吗？”

“听起来不错，”他答道，“需要帮忙吗？”

“不用，你别动。”

她打开冰箱，取出需要的食材：四个鸡蛋、牛奶、少量黄油。自他俩退休以来，一直是戴维负责早餐。不过，自他突发心脏病以来，一直是波蒂负责所有事情……戴维需要低脂低盐饮食，她对此非常重视。他俩经常吃蔬菜水果，现在波蒂更是拿定主意，尽量减少脂肪和盐的摄入量。一想到戴维差点丧命，她就害怕得要死，甚至比戴维自己还害怕。

“吐司？”她问道。

“半片。”他说道。他看着她在厨房里忙碌，又是打鸡蛋，又是解面包袋。他看着她打着灶火，在煎锅里点了一点点黄油。看到这个举动，他微微一笑。对于他俩而言，上个星期真像旋风一样乱作一团；对于波蒂来说，更是如此。她把他从医院接回家，帮他安顿好；她和雷米协调，让雷米过来遛贝莉；她无微不至地照顾他，满足他的一切需求。她全心全意地关注着他，包揽了家里上上下下所有家务；事实上，她这种大包大揽的劲头令他感到内疚。特别是昨天，停电停了一个多小时，当时她正在做烤鸡。她一直平心静气地等着恢复供电……结果这只鸡却成了他俩吃过的最美味的鸡之一。

听到他说鸡肉软润可口，她咯咯地笑着说道：“这一定就是人们常说的低温慢煮法。”

戴维对她的变化感到震惊——她的心境不再阴郁沉闷……他甚至没见过她再喝哪怕一小口酒——实际上，家里上上下下连个酒瓶都没有了！

“你为野餐准备什么？”他问道。

“土豆沙拉，或许还有水果沙拉，可是如果我做水果沙拉，我必须往商店跑一趟。”她边说边将炒鸡蛋盛到两个盘子里。

“没关系。我相信我没事。贝莉会照顾我的，对吗，妞儿？”他抚摸着她的头——自打他出院以来，每次他一坐下，贝莉就上他大腿上来，“我很幸运，有两个妞儿照顾我。”

波蒂咯咯地笑着端起了自己的咖啡："又要全家团圆了，想想就高兴。我都记不起上次见到雷米的孙辈是什么时候了。"

"大概是去年夏天吧，"戴维咬了一口吐司，推测道。他皱起了眉头："难道赛勒的孩子们不来吗？"

"不来……"波蒂摇着头说道，"她正为这事郁闷呢。"

"他们为什么不来呢？"

"因为弗兰克邀请他们去缅因州。"

"她邀请他们来这里了吗？"

"她没——她只是想当然地以为他们知道这事，因为独立日假期咱们总是全家团聚，可现在呢，一切都变了。她发现自己将来只能与前夫分享孩子们的假期时光了。"

戴维摇了摇头，咬了一口炒鸡蛋："你得帮我温习温习雷米的孙辈的名字，我记不清了。"

波蒂微微一笑，咽下了刚吃到嘴里的那口炒鸡蛋。"我也记不清了，"她说着拿出立在盐瓶、胡椒瓶和餐巾架之间的索引卡片，"所以我让雷米给我写了下来。"她戴上眼镜，仔细看着卡片上的字，"是这样……佩顿和汤姆有两个女孩，亨特和帕克——一个十岁，一个八岁。"

"噢，对，"戴维说道，他慢慢回忆起来，"两个女孩，起的却是男孩的名字。"

"对。"波蒂说道。

"我觉得你家净是些奇奇怪怪的名字。"

"你说得很对。"波蒂笑着说道，"我继续？"

"好。"他一边呷着咖啡，一边说道。

"塞姆和特丝有一男一女。埃利奥特七岁，马娅五岁。"

戴维点了点头："这名字还差不离儿。塞姆一直比较有头脑。"

"伊丽莎和提姆现在有三个男孩——老三是她3月份刚生的。他们分别叫梅森、凯登和洛根——年龄分别是三岁、两岁……最小的小家伙快四个月了。"

"人们给孩子取的名字怎么听起来都一个样儿，这是为什么呢？"他疑惑不解地问道。

"我也不知道啊，"波蒂说，"也许是为了让上了年纪的叔叔阿姨更容易记住吧。"

"我看是更难记住吧，"戴维说，"谢天谢地，赛勒的孙辈不来，因为我永远也记不住这么多人。只要能把咱们下边这一辈记清楚，我就算烧高香啦。"

波蒂不禁莞尔："我相信你能做得很好，再说了，要是忘记了，你随时可以说'哎，你'！"

"我可能必须这么办。"他咯咯地笑着说，随后他满脸疑惑地看着她，"你叫什么名字来着？请你再说一遍。"

波蒂笑着摇了摇头。

第六十章

赛勒匆忙将自己制作的美食装进新买的便携式冷藏箱里，然后将冷藏箱提到外面，放在汽车后座上。一路上她只需要停留一次，所以她并不担心食物会变质；她担心的是派珀的冰箱里盛不下这么多东西。再说，备上个冷藏箱总归是好事。她又回到厨房，最后一次环顾四周。这时，微风先生从卧室里悠然自得地进了厨房。"先生，你到底想怎样，待在屋里还是待在屋外？”她为他扶着门问道，“我今天一天都不在家。”他嗖的一下从她两腿之间穿过，站在门槛上，眨着眼睛看着外面明媚的阳光。“没关系。别着急，慢慢选，”她说道，“我不急。”这只橙色的猫——体重有所增加，皮毛也变得光滑发亮——撅着屁股伸了伸前腿，然后轻手轻脚地走到了外面。“明智的选择。”她说着将包挎在肩上，跟着他来到外面。她关上门，蹲下来抚摸着他的脑袋，“我晚上回来。”他扬起头，把头钻到她手底下，喉咙里咕噜了几声，随后跳上一把椅子，舒舒服服地趴在了阳光下。

二十分钟后，赛勒来到波蒂最爱的酒类零售店。她正仔细看着货架上的酒，亚历克——波蒂认为非常可爱的那位操着法国口音的年轻店主——从她身后走了过来。“你姐姐去哪儿了？”他满眼关切地问道，“我好久没见她了。”

“波蒂？”赛勒皱着眉头问道。

“Oui[①]，她长得和你很像，但年龄大一些——一头银色的长发，”他用双手比画着说道，“漂亮的脸蛋”——他边说用手冲自己的脸画了个圈——“我很想她。”

赛勒笑了：“我不知道她去哪儿了。”

“她是我最好的客户。她成箱成箱地买葡萄酒！”

赛勒摇了摇头：“我今天下午能见到她，我会告诉她你很想她。”

亚历克点了点头：“Merci[②]。喏，需要我帮忙推荐一下吗？”

“哦，我想找一款适合野餐用的酒……”

他点了点头，给了她一瓶颇受欢迎的白索维农。他又为波蒂选了

① 译者注：法语，“对”。

② 译者注：法语，“谢谢”。

一瓶马尔贝克：“这个给你姐姐——她喜欢红酒。免费赠送——你告诉她这是我送给她的礼物。”

赛勒笑了：“好的，谢谢你，亚历克。我肯定会告诉她的。”

他点了点头，转向另一位等待咨询的顾客。与此同时，赛勒转身去看啤酒，结果无意中碰到了另一位顾客。“哎哟，对不起。”她说道，差点把两瓶酒给掉到地上。她把酒瓶紧紧抱在胸前，抬起头来。“噢，嗨！”她面露喜色地说道。

“嗨，”乔赛亚微笑着说道，“真没想到会在这里遇见你。”

“我正想说呢。”她笑着说道。她低下头，看到他手里提着一包半打装啤酒：“我不太懂啤酒……这酒好吗？”

乔赛亚举起半打装的“俏皮护士”（Naughty Nurse），耸了耸肩。“我不知道——这是我第一次买‘俏皮护士’，”他微笑着说，“不过名字听起来不错。”

“我想给姐夫选点适合野餐喝的东西，他刚出院……不过我也不确定他现在能不能喝啤酒。”她看着标签上护士挑逗的眼神，微微一笑，“就它了！你在哪儿找到的？”

乔赛亚用手指了指一个啤酒箱，赛勒像玩杂耍一样，一只手提着两瓶葡萄酒，另一只手又提起两包半打装啤酒。“喂，假期你有什么打算？有什么好玩的吗？”

“真没什么好玩的。只有我和我的护士。”他说着指了指他的半打装啤酒。

赛勒皱起了眉头：“没有家庭野餐？”

“没有。离婚之前，我和妻子总是先去伯克希尔山参加她家的家庭野餐，然后去坦格尔伍德听一场音乐会。我现在不去了。”

赛勒突然感觉心里一阵难受。“我非常明白你的感受，”她同情地说，“独立日假期，我妹妹总会举办盛大的家庭野餐——这是我们雷打不动的传统——我的子女和孙辈每年都来，可是今年我前夫邀请他们去缅因州了。直到现在，我还是无法相信他们不来了。”

“听到这个消息我很难过。”

“我也很难过。”她顿了顿，“嘿，要是你没什么事做，还不如来参加我们的野餐——我敢肯定准备的食物一定绰绰有余。”

乔赛亚摇了摇头：“谢谢你，可是我不希望你出于同情而邀请我。”

“我不是出于同情才邀请你，”赛勒说道，“我邀请你，是因为我希望你能来。我是说过我还没准备好开启下一段感情，可这并不是说咱们不能做朋友啊。”

乔赛亚犹豫不决，低头看着他那包半打装啤酒。

“你就来吧，”她催促道，“我现在就去那里，你可以开车跟我去，也可以把你的车停在这里，坐我的车去。离得不远。”

乔赛亚抿着嘴，考虑着：“我也没带什么东西。”

“你可以带啤酒啊。”

“你确定？”

“我确定。”

乔赛亚笑了笑，最终心软了：“好吧。”

“太好了！”赛勒眉开眼笑地说道，“一定会很好玩！姐妹们一直想见见你。”她顿了顿，又看了他一眼，“或许我该先提醒你一句，小心我的姐妹们……”

他笑了：“我已经见过一个了。”

赛勒皱起了眉头：“什么时候？”

“那时候你刚买下这栋小屋，我送给你一盒‘小不点’和一束向日葵，当时她也在场……我记得是派珀。”

“啊，对！我给忘了。哟，真有你的！我相信她一定很愿意再次见到你。”

第六十一章

“他们来了！”伊莱亚斯推开纱门喊道。

听到他的话，克洛伊匆匆赶到厨房，嘴里叼着佐伊，一扭一扭地朝外跑。纱门被克洛伊一撞，伊莱亚斯手一滑没扶住，纱门砰的一声撞到了墙上。

“纳特，你真该把门修一修了。”派珀一边在洗碗巾上擦手一边喊道。雷米和约翰还没从她的车里爬出来，整个大部队就在他们后面开到了。一群小孩从三辆外州牌照的车辆中怯生生地下了车，克洛伊简直乐疯了，赶紧过来欢迎他们，围着他们摇头摆尾，自豪地炫耀着佐伊。“嗨，派珀姨婆。”埃利奥特说道，把手放在克洛伊头上的同时，给了他的姨祖母一个拥抱，“克洛伊有了一只全新的佐伊？！”

“对，”派珀笑着说，“我简直不敢相信你连这事都记得，埃利奥特。”

“我记得啊，”他双手抱着克洛伊的脑袋说道，“因为去年你不允许她把旧佐伊叼进屋里。”

“那是因为旧佐伊臭了。”

“我知道，”埃利奥特笑着说道，“可是现在你有了一只全新的佐伊，对不对，妞妞？”

克洛伊围着他摇头摆尾，接着急忙跑到帕克、亨特、马娅、梅森和凯登跟前打招呼……还嗅了嗅洛根身子底下的毯子。

纳特、派珀和伊莱亚斯与在场的所有亲戚握了手，并给每人一个拥抱。大家围着新生婴儿哦哦啊啊地逗个不停，为小宝宝的生长速度之快感叹不已。塞姆和伊莱亚斯握手时，塞姆抬头看着他。“你的身高肯定不是从奎恩家族继承来的。”塞姆笑着说道。

伊莱亚斯笑了：“事实可能会让你感到意外。我刚发现了一张照片，我必须拿给你看看。”

过了一会儿，波蒂和戴维也到了。克洛伊一看到贝莉，立刻像扔上周的旧闻一样扔掉佐伊，赶紧跑过去跟贝莉打招呼。七岁的埃利奥特看着两只狗相互问候，鼻子对着鼻子，两条尾巴摇个不停。他便捡起佐伊，拿进屋里，以免这只毛绒狗再被一不小心落在外面的雨中。

其他人都围聚在戴维和波蒂身旁，与他俩互致拥抱，并询问戴维的身体状况。“哦，我只是感觉有点累，”他微笑着答道，“不过，真的好多了。”

最后，赛勒载着她的乘客也到了。赛勒挥了挥手，纳特转脸看着派珀：“那是谁？”

“那是乔赛亚——帮她买到这栋小屋的那位房产经纪，”派珀说，“他们约会过几次，不过她说自己还没准备好开启下一段恋情。”她顿了顿，“我也不知道这是怎么回事。”

赛勒把冷藏箱从后座上搬下来，乔赛亚立刻上前接了过去。赛勒犹豫了一下，摇了摇头，可是他执意要帮忙，赛勒抬头一看，发现大家都在看他俩。“嗨！”她松开冷藏箱，挥着手喊道。她又伸手从车里拿出那三包半打装的“俏皮护士”，堆在冷藏箱上面，提着两瓶葡萄酒，和乔赛亚一起走了过去。“大家好，这是乔赛亚。”她说道，“乔赛亚，”——她以手示意——“这是我的家人！”她迅速地转了一圈，一边挨个介绍，一边给每位家庭成员一个拥抱。乔赛亚放下冷藏箱，与他们一一握手。

她介绍完后，他微笑道："我真希望你们以后都戴上胸牌！"

戴维笑了："我衷心同意！"

伊莱亚斯提起冷藏箱，纳特则伸手去提那三包半打装啤酒。"把啤酒放在冰上可以吗？"纳特问道。乔赛亚点了点头。

伊莱亚斯转脸看着赛勒："把冷藏箱放到厨房里？"

她点了点头，看着派珀："要不咱们在院子里吃？"

"我们已经在门廊上把一切都布置好了，"派珀说，"我们本来打算把桌子放在院子里，但不知道会不会再下雨，所以我们觉得在门廊上更稳妥……这样我们的老胳膊老腿也能轻松一点。"

约翰转脸看向雷米："我去拿蛋糕？"

"哦，对！"她一下子想了起来，忙说，"还有冰激凌——可能都快化了！"

"我敢肯定冰激凌没事，"他保证道，"冰激凌也在冷藏箱里。"

"噢，太好了！不然咱们只能喝冰激凌水了。"

波蒂示意亨特和帕克跟着自己，随后又看到马娅抱着她父亲的腿，于是把她也招呼了过来。过了一会儿，年龄较大的两个女孩笑得合不拢嘴，端着沙拉碗从大家身旁经过，马娅则拿着一个装狗食的纸袋跟在后面。贝莉和克洛伊嗅着空气，跟着女孩们进了屋——所有美好的气味都是从那里飘来的！

"我猜他们知道去哪儿。"戴维笑着说道。

"咱们跟上？"

他们朝房子走去，这时听到又有小汽车驶入车道，他们停了下来。赛勒先是一惊，随后满脸微笑——第一辆车里是梅里和索耶，还有他们的子女，第二辆车里是撒切尔和艾丽！

“我还以为你们要去缅因州！”她喊道。

“我们不会错过奎恩家的家庭野餐，妈妈，”梅里说着从车里爬出来，给了她一个长长的拥抱，“尤其是今年。”

“嗨，妈妈。”撒切尔也给了她一个拥抱，说道。

“嗨，姥姥。”莉莉和弗朗西丝一边喊着，一边绕着汽车跑过来，扑进她的怀抱。

第六十二章

下午的时光缓缓流逝。孩子们在院子里跑来跑去，又笑又闹，你呼我应——夏日的空气中回响着他们欢乐的声音。男人们聚在烤架周围，吃着赛勒做的蘸料和雷米做的鳄梨酱[1]，聊着棒球，喝着啤酒，看着纳特熟练地翻着汉堡。最后，纳特派伊莱亚斯去问一问有多少人想加奶酪。女人们揭开沙拉的盖子，将沙拉端到桌上。她们一边忙活着，一边笑着互通消息。她们喝的都是葡萄酒，除了正在哺乳的伊丽莎和选择了阳光茶的波蒂——波蒂的要求引得好几个人扬起眉毛。

“喂，妈妈，”她们在厨房里等待时，梅里跟妈妈开起了玩笑，“外面那个可爱的家伙是谁？”

“乔赛亚？”赛勒漫不经心地问道，“只是我的一个朋友。来这里的路上，我在酒类零售店碰到了他。他这个周末没地儿去——他离婚了——我就把他叫来了。”

“他离婚了吗？”梅里追问道。

---

① 译者注：用鳄梨泥、碎洋葱等调制而成。

“嗯嗯。”赛勒搅拌着自己做的枫糖沙拉酱，说道。

“你们怎么认识的？”

“他是帮我买到这栋小屋的房产经纪人。”她拌着沙拉说道，随后她抬起头，看着波蒂，“对了，亚历克让我告诉你，他很想你。那瓶马尔贝克是他免费赠给你的。”她冲着厨房台面上未开封的一瓶红酒点了点头，说道。

“亚历克？”波蒂疑惑地问道。

“你知道的，开酒类零售店的那个可爱的法国小伙子。”

“哦！”波蒂打开她做的土豆沙拉，在上面撒上辣椒粉，笑道，“那你下次见到他，告诉他我也想念他……记得替我谢谢他。”

佩顿看着她的妈妈，满面含笑：“既然聊到了男人这个话题……妈妈，你有什么要讲的吗？”

“我？”雷米微笑着耸了耸肩，“没什么好讲的。”

“我听说的可不是这样，”派珀哂谑道，“我听说你俩这周一起出去吃了两次饭……还一起出去吃早餐！”

“谁告诉你的？”雷米疑惑地问道。

“你开玩笑吧？”派珀调笑道，“你俩可是镇上的热门话题！科德角的钻石王老五一周内多次与同一个女人出双入对，这种事可不是每天都能见到哇。”

“大家真正关心的是，”赛勒笑嘻嘻地说道，“晚餐和早餐之间两个人究竟说的是‘再见’……还是‘你好，亲爱的’？”

她们都笑了起来，雷米摇了摇头，努力忍住笑。

“你去参加同学聚会了吗？”伊丽莎问道。

“她去了，”佩顿说道，“桑德斯医生和她一起去的。”

“不是吧！”伊丽莎惊呼道。伊丽莎和佩顿拿雷米寻开心时，艾丽和特丝两人微笑着，专心地听着。

“就是这样。”佩顿点了点头说道。

“我怎么从来没听说过这事儿？”伊丽莎问道。

“因为你从来没给你可怜的妈妈打过电话，从来没问过她过得怎么样。”雷米说道。

“这个我得解释一下，主要是我太忙了。”伊丽莎说道，“你忘了养三个小孩是什么感觉了，还是三个不到三岁的小男孩！”

“我没忘，”雷米说，“所以我才没给你打电话。我永远不知道你是不是正忙着什么，或者你是不是终于有了点属于自己的时间，能稍微安静一会儿。”

“不知道怎么回事，”佩顿说，“咱们说着说着跑题了……我们想问的是周末你和桑德斯医生在佛蒙特过得怎么样……”

“很好。”雷米道。

“很好？！”佩顿恼火地说道。

“她和我们也是这么说的。”赛勒笑道，“实际上，她和我们说的是‘很开心’。”

伊莱亚斯隔着纱窗朝里面张望着：“谁的汉堡上要加奶酪？”

她们全都举起手来，他皱起眉头数着。“快进来，表弟，”佩顿哂谑道，“给我们讲讲大学男生的生活。”

“我不这么认为，”伊莱亚斯笑道，“里面女人太多了！”

“哎呀，快进来吧，”表姐不依不饶，“至少给我们说一说你今年夏天的打算。”

伊莱亚斯走进厨房，看见洛根——除他以外唯一的男性——躺在伊丽莎的大腿上，微微一笑：“至少不是只有我一个男的！”

“说吧，”佩顿说，“除了再长高六英寸，你还有什么打算？”

伊莱亚斯耸了耸肩：“没多少打算。”

“他一直在努力，想取得飞行员执照。”派珀插话道。

“哇，真了不起。”佩顿说道，“那该有多酷啊！”

“相当酷。”他微笑着说道。

“你上班了吗？”

“只是在保护区帮忙。”

“你喜欢吗？”

“喜欢，但我不知道这是不是我这辈子想做的事情。”

“难道你不该在念大四的时候就把这些想清楚吗？”佩顿打趣道。

“大概吧。”他咧嘴笑着说道。

“顺便说一句，”派珀环顾厨房，说道，“谁明天要是不走的话，可以跟我们去放生一只雌蠵龟。”她看着伊莱亚斯，“你爸说过在哪儿吗？”

“雷斯角。”

特丝微微一笑：“埃利奥特肯定想去看！”

“数好了，一共九个芝士汉堡。”伊莱亚斯话题一转，说道，“我得去告诉爸爸了。”

十分钟后，大家都来到门廊上，围坐在装饰一新的桌旁，面对着满桌丰美的食物。无论高矮，大家手拉着手。这时，戴维清了清嗓子说道：“亲爱的主啊，今年有很多事情值得我们感恩。尤其是我，”他动情地轻声补充道，他感觉到波蒂捏了捏他的手，“感谢主让我们一家人团聚，感谢主给我们这些美好的孩子，特别是我们的新成员洛根——瞧，我记住了他的名字——他们的笑容、笑声和光辉令我们的世界充满希望。感谢主给我们美味的食物，我们即将大口吞食——”他顿了顿，听着孩子们傻笑，“——我们感谢这个伟大的国家。请护我们周全，保佑我们一直健康、幸福。阿——门。”

“阿门！”他们一边鼓掌欢呼，一边齐声喊道。孩子们争先恐后，都想排在前面；两只狗则冲着桌子嗅着，充满希望地摇着尾巴——开饭的时候到了！

一个小时后，明亮的橙色太阳沉到了地平线以下，院子渐渐黑了下来，派珀点亮了挂在门廊上的闪闪发光的白色圣诞灯串。“哇，好漂亮！”波蒂坐在姐妹们对面说道。雷米和赛勒都点头称是，身子向后靠在了椅背上。就在这时，小孩子们都跑上楼梯，进了门廊。“派珀姨婆，派珀姨婆，”他们气喘吁吁地喊道，“你有空瓶子吗？”

“要瓶子干什么用？”她看着他们通红的脸蛋问道。

他们指着房后，姐妹们都转身去看。后院到处是闪烁的黄绿色“小灯”……纵使没有上千只，也有上百只。

“萤火虫！”五岁的马娅一本正经地给波蒂解释道，“我们要去抓。”

“你们要去抓？”波蒂笑着问道。

小马娅点了点头。

“对，我们要做灯笼。”七岁的埃利奥特补充道。

“我想地下室可能有一些瓶子，”派珀说，“你们待在这儿，我去看看。”她消失在屋子里，几分钟后抱着一箱落满灰尘的罐头瓶子回来了。孩子们兴奋地掀开箱盖，伸手进去拿。“小心点儿，”派珀道，“瓶子是玻璃的。”

他们点了点头，轻手轻脚地把梅森罐拿了出来，接着在箱子底部摸索瓶盖和密封圈。

埃利奥特站在一旁，让比他小的孩子先拿，然后蹲下来拿起最后一个瓶子。他擦了擦上面的灰尘，看了看瓶盖。“嘿，这上面有个名字，”他说着用手把瓶盖擦干净，仔细辨认着上面的名字，“伊斯顿，”他皱着眉头问道，“谁是伊斯顿？”

派珀看着姐姐们，她们的眼睛都湿润了。

“伊斯顿是我们的兄弟。”波蒂说道。

“你们有个兄弟？”

她点了点头，周围的声音渐渐归于平静。“他怎么了？”

波蒂咽了一下口水：“他死了。”她说道。

“几岁的时候？”

“七岁……快八岁的时候。”

“和我一般大。”

她点了点头。

埃利奥特抚摸着盖子上的名字：“他怎么死的？”

“意外溺水。”

“怎么溺水的？”

“是这样，一天晚上我们在沙滩上散步，找石头，他发现了一颗非常喜欢的石头——一颗心形石。你们知道那是什么吗？”

埃利奥特点了点头：“看起来像情人节礼物的那种石头。”

波蒂点了点头：“他看到一颗心形石，可是他伸手去捡的时候，石头却滚走了……后来他为了去找那颗心形石，甩脱了我的手……可是，他一下没注意，一个大浪冲了过来，撞上了他。”

“太可怕了。”埃利奥特伸出手来抚摸着她斑痕累累的老手，说道。他的神色凝重而又悲伤：“他不该松开你的手。”

波蒂捏了捏他的手：“你说得对……他不该松手。”

“这是伊斯顿的照片。”派珀说着拿出自己在阁楼里找到的照片。

“你们全在上面？”埃利奥特仔细研究着这张照片，惊讶地问道。

派珀点了点头。

“哇——你们都那么……年轻！”

“谢谢你。”波蒂笑道。派珀递给他们每人一份带相框的旧照片。

雷米看着照片，若有所思地笑了笑：“你们有没有意识到这个周末伊斯顿就六十岁了？”

“对啊！”赛勒道，“我还真没想到这一点。”

波蒂点了点头，眼睛湿润了。

“我想到了，”雷米继续说道，“既然那年咱们没有庆祝过伊斯顿的生日，不如今天晚上尝尝他的专属蛋糕，纪念他和他的六十周生日……我觉得这个主意不错。”

派珀微微一笑：“所以你准备了黑树莓冰激凌放在冰箱里？”

雷米点了点头。

“我简直不敢相信他都六十岁了。”波蒂小声地自言自语道。

“你觉得他会是什么样儿？”雷米沉思道。

“噢，他一定又高又帅……大概是一位工程师——他一直那么聪敏好奇。”

“而且充满活力，”赛勒补充道，“要是他在这里，他一定会成为聚会的中心人物。”

波蒂点了点头：“他一定是。他会使我们所有人的生活……更加丰富。”

就在这时，马娅缓缓爬上台阶，后面是她的表亲们。“瞧瞧我的灯笼！”她举着自己的梅森罐说道。派珀关掉圣诞灯，灯笼的光时亮时暗，照亮了一张张纯真的面孔。“太美了，”波蒂轻声说道，“他们都很美。”她喃喃自语道，多年的内疚和悲伤渐渐消失了。

第六十三章

当派珀、雷米、波蒂和戴维把车开进赛勒的院子时，外面仍然很黑。“我希望你煮了咖啡。”派珀走进厨房时说道。

“当然煮了，”赛勒说着倒了五杯热气腾腾的咖啡，“我还让人给送来一盒‘小不点’。”她说着打开盒子把它推到了对面。

“你想得真周到。”派珀拿出一个裹了巧克力的甜甜圈球，咧开嘴笑道。

“为什么放生海龟一定要去这么早呢？”赛勒问道。

“因为正值周末小长假，我们希望她能趁海湾里船少的时候安全离岸。”

波蒂环顾整洁的小屋：“昨晚梅里和撒切尔住在哪儿？”

“在一家汽车旅馆里，”赛勒不无遗憾地说道，“这里地方太小，住不下那么多人。这是小房子的劣势之一。”

“他们可以去我们家住啊，”戴维喝着咖啡提议道，“我们那里地方够大。”

“或者我们那里……我的意思是，我那里，”雷米说着将手伸进盒子里，拿了一颗果酱夹心的“小不点”，“要是我那里还没住满的话。”

“或者我们那里，”派珀补充道，“我不知道他们要住在汽车旅馆里。”

“我甚至不知道他们要来，”赛勒说道，“否则，我早找你们当中的一位做好安排了。”

“我真希望我的孩子们也能住下，”雷米沉思道，“至少塞姆和特丝能留下——埃利奥特和马娅一定会喜欢这个！”

“顺便说一句，”派珀拿了一颗肉桂“小不点”塞进嘴里，说道，“咱们真该抽出时间好好整理一下阁楼了。上面堆满了东西。咱们万一有个意外，把它留给伊莱亚斯处理，这不公平。”

“好，”波蒂向她保证道，“秋天凉快了咱们就去。”

“好，”派珀将信将疑地看着她，说道，“一言为定。”

雷米捧着咖啡杯：“昨晚你给大家看的那张旧照片和伊莱亚斯给大家看的相册，都是在那里找到的？”她问道。

派珀点了点头：“我还发现了其他东西——爸爸在海军服役时给妈妈写的信……还有伊斯顿那天晚上戴的棒球帽。”

他们都沉默不语，静静地回忆着。

最后，赛勒打破了沉默：“其实，我今天早上让你们来是有原因的——我想让你们看样东西。”她微微一笑，示意他们跟着她。她引着众人穿过不大的门厅，来到她的工作室。她打开桌子上方的灯，接着退后一步，以便让大家看到所有照片。

“天哪！”波蒂低声感叹道。雷米自顾自地站在那里，满怀崇敬地凝视着。

“你觉得怎么样？”赛勒看着戴维，轻声问道。

他眨了眨眼睛，把眼泪忍了回去，然后深吸了一口气：“太……震撼了。”

“太震撼了。”雷米柔声道。

昨天晚上回到家里，赛勒补上了那个空位置。派珀指着新挂上的那张照片：“一切从这里开始，”她说道，“缺了这一张，整面照片墙就不完整了。”

他们都看着这张旧黑白照片。照片上，奎恩家的五个孩子勾肩搭背，开心地笑着——多么优秀的一帮孩子！他们都擦了擦眼泪。

第六十四章

“伊莱亚斯，你能抬着另一边吗？”纳特喊道，示意儿子抬着专门设计的水箱的另一端。他们就是用这个水箱将大蠵龟送到水族馆，然后又接回来的。

塞姆和派珀也小跑着过来帮忙。他们把水箱从卡车车厢里抬出，沿着坡道向下移动，埃利奥特也跑过来，将双手放在水箱下面，帮着承受重量。

纳特朝着埃利奥特点了点头：“你过去就是这个样子。”他微笑着对伊莱亚斯说道。

伊莱亚斯咧嘴一笑：“我现在还是这样。”

当他们将水箱放在水边的沙滩上时，太阳刚从地平线上探出头来。

“哇，”埃利奥特惊呼道，“瞧！他个头儿真大！”

“其实，”伊莱亚斯说，“你应该说‘她’才对。”

“这只海龟是个‘女孩’？！”

“应该说是‘女士’才对。”派珀道。

“你怎么知道她是位‘女士’？”埃利奥特问道。

“根据她的尾巴，”伊莱亚斯解释道，“雄海龟的尾巴比雌海龟的更长更厚。”

埃利奥特点了点头。

“她很漂亮。”雷米凝视着水箱里面说道。

“当然。”波蒂表示赞同。

派珀拿出手机，浏览着手机上的照片：“这是我们刚救出她时的样子。”她在一张照片上点了一下。照片上，海龟脖子和鳍状肢上缠满了垃圾和线。她继续浏览照片：“这就是她拖着的浮标。”

“天哪，太可怕了。”雷米摇着头说道。

“真的很可怕，”派珀说道，“我们一直在营救被垃圾缠住的海龟。去年夏天，我们救了一只小肯氏龟。他浑身上下缠满了钓鱼线，都看不出来是海龟了。”

“我希望人们能加倍注意，别乱扔塑料袋和垃圾。”戴维说道。

“以后一看到塑料袋，我就捡起来。”埃利奥特抚摸着老海龟伤痕累累的壳，说道。

“我也是。”马娅抓住她母亲的手，说道。特丝看得出来，她也想摸摸海龟的壳，只是没那个勇气。

“她不会伤害你的，马娅。”埃利奥特说道。

马娅走上前，轻轻地用手指抚过伤痕累累的甲壳。戴维取下相机的镜头盖，给埃利奥特和马娅与老海龟拍了几张合影。

最后，纳特看着派珀。“咱们也来几张？”他问道。

“你不是常说‘俺们’吗？”派珀调侃道。

“调皮。”纳特说道。伊莱亚斯则翻了个白眼。

派珀笑了：“你们知道吗？”她感觉自己心跳加速，接着说，‘我突然有几句真心话不吐不快。我想现在就是最好的时机。’”

纳特满脸疑惑地看着她，等她继续说，派珀抿着嘴：“我想，今天……此刻……我们正做着我们热爱的事情……这么多年来我们一直热爱的事情……与我们最爱的所有人……我想借这个完美的机会问一句，尤其是因为我一说我正和纳特一起营救海龟，姐妹们就取笑我。”

她深吸了一口气，凝视着无比熟悉的那双石蓝色的眼睛，微微一笑，“俺们，我的爱人……俺们结婚吧，好不好？”

伊莱亚斯惊讶地抬起头，纳特难以置信地摇着头，笑了起来：“你疯了，知道吗？”他说着立即绕过水箱走了过去，把她从地上抱了起来。“俺们结婚。”他微笑着低声说道。

“哎哟，你们让海龟等了一辈子才等到这一天。”赛勒笑道。

“这事倒是尘埃落定了。”伊莱亚斯笑嘻嘻地说，“这只可怜的海龟怎么办？”

“哦，对了！海龟！”纳特说道。他放下派珀，转身帮着伊莱亚斯掀起水箱阀门。大蠵龟闻到海水的咸味，听到海浪的声音，缓缓爬向大海。到了水边，感觉到肚子下面湿润的沙子，她停了下来，转过头来，用庄重的目光地看着他们。随后，感觉到清凉的海水在壳下面激荡，她毅然决然地朝大海爬去，直到潮水冲过来淹没了她，托着她回到大海。

“多么高贵美丽的‘老夫人’啊。”派珀泪眼婆娑地低声说道。

“的确如此。”赛勒擦了擦眼泪说道。

“和我们一样。”雷米微笑着补充道。

“和我们一样，她学会了，”波蒂泪眼蒙眬地说道，“为了摆脱束缚、重获自由而让步，本身就具有美妙的平和之力。”

他们面带微笑却又眼含泪水地站在沙滩上，注视着老海龟破浪前行。

“我简直不敢相信你终于要结婚了。”赛勒亲吻着派珀的脸颊说道。正在此时，戴维喊了她们一声。她们一转身，发现他正要给她们拍照，赶紧你拉我拽，紧靠在一起，开心地笑着，庆祝自己重获自由。

致　谢

衷心感谢我的编辑埃西·索加（Esi Sogah）和我的经纪人戴尔德丽·马兰（Deirdre Mullane），他们总能为我提供深有见地的建议和积极的反馈。衷心感谢肯辛顿团队的每一个人，又帮我完成了一本精彩的小说。衷心感谢我的丈夫布鲁斯和我们的儿子——科尔和诺厄，他们给了我无限的爱和支持。衷心感谢我亲爱的爸爸，虽然他无法阅读《萤火虫之夏》，但一直关心着它的进展。“进展如何？”他总是这样问。“快完成了。”我总是这样回答。“你总是这么说。”终于有一天，我告诉他我把书写完了。可仅仅一周后，我亲爱的爸爸就去接受临终关怀了，又过了一周，他去世了。但他常挂在嘴边的微笑和坚定不移的信念将永远激励着我，对此我不胜感激。

下面是《萤火虫之夏》中提及的几道美味糕点的做法，请继续阅读。

大黄派

配料：

四根新鲜大黄，洗净，切成一英寸长的段

一又四分之一杯糖

两汤匙橙皮细末

四分之一茶匙盐（可酌量少加）

两汤匙半快煮木薯淀粉

两汤匙黄油

做法：

将前五种配料混合在一起。调入大黄，拌匀。用匙舀进事先准备好的九英寸派皮内。在大黄上点些黄油。将面团擀好，用比萨刀切成条状，摆在馅料上，仔细编织成网格状；边缘向下折叠，使其具有装饰效果。用手指轻轻地往网格条上涂一些牛奶——这样烤出来网格表面金黄发亮。

华氏425度（约218摄氏度）烤十五分钟，然后华氏400度（约204摄氏度）烤半小时，查看一下；如果外皮呈深棕色，就盖上一层铝箔，继续烘烤二十至三十分钟。我还在下面的架子上放了一张铝箔，用来接烘烤时淌出的汁水。

注意：也可以在大黄中加入一杯切成薄片的草莓。

制作派皮的配料：

两杯通用面粉

一茶匙盐

四分之三杯起酥油（十二汤匙）

五至六汤匙凉水

做法：

将面粉和盐放在一个中型碗里，混合。用奶油切刀将起酥油切碎，拌入碗中搅拌，直至混合物呈粗糙的面包屑状。加入凉水，一次加两汤匙。继续用叉子搅拌，直至油酥面团开始发黏。将油酥面团一分为二，揉成球状，在面板上撒上面粉，擀成圆形。用擀面杖卷起面饼，铺在九英寸的馅饼盘上。用手按一按，根据馅饼盘的大小稍做调整。

大米布丁

配料：

四杯牛奶

浅浅的半杯普通长粒白米

四分之一杯糖

四分之一茶匙盐

两个鸡蛋

一茶匙香草精

半杯葡萄干（可选）

少许肉桂

做法：

将牛奶、米饭、糖和盐烧至沸腾，将温度调低；盖上盖子，煨四十五分钟至一小时，间或搅拌一下，直至大米软糯。

在一个小碗里，轻轻搅打鸡蛋，拌入少量热米粥并搅和。将鸡蛋混合物慢慢倒入米粥中，迅速搅拌以防止结块。边煮边不断搅拌，直至米粥变稠，约五分钟。不要煮沸，否则混合物会结块。把锅从热源移开，拌入香草精并搅拌。喜欢的话，可以放上葡萄干，盛入碗中。撒上肉桂。盖上盖子，冷藏或趁热食用。美味！